横断岩鹰

蔡晓明◎著

中国出版集团
现代出版社

图书在版编目（CIP）数据

横断岩鹰 / 蔡晓明著. -- 北京 : 现代出版社, 2016.5

ISBN 978-7-5143-5008-1

Ⅰ. ①横… Ⅱ. ①蔡… Ⅲ. ①散文集－中国－当代 Ⅳ. ①I267

中国版本图书馆CIP数据核字(2016)第121578号

横断岩鹰

作　　者　蔡晓明
责任编辑　李　鹏　陈世忠
出版发行　现代出版社
地　　址　北京市安定门外安华里504号
邮政编码　100011
电　　话　010-64267325　010-64245264（兼传真）
网　　址　www.1980xd.com
电子邮箱　xiandai@vip.sina.com
印　　刷　北京一鑫印务有限责任公司
开　　本　880×1230　1/32
印　　张　8
版　　次　2016年5月第1版　2022年7月第2次印刷
书　　号　ISBN 978-7-5143-5008-1
定　　价　39.80元

不屈的鹰魂（代序）

我是来自横断山脉里的一只岩鹰，群山间散落着我的歌声，带着远古雪族与大龙神鹰的传说而来，带着悠久的历史、灿烂的毕摩文化、古老的彝语和彝文字而来，带着一个不屈的鹰魂而来。在我的族源史上有着太多的神秘与悲壮，有着太多大迁徙的幽怨艰辛与悲欢离合，有着太多的阻断隔膜与自然融合。

我的生命来自于天地日月和风雨雷电之灵气，我的身躯是雪山之巅一棵不老的冷杉，我的心是祖先点亮的一团不灭的火焰，被埋藏在了雪峰和冰川的深渊里燃烧了七千年史诗般壮丽的历史。我的信仰从来就没有动摇过，坚定不移的大山的精神永远不死，它是我们彝人心灵中永恒的守护神。

大气磅礴和神奇多彩的群山啊！是我美丽的故乡。湛蓝的天空是我蓝色的梦想。我在亘古绵延的横断山脉里顽强地生长和自由地翱翔，崇山峻岭中神秘的云海是我温暖的家。

特勒莫和羊房沟是我出生与成长的地方，那里有巍巍的马果梁子和高高的木萨山，那里有墨绿的森林和旖旎的高山草甸，那里有原始古朴的瓦板房和篱笆墙，永远流淌着山地民族不朽的史诗和半耕半牧的诗歌。山岭上盛开着万亩美丽的索玛花，山沟里开遍了多情的山桃花，牧歌在缥缈，牧群在欢跳，布谷鸟在歌唱，山泉水在弹琴……这些都曾几多激荡着我永不平静的灵魂，是我一生中无法忘却的爱。

我驾着散文这匹骏马，御马乘风，驰骋于群山草甸里，驰骋于旷野森林中，驰骋于山地沟壑里。无论是小走还是大走，我都能够客观地真实地记录下我和我故乡生命旅程中的每一处难忘的风景；我也能够充分发挥想象、夸张、象征、魔幻等手法，无拘无束地表达我对自然、社会、人生与生命的思考；我用散文这种文学样式来讲故事，讲我和我的故乡的故事给读者朋友们听听，故事中有我的思想感情、人生感悟和心智理念，坦诚地与读者朋友们作心灵的沟通交流，做真诚的朋友。散文，可以把我记忆的碎片拼贴起来，形成或铺就成一幅色彩斑斓的残损的秋叶图，融入我们一生的情感，当我们走近它便感觉到就像走进了童话般的世界一样光怪陆离，自由飞翔，自由漫步，自由歌唱……

小时候，我喜欢倾听父亲和母亲，叔叔和舅舅讲彝族民间故事、远古神话传说，每一个故事都让我心潮澎湃，想入非非。现在我也喜欢在闲暇时给故乡的孩子们讲他们喜欢的故事，他们听故事的时候，那种津津有味、天真可爱的神态令人难忘，他们像群山中嗷嗷待哺的雏鹰歌唱着生命中的童谣。我用这双蜕变的翅膀带着孩子们翱翔蓝天，飞越崇山峻岭。

我多想用一把金锁链紧紧地拴住太阳，永远放在彝人的心里，可它炽热的光芒刺得我无法睁开双眼；我多想用一副银鞍子驾驭野狼，可它凶残冷峻的绿光让我无法靠近；我多想用尔比尔吉来表达我对我的民族深沉的爱，可我的母语渐渐离我远去……

我的族人是个追赶太阳的部落，生命中有着不灭的信念；我的族人是个诗性的部落，血脉里流着祖先不朽的史诗和激情四射的诗歌；我的族人是个敬重母语的部落，它用古老的彝语和彝文字记录下了七千年的人类文明。我热爱生活，热爱我的民族，我的创作深深地耕植于肥沃的彝民族文化土壤之中，从中汲取了丰富的营养；人类的一切生活和一切优秀文化成果都是我创作的源泉。比如古希腊的神话、阿拉伯的故事、欧美的文化、东亚西亚的文明，尤其是中国古典文学和现当代文学艺术启发了我创作的冲动，这些都是我丰富的养料、甜蜜的乳汁、灵感的源泉。

我知道，我们彝人是雪族的子孙；我知道，我们彝人是大龙神鹰的后代。我们敬重母语！我们崇拜祖先！我们永远不会失去自己的母语，我们也永远不会忘记自己的祖先。我们要到学校里读书去！因为我们渴望一步步走向文明健康的新生活。我们要到城里去打工！因为我们已经不愿在深山老林中成年累月地守望着几亩贫瘠的山地而靠天吃饭，每天都在面对着恶劣的生存环境和贫穷而挣扎。我们要下山去！去彻底地改变自己过去陈旧的观念！因为高山上浮云蔽白日，西北有高楼，山地广种薄收，大多数人永远摆脱不了贫困的命运；因为固守的观念禁锢了我们的思维习惯和行为习惯；因为我们已经忍受不了贫困代际传递带给我们生活的苦难。

我的人生经历，我的心路历程，也许对于大多数人来说是极其平凡而普通的，完全不值得一提的。然而，对于还留守在我故乡的几户人家来说是大有裨益的，因为在我们山里通过读书而改变命运的孩子是不多的。

目录
CONTENTS

童趣呓语

天籁山水

灵魂倾诉

冰壶秋月

群山之恋

童趣呓语

tongqu yiyu

杨柳青青

在我故居的院坝里有一棵大垂柳树，一年四季，垂柳树下是我回味无穷的童趣。

幼年时候的我是快乐自由的。白天父母都出去干活了，大多时候就把我一个人留在家里。门前的那棵垂柳树自然就成了看管我的耄耋老人，也是成天陪我玩儿的亲密伙伴。炎热的时候，她把我捧在怀里躲荫纳凉，让我甜蜜地熟睡；刮风下雨时，她为我遮风挡雨。许多时候，她给我引来好多“好友”陪我玩儿到大人们收工回来。

“杨柳青青着地垂，杨花漫漫搅天飞。”垂柳树是报春的使者，春之声最先在细腰柳枝上卖弄清脆的喉咙，那些陌生的鸟儿成群结队地飞来柳树上思春，它们在柳枝深处相互追逐嬉戏，卿卿我我，好不热闹。在光天化日之下无视我的存在，它们激情燃烧到了极致，经常死缠在一起，双双从树上滚落到树下还在纠缠不休，我急忙跑去追逐那地上翻滚着的多情的山鸟，可它们比我滚得还快，又飞往另一枝头了。

我始终只能拾到被吻落的一两片羽毛，把它托在掌心上用嘴轻轻地一吹便飞到半空中了，我又往那羽毛坠落的方向跑去。柳絮纷飞，香远益清，柳树上又飘来如梦似幻般的音乐，恰似邻居少女巫呷表姐的琴声悠悠，白云无尽。

“沾衣欲湿杏花雨，吹面不寒杨柳风”，真像母亲的手抚摸着你。盛夏时节，垂柳树由翠绿变成了一幅墨绿的山水画。母亲温柔地摘下几片深情的柳叶为我们几姊妹穿耳朵。母亲熟练地先用鸡油擦润我们的耳垂，男孩只穿左耳，而女孩穿一对。让薄薄的耳垂浸透后，母亲拿着穿好的针线，用两片嫩柳叶贴着耳垂里外，还没来得及注意，母亲就给我们穿好了。用线当耳环，随时轻轻滑动，以免生拢。要是谁的耳垂感染了，母亲就经常用自己的舌头舔来舔去润滑消毒，直到伤愈。

彝族男孩儿都有穿耳朵的习俗，这是一种破相免灾的审美特质吧。不过，现在许多年轻人都喜欢模仿各种明星，生活中常把穿耳朵戴耳环视为前卫和时尚，这也许就是各民族文化的不断交融和认同。

“花须柳眼各无赖，紫蝶黄蜂俱有情。”夏天更有趣的是满树的柳糖，引来了各种家蜂和野蜂的争战，引来了各种美丽的蝴蝶争宠。蝴蝶的争宠对于我来说，没有太多的兴致。只是听老人们讲过，在彝族民间中，它是一种妖里妖气的爱招惹妖魔鬼怪的昆虫。我寻思着：它柔弱，不堪一击，而且常常是山鸟和野蜂的美餐，不富有挑战性；况且这种美丽的小妖精还挺可爱的，不像老人们所说的那样可怕。垂柳树顷刻间变成了蝴蝶树，树下全是蝴蝶的影子。不过，我只是吓跑了它们影子的梦而已。

垂柳树下追风引蝶那是小女孩儿的事儿，我更热衷于野蜂间的战争故事。

蜂蝶迷恋上了柳糖，而野蜂家族不是为柳糖而来，而是掠食而来。在野蜂的世界里也是遵循着弱肉强食，适者生存的自然规律，我也只是闲情偶寄而已。无聊之时，往往都在垂柳树下逗留，自娱自乐，能够在树下待上一整天地观看野蜂间的厮杀。在那细细密密的柳叶层，随时可听到野蜂翅膀扇动柳叶的声音，好像要把柳叶纷纷裁落似的随时招惹那些婀娜多姿、婆娑起舞的柳腰，垂柳的细腰与蜂腰鹤腿同台邂逅。

这时，有一位黄衣将军从层层迷雾中显露出来定位飞行，它在虎视着灰色的“良民”。倏的一瞬间，一只灰色的“良民”成了它的囊中之物，它带着战利品穿出重围远走高飞了。不多时，垂柳树的左侧方又出现了一位黄衣将军，可它就没有刚才那位幸运了。恰巧这时，在葱郁的柳叶正中突然出来了一位更为强壮的捕食者，它很快瞄准了目标。然而，黄衣将军丝毫没有察觉，毫无防备，只是一个劲儿地盯着自己眼前的猎物，殊不知危险正在一步步向他逼近。一刹那间，黑衣将军一个箭步，大张一口咬碎了其头部，用它锋利的长矛刺进了猎物的心脏，黄衣将军早已魂归阴曹。

谁知强中还有强中手，天外有天哪！我以为战斗结束了，可就在这时候，天空中突起恐怖的轰鸣声，好像是飞机的声音，可哪儿来的飞机呢？天空中根本就没有什么飞机的影子。

噢！在浓密的垂柳树里层万条绿丝被掀起一层层巨浪，翻江倒海，所向披靡。见此情势，战场上的杀手们一个个丢盔弃甲，纷纷落荒而逃。只见八面威风的黑魔大将军——牛角蜂，横扫而来。唯独有一位勇敢的中等个儿红头黑衣将军毫不畏惧，相机而动的，在细枝丛中定位飞行，它随时拿出它的“绝密武器”迎接挑战。

可这次遭遇的却是比自己强大三倍以上的庞然大物，凶多吉少啊！它似乎明白可已经针尖对麦芒了。黑魔大将军求之不得，首先主动出击，展开了猎杀行动。柳树上的昆虫像秋风扫落叶一般节节溃退，都被它的气势所压倒。它像火箭般神速射去，正中红头黑衣将军的胸部，在空中一阵搏杀，难分胜负。双方都拿出了自己的撒手锏，残酷的交锋场面波及东南西北中各个方位，垂柳树上乱成一锅粥，嫩叶纷纷撒落，拼杀仍未结束。这时，两位大将军撕咬在一起，展开了肉搏战，从柳枝上滚落到地面上继续战斗，难分伯仲。

好斗的我迫不及待地投入了这场惨烈的战斗。我顺势在柳树下抓起我的宝刀——一块小木片，憋足了劲儿来了个泰山压顶把两位大将军都压在了宝刀下，显得神气十足。我不是来劝架的，而是想学螳螂捕蝉黄雀在后的计谋，杀杀两位将军的威风，挫挫它们的锐气，然后才慢慢折腾它们，看看它们还能否在空中傲物逞能？！不料，还是我招架不住，首先败下阵来。

黑魔大将军来了个倒挂金钩，用它的独门武功刺穿了我的右手中指，我被牛角蜂蜇了，“哇——”的一声哭了，钻心地疼，什么也不知道了，什么也不管了，只知道一个劲儿地哭喊着到地里找妈妈去了！那黑魔大将军的黑武器果真够厉害的啊！有人说它能蜇死一头牛的，险些要了我的小命啊！不过，还是给我留下了永恒的伤疤。

秋叶黄了的时候，院坝里的垂柳树瘦了。瘦得像村落里面黄肌瘦的那位老妇人驼着背抱着一捆枯蒿守候在门口，独立寒秋，那么憔悴和失落。

这是我家傩祭傩神的季节，家里事无大小均邀请毕摩（和尚）或苏尼（巫师）到家里举行占卜和祭祀鬼神。他们常常来到我家垂柳树下进行石卦，蛋卦，骨卦，木卦；有时还揉衣边而视其纵横纹理来预测家中的吉凶。其形如古书所述：“其发常挽大髻，以竹簪绾于额际，戴黑毡笠大于箕，被黑毡衣。”从他们神态上不难看出，似乎家里有撵不尽的魔，咒不完的鬼，祛不走的各种鬼神作祟的疾病。他们彻夜不眠，手摇铃琅琅，羊皮鼓瑟瑟，箕坐诵终日，乃送诸门外。他们在呐喊祖先的神灵，呼唤各路神仙，其能降神灵，神既附体，则猖狂跳跃……

垂柳树下常常是他们的舞台：烈火中烧腰镰铧口之类，口衔手弄；或嚼红炭，含沸油而喷之，吞刀吐火，赤脚走红炭，手捞油锅等降妖驱鬼之术，乃不知是人还是鬼？让我瞠目结舌，万般敬畏。然而，吃午饭时，我特别窥视他们。有一位叫吉克日坡的毕摩，边吃边流下长长的唾液在我家木盔中的饭菜里，让我恶心吃不下饭，颇感肮脏邋遢。谢幕了，他们也沦为凡人。于是，我对他们的神通，将半信半疑。

过冬了，故居院坝里有些荒凉。垂柳树确真光叉叉的像一只被扒光毛的野鸡似的可怜和卑微，又似乎像在林莽中突然遭遇被野狼啃剩的肋骨，让人恐惧。不过，“库施”（彝族年）那天，垂柳树下却又热闹起来。我激动地随时跳到十几斤重的胖猪儿面前，去追着摸摸它的屁股，去抠抠它的肚皮，那胖猪儿也知道欺负小孩儿，经常用嘴拱我的光脚丫，于是它乖乖地躺了下来。周旋了半天，父亲有些不耐烦了。

“尔狄哎——快把过年猪赶过来，还有好多事嘞！”

我用包谷籽把小猪儿引诱到垂柳树下早已备好的干松毛堆旁，父亲一下子把它按倒在地上，我赶紧抓住胖猪儿乱踢的双脚，但始终逮不稳。

“拉稀摆带！快去拿刀和盆来。”父亲训斥道。

我很快把“家什”递过去，父亲叫我接猪血，我知道咋接，因为小时候每年库施我都是这样配合父亲的。父亲操起匕首刺进乳猪的胸腔，一下子热乎乎的猪血溅到我的脸上，我愣了一下后在旁边傻笑个不停，差点把盆子给丢了，父亲也跟着笑了。少许，过年猪动弹不得了。父亲顺势用左衣袖揩干了我脸上的猪血，摸摸我的头，满意的表情挂在脸上。他把过年猪用双手轻松地端到松毛堆上用火柴点燃松毛，很快就把小猪儿烧得黄桑桑的，散发出诱人的烧烤味儿，巴不得走上前去咬上一口。我激动得围着父亲团团转，像一只雏鸟在垂柳树上欢乐的歌唱。

“昔我往矣，杨柳依依。今我来思，雨雪霏霏。”当年的垂柳树已经只剩下了一短节衰朽不堪的树桩，那些亲爱的“伙伴们”也早已销声匿迹。不过，童年的故事将启迪我人性中的真善美。

我的第一堂“注射课”

我和许多小朋友一样最怕打针吃药。

有一次我生病了，妈妈背我上米市区医院看病打针。记得那天，妈妈和医生为我打针费尽了心思。妈妈拿糖果、凉粉、豆豉、瘦肉等之类哄我，医生用平时我最喜欢的装药的小瓶子逗我都不行。最后，实在没办法了，妈妈使出浑身解数强压着我打针，但始终我手抓脚蹬，全身痉挛，好像是上刀山下火海一般惧怕，让医生无法操作。我看到妈妈的汗珠和泪水顺着脸颊滑落，正巧旁边站有两位好心的小伙子赶紧过来帮忙，才给我强行打好了这一针。

我不知道自己为什么如此胆小怕事，看来当英雄是没指望了。三国时候关羽能够忍受刮骨疗毒依然谈笑如常，而我区区一小针就吓得屎尿失禁，的确没出息。从此，我对吃药倒是不成问题，然而，一提到打针就惶惶不安，直到现在都有些愕然发怵，于是，发生了扮演医生给鸡打针这一幕残忍的游戏。

这一天，天空瓦蓝，空气清新，红籽树上的山鸟传来婉转悠扬的歌声，乃托寨子一片宁静。大人们早已出工了，我吹着口哨朝挖呷哥家院坝飞去，伙伴们早已聚在那儿等候着了，我们像狼崽似的扑进了羊圈里。

我们在羊圈里疯狂地摔跤与嬉戏成一团，惊动了正在圈里悠闲纳凉的鸡群，不知哪一只公鸡吹了集结号，纷纷飞出了羊圈外。一只麻花色的雏公鸡还待在墙角边，于是成了我们的实验标本。我猛扑过去按住了它，鸡群四处惊飞，鸡毛落满一地，其他所有的鸡都飞出羊圈外鸣叫，胆小的童伴如惊弓之鸟吓跑了，好奇的还站着看好戏。我死死地抓住它不放，吩咐他们找来尖利的红籽刺和尖细的竹签作为注射器，残忍的游戏开始了。

我主打，其他伙计当助手。挖呷哥双手捏紧鸡翅，牛牛叔逮住一只鸡腿，我左手紧握另一只鸡腿，右手扒鸡腿上的绒毛，扒得鸡惨叫不停，白里透红的鸡腿全露了出来。雏公鸡的惨叫声回荡羊圈，让人胆裂魂飞，差点把它给放跑了。多数围观的伙计都不敢前来帮忙，只有牛牛叔和挖呷哥始终陪伴着我的左右。挖呷哥用另一只手让鸡闭上讨厌的嘴，此时，它在我们的手中不断地挣扎着，像我自己被大人强压着打针似的万般恐惧。我先吐了口水在白嫩嫩的鸡腿上用手抹转消毒，然后用手捏紧红籽刺，模仿医生给人打针的样子，把针举得高高地快速扎进光溜溜的鸡腿里，它声嘶力竭地哀叫挣扎，鲜红的鸡血从打针口渗出来滴到我们的手上身上到处都是，我们仨又一次感到心惊肉跳。稍稍停顿没动静后无知与残忍的游戏又继续上演着。

我们学当医生给鸡扎针一头就扎起瘾来，用红籽刺扎容易断在肉里，换用竹签扎就好多了。我们爽快地扎到鸡的腹部胸部腿部颈部上去了，只要是细嫩之处我们仨都换着过打针瘾。也许他俩也同样被医生强行打过针吧，不然，为何像我一样如此解恨？鸡还在挣扎，但没有当初那样强劲了。它的两腿上被扎得密密麻麻的刺眼由白变红，由红变紫，又由紫变黑，简直是千疮百孔。旁边围观的小伙计们怯生生的脸都变得像猴子屁股似的难看，我们仨觉得好笑极了。

过了些时候，鸡颈渐渐耷拉下来再也不吭声了。我们以为它睡着了，于是刨开羊粪，把它埋在羊圈里，给它盖上厚厚的树叶，带着胜利和喜悦走出了羊圈。

傍晚时分，麻烦事找上门来了，那只雏公鸡真的成了我们第一堂“注射课”的实验标本。主人家气势汹汹地把死鸡提来扔到了我家院坝里。父亲沉默片刻后就把死鸡捡进屋里，而母亲却即刻抱了一只大公鸡并把我带到主人家当面暴打了一顿，一股热乎乎咸叽叽的鼻血流进我的嘴里，这是我咎由自取，罪有应得。

后来长大了，我也没有因这堂“注射课”的启示而成为一名医生，这只能算是孩提时候一种无知与残忍的游戏罢了，我为此而感到深深地忏悔！我的罪过来源于愚蠢的恐惧和对惧怕的无知转嫁与宣泄，才使这一弱小无辜的生命遭此劫难，这是一种对生命的践踏，而“对生命的践踏无疑是世间最大的残暴”。

危险的游戏

我的两位舅舅从小就是孤儿，已经是大龄青年了尚未娶妻居家，他们像狮子兄弟一样到处流浪，随时还捕到很多的小鱼和山鸟，在困难时期给我带来许多的美食，我喜欢跟着他们。

有一天，大舅去修路还没回来，二舅去米市河捕鱼了。我像往常一样喜欢独自一人到他们的茅草房溜达。从小我练就了一身掷石头的好功夫，五岁时曾经从电话线上打落下一只查布鸟，受到大人们的夸奖，我以为将来会成为世界冠军。一路上我快乐地掷石头打树上的山雀，当我走到门口时，发现茅屋的门没上锁，我轻轻地推开门溜进屋里四处张望着，屋里一片寂静。只见两只老鼠在茅屋里挑逗我，有一只野蜂也在捣乱。我饶有兴趣地开始翻箱倒柜地追逐起老鼠来，老鼠跑得很快，追逐了一阵后钻进洞了。我只好用小木棍又拍打起野蜂来，野蜂飞得四处碰壁，始终朝亮光处飞舞，挺好玩的。不料，它也从被秋风所破的茅屋顶上飞掉了，屋前李树上的鸟儿声也没了，就剩我与破茅屋了。

我又无趣了，只能待在破茅屋里漫无目的地转悠着。几束光线从茅屋破洞里透进来，照得楼上通花大亮，于是我顺着木楼梯爬到了楼上。忽然，眼前一亮，后墙顶上有一个十分精致的盒子进入了我的视野。我急忙打开一看：哟！多么诱人的玩意儿啊！那密密麻麻的截得短小整齐的竹筒，装了半盒子，十分光滑而精巧，深深地吸引了我。

我从未见过如此神奇的东西，迫不及待地用小手抓了两三颗捏在右手心里，快速爬下了楼梯，一纵步便冲出来摊开手中的宝贝。哇——这宝贝真好玩！头上有一只闪闪发光的眼睛，在阳光下惹人刺眼；尾部是空空的可以用来装东西。我睁大了眼睛仔细地琢磨着，好像意外得到了一个多么昂贵的玩具一样，一直用手翻来覆去地折腾着，特别是那只金黄色的眼睛老是特别让我琢磨不透，特别想把它取下来玩儿。于是把它狠狠地摔到地上弹起来多高，但那只亮铮铮的眼睛也不见落下来。我拾起它来把泥沙装入空的一头玩儿，然后用拇指和食指压着两头摇来摇去地贴近右耳倾听，也没听出啥声音。

玩够了，我就倒出里边的泥沙，撒了一泡尿装满后把头插入土里当靶子，跑远一些后捡石头打。我掷石头准，一下子就打中了两颗。接着，像猫捉老鼠似的折腾一番后，我又把它捡起来擦干净后又捏在手心里朝荞场坝走去，根本不知道手里一直捏着的是非常危险的电雷管。

刚走出茅草屋就遇见二舅回来了，他很快发现了我手里握着的东西，叫我摊开手——把东西轻轻放在地上，我照他的话做了。他没等我回过神就飞奔而来给我了两记重重的耳光，把我扇趴在地上，并大声地呵斥道：“兔崽子，这是电雷管！要炸死人的！你不要命了？！”

噢——好险啊！我被吓得说不出话来。

咦！真是“傻儿不怕蛇”啊！

犬蛇之战

晌午，我在屋外花椒地里闲逛，忽然，从吉模乃加山林边隐隐约约地飘来神秘而渺茫的彝家山歌："诺苏—罗罗—呀哟—吉俄姆—措次噢—毕几木觉……"反复咏叹，旋律优美，然而，其中的歌词我不得而知。

放眼望去，却忽明忽暗地望见吉模乃加山上似乎有两位穿着彝族擦尔瓦的小姑娘徜徉在林子边歌咏招摇……我无端地觉得她们就是传说中地底下矮人国里钻出来的神秘的矮人。

寨子里一片沉寂，我约了些同伴往那方向打玩而去。因为哪儿好玩，我们就朝哪儿涌去，这是我们童年生活的写照。一路上，山和泥土都有些朗润和芳香，前面是一棵早熟梨，半边红了。我们个个都是甩石头的高手，一个石头甩上去冰雹似的甜梨落下一层，同伴们像猪八戒偷食人参果和孙悟空偷摘蟠桃一样啃食着甜梨，谁也不让谁。我们的欢声笑语也涌向了吉模乃加山上。

当我们走近侯普惹山丘时，远远地就听见了吉模乃加山上传来的犬吠声，我们惊奇地奔跑起来，须臾间就跑进了吉模乃加松林里。我们到这里的时候，那两位唱山歌的灰姑娘大概也如土行孙似的在我们眼前消失得无影无踪了。这也许是我的幻觉，也许是牧羊女的身影，也许是找野生菌的姑娘，但她们确实不见了。直到今天我都还耿耿于怀，似乎有些荒诞而神秘之感。

我们踏着薄薄的松叶迅速穿过扎叶子树林时，狗的嚎叫声连续不断地传来，夹杂着人的吆喝声……我们好激动哦！劈开灌丛，只见松树下索玛丛中有许多男人围观着，大家都战战兢兢的不敢靠前，手舞足蹈地给一只黑土狗打气，那惊恐、担忧、兴奋的神态全写在他们的脸上。

我们几个小孩贴在一起好奇地张望着，不知这里究竟发生了什么。我们拥挤成一堆远远地望，踮着的脚尖不听使唤，心扑通扑通地跳个不停，脖颈伸得再长也看不着究竟。幸好这时人群中突然划开了一道口子，围观的人群一窝蜂似的朝两边退散开来。我们更惊慌了，往后一撤，人仰马翻，一骨碌爬起来撒腿就跑，个个瞠目结舌，却始终不知前面究竟发生了什么。

“啊啵啵喔—补史啊！”跑在最前面的尔尼惊讶道。

我们全停下来转身一瞧：嚯！——只见一条全身长满银白色羽毛的大花蛇站立着有一人多高，直立半身悬在空中摆出随时准备向狗和周围的人群攻击的态势，头昂得高高的，头上似乎长有冠子，好像惹恼了它，冠子全竖起来了，真是恐怖骇人！

大白花蛇摇头摆尾，时时伸缩着红色的信子，一股冷血杀气喷射而来，英气逼人，蓄势待发。人群中好像有人怂恿一条黑色凶猛的土狗攻击大白花蛇。这条黑狗左挪右闪，上蹿下跳，一直狂吼乱叫，偶尔趴在地上警觉着，不敢靠近。

黑土狗围着银花蛇转着圈儿，好像在寻找着攻击的机会，伺机而动；大白花蛇也随着狗的移动而围绕着准备攻击，双方都戒备森严，不敢有半点闪失。僵持了好一阵，不分胜负。

大白花蛇依然雄赳赳气昂昂，好像更加凶猛无比，杀气逼人；黑土狗在人的唆使下也不放弃。我们夹着尿，屏住呼吸，神经异常紧绷，眼睛睁得快要裂开了，脸和脖颈都涨红了，几次都差点儿给吓跑了。因为从来没有看到过如此惊险刺激的龙争虎斗的战斗场面。

我不知道该帮谁，也不希望谁赢谁负，只是希望再多看一阵惊险对峙的场面。对于多数人是不言而喻的，希望黑狗咬死大白花蛇。当黑狗稍稍退却时，大白花蛇也把身子降下来盘成一团，只是把头抬起试探周围的动静，时时伸缩着红色的信子。

在人群的唆使下黑狗又一次发动了全面的攻击，它顽强地边吼叫边张牙舞爪地猛扑过去，用前爪迅疾地拍打了蛇尾，大白花蛇如闪电般射去，咬中了黑狗的头部，黑狗惊叫了一声，摇晃了一下头部又继续投入战斗。大白花蛇大怒了，迅即缠在索玛树上，头显得特别大起来，嘴里发出“呲——呲——”的声音，冷气又一阵袭来。黑狗也发毛了，再一次向大白花蛇的七寸猛冲过去，弯曲的蛇颈像飞镖般射去，正中狗鼻。黑狗用前爪抹了抹鼻子就有些踉跄，好像力不从心了，嘴里发出“思思……思思”的声音败下阵来。它垂下尾巴在人群中蜷成一团舔着伤口狂叫不已。弹簧般迅疾的蛇颈又恢复到攻击的态势，速度惊人。黑色的冷血顺着索玛树皮流下来，大概是蛇的尾巴也受了伤。这时大白花蛇依然紧紧地缠绕住索玛树上怒视着围观的人群，丝毫没有离开之意。

那些雨点似的乱石全朝索玛树上掷去。这危急时刻，人群中有位老人立即跑出来向人群挥手喊道：“不能打，不能打了！那可能是山神啊！”说话的人像一副毕摩的装扮，大家一听，便肃然起敬，雨点似的乱石突然停住了。大白花蛇迅速地从索玛树上撤离，往茂林深处缓缓离去。顿时，紧张凝固的空气瞬间缓和了下来，我们也稍稍松了一口气。

听大人们说，蛇会自己寻找草药医治好自己的伤口。相传有一种四脚蛇就是蛇医生，它能接好断头断尾的蛇，更何况这点伤呢？黑狗的主人把它抱回家，人群也散了。

据说，第二天黑狗没医治好，狗主人把它葬在了吉模乃加山上用以祭祀山神。从那以后，我们小孩再也不敢单独去吉模乃加山上玩了。

长大后，虽然我看到了很多有关蛇犬之战的影视书刊故事，但都没有如此真切、精彩和神秘。

我与挖呷哥和牛牛叔

一

在那遥远的四川喜德，有一个偏僻荒凉的彝寨村落叫特勒莫，那是我魂牵梦萦的故乡，我的童年是在这里度过的。

阔别老家已有三十余年了，为梦想而辛苦辗转，如今已过不惑之年，却从没回过老家。听老人讲，彝人搬家后是不能重返故园的，我不以为然。闲暇之时，重拾起那欢乐的童年尤为弥足珍贵。

无论睁眼还是闭眼，特勒莫那坡坡坎坎，沟沟凼凼，羊肠小道，花草树木，断垣残壁，木房草屋，篱笆墙影……那难忘的童伴挖呷哥和牛牛叔，那慈祥的罗洪奶奶、海勒奶奶常常都浮现在我的脑海里，在我的眼前一次次地扫描而过，那令人心醉的云雀声仿佛还在耳旁回荡，那有趣的童年往事仿佛还在昨天一样，在我的眼前一幕幕地反复再现……

二

挖呷哥和牛牛叔是我童年时候的好伙伴，今生难以忘怀。

我们又沾亲带故，年龄也相差无几，童年的时光我们仨如同三只流浪的幼狮形影不离，踏遍故乡特勒莫的各个角落。

白天跟着海勒奶奶、罗洪奶奶和格吉莫娘娘放猪，夜晚常常听大人们讲那些生动的彝族民间故事，这是我们童年最幸福的时光。我们仨在一起的那年月是家中最困难的时期，虽说家家户户都是有了上顿愁下顿的，但我们小孩却从没挨过饿，整天都是无忧无虑，悠哉游哉的其乐无穷。

挖呷哥长得焦黄精瘦，常做鬼眨眼，性情也较为矜持狡黠，内敛寡言，打架时擅长抓咬以及不屈不挠；牛牛叔却长得白皙而胖乎乎的，性情温和老实，举止舒缓；我长得敦实机灵有力量，生性直爽刚烈，猴跳舞跳，调皮捣蛋。大多时候，我和牛牛叔常被挖呷哥所抓咬而驯服，小孩儿都是这样见不得的离不得。

有一天，我们仨在牛牛叔家屋前捡烂锅片玩，不知哪根神经短路了，挖呷哥突然抡起一块破锅片砍在我的头上，我没什么知觉，但一股热乎乎的东西就从头上流了下来，我用手一摸全是鲜血，一见血就惊慌了。急忙捂住头号啕大哭要找大人，记不清当时我是否找着了大人，然而，挖呷哥的确爱出手，大家都知道他的家人确实对他有些溺爱。诸如此类，如今都已成为一些美丽的童话了。

三

在我的记忆中，野外放猪最有趣了。

我们仨几乎每天都要跟随两三个大人把猪群赶到几里远的野外去敞放。只要到了目的地，把猪放了，傍晚收回来就行了，整个大白天就属于我们自由飞翔的时空了。

春天把猪群赶到茹波阿默山脚，我们终于看到了茂密的森林，听懂了各种山鸟婉转的歌声和小溪的弹琴声。这里是特勒莫与尔呼的交界处，茹波阿默山是一片保护得最好的天然森林公园，这里是各种动物的天堂，它们在这里悠闲地生活着，我们的到来惊扰了它们宁静的生活。鸟儿美妙动听的歌声掩盖了我们叽叽喳喳的喧闹声，我们常常在这些自然音乐的陶冶下忙碌着挖野菜充饥。这里生长着各种鲜美的野菜，尤其是折耳根，我们特别喜欢。

我们跑到水沟边，一股淡淡的折耳根香味儿就扑面而来，让人垂涎三尺。刚长出的折耳根那绿紫的叶，白嫩的根，多么诱人。我用小木棍，挖呷哥和牛牛叔用尖石头，连根挖不出来就掐断上半截，也来不及到水沟边洗洗就往嘴里送，香香的鱼腥味连同带露珠的嫩叶嫩茎打开了我们的胃口。我们仨争先恐后地糟蹋着野菜，我始终冲到最前面，而牛牛叔始终慢半拍，挖呷哥一发怒随时就抓我一爪，满脸指甲印也不敢反抗。那些小女孩们就轻手轻脚地采摘，牧归时带一小包回家，有时途中被我们抢了也是常事。

天热了，我们就像一群黑鸭子似的跑进小溪里嬉戏。那股山泉有些奇怪，从刺笼里流出来，浑浊，温和，只能打湿我们的双脚。我们平常很少洗脸洗脚，常年光着脚丫，寸茧蛮厚，个个都长得黑黑的，像一群黑猪仔一样黑不溜秋地泡在泉水里滚动，相互泼水，往身上抹软泥，翻滚打玩，完全成了三条小水牛犊了，十分可爱。旁边那些小女孩们腼腆地垂下了头躲到另一边去了。

水边有一种灰白的软泥成了我们最好的朋友，这种软泥说来也奇怪，很是粘糍，小溪边全是，像天然的洋芋糍粑。我们抠出许多粘泥随心所欲地捏出各种玩意儿，牛牛叔捏出了一条牯子，膘壮；挖呷哥捏出了一条小狗，精灵；我捏成了一只小云雀，翅膀好像扇动起来。我们仨都是蒙童，捏出的东西似像非像，有几分像自然雕塑家的作品，透出几分稚气来。

四

夏天把猪群赶到草甸里，各种野草柔软而芳香，许多昆虫也竞相飞舞，我们仨也加入了它们的盛会。

我们像乳猪、狗崽和羊羔一样没完没了地相互打斗着，不过，最终受伤的还是牛牛叔和我。一番激烈的打斗后我们仍是好朋友，从来就是这样。

偶尔骑猪还是很快活的，但我们只能偷偷地骑那些很乖的猪。看到挖呷哥和牛牛叔骑到猪背上在草甸里徜徉，似乎像骑士那样威风和荣光，耸立的天菩萨像神鞭一样甩动，就好像我们偷骑在马朵洛羊背上那样尤为神气。然而，更多的时候，我们仨只能相互骑着玩儿，孩子的世界也是弱肉强食的。挖呷哥始终有些强势，我不够坚强，而牛牛叔则有些温良而软弱，但最终还是挖呷哥处于上风。

玩儿腻了，我们就开始在草地上打起滚来，像疯子一样狂吼乱叫，惊动了草地上的居民：云雀惊飞了，蚱蜢逃逸了，蝉子哑声了……人也疲乏了，于是我们就把家里带来的午餐拿出来一块儿吃了，吃不完的就扔在了坡下，海勒奶奶看见了就从地上一一捡起来放在衣兜里告诉我们说："孩子们，不要这样，爸妈还在地里饿着哩！"

当时，我们太任性，不知道爱惜粮食，也不知道体贴父母，始终听不进海勒奶奶的劝告。吃饱喝足了，累了困了，就跑到树荫下小憩。很快牛牛叔和挖呷哥就打起小呼噜来。

夏日酷暑焦躁，我睡不着。仰望蓝天，白云匆匆，青天深邃辽远。忽然，天空中飘来一种高昂悦耳的声音，深深地吸引了我不能午眠——这是什么声音如此动听？噢，这是空中的精灵！你看，那高空振翼飞行的精灵，"隐身于天际，游弋云端的光辉"。它那持续成串的颤音和颤鸣好像是父亲吟唱的山歌那样粗犷动人。它唱着悠远的民歌从草地上徐徐升起，越飞越高，越唱越响亮。在空中飞翔，在空中拍动翅膀，在空中欢唱，它是空中的精灵。

干旱和贫瘠的特勒莫因为有你而美丽，你随着微风时而浮翔，时而又疾飞而上直入云霄，时而像箭一般的射到地面。你这勇敢而多情地精灵在高空振翅飞行时鸣唱，鸣唱这草地，鸣唱那山野，鸣唱着彝家的火把之歌《朵洛荷》，鸣唱着彝家美女《呷莫阿妞》，鸣唱着神鹰之子《支格阿鲁》，鸣唱着彝族抒情长诗《阿莫妮惹》……你的歌声像那震撼人心的老彝腔和毕神的诵歌声把我带进了古老的祖先的牧场。你的歌声唱绿了特勒莫，你的歌声唱酥了《阿惹妞》，你的歌声唱醒了牛牛叔和挖呷哥。

那一夜，你点燃了我心中的梦想，从小我就倾听着你美妙的歌声中成长。啊，故乡的云雀之神！读中学后，我才聆听到了在那遥远的国度里传来诗人泰戈尔和雪莱笔下美妙的云雀之声。

五

秋天把猪群赶到勒莫依嘎小溪边里敞放，格外愉快。

我们仨从特勒莫二半山赶到勒莫依嘎矮山时很兴奋，每一根神经都动起来了。虽说解莫拉达的小孩有些讨厌，但我们井水不犯河水，始终没有过正面的冲突。

“秋水泻明河，迢迢藕花底。”勒莫依嘎小溪变得如此温柔而善良，在阳光下像母亲的手，轻轻地抚摸着我们的脚丫，沐浴着猪群与我们。向南远眺，匆匆的勒莫依嘎小溪欢唱着动听的民歌奔向银光闪闪的米市河。

捕鱼是我们最快乐的事儿。勒莫依嘎小溪里满是鱼儿：有小麻鱼儿、小木叶、小钢鳅、小鲢鱼……小溪分叉而流，浅浅的淹不到我们，水里长满柔绵而翠绿的青苔，青苔附着在光滑的鹅卵石上，一不留神就滑进小溪里全身满是鱼腥味儿。许多鱼儿就藏在石块下、沙泥中、青苔里，那油油的青苔尾巴在水里不停地招摇，像小水蛇一样游来游去。鱼儿在我的脚下穿去穿来痒痒的，手一伸进水里一抓，没抓稳，滑溜溜地却从手里溜掉了。水珠溅满了一身，不禁又打了一个寒战。

小溪里的鱼儿似乎是永远长不大的，始终只有十厘米左右，肥油油的，挺诱人；熬汤喝营养丰富，烧来吃更香更美。看到别人捉了一串串，而我老是捉不上来，心里急着慌；越是急躁，越逮不住。我没兴趣了就捉小青蛙玩，果然，惹恼了它，唰的一声尿就飙进我的眼睛里，痛得我哭喊不停，使劲地揉洗半天还睁不开眼，双眼充血红肿不堪，痒痛不止，我以为瞎了，让我难受极了。

牛牛叔和挖呷哥也没办法，只好把捉来的鱼拾些柴草烧来吃，我吃着香脆的鱼肉也就忘记了刚才的疼痛，只是偶尔用手揉揉而已。

牧归之时，我看到好多人用灯芯草穿在鱼鳃上一串串地提着回家，老远就闻到了羡慕的鱼腥味儿。有一条扯豁了落在地上，我拾起了嗅嗅，多美的鱼腥味儿啊！小时候，这些肥美的鱼儿养育了我们，由此而喜欢上了吃鱼，至今还意味深长。

每当赶回猪群一爬到笔直的特勒莫山梁的时候，总是口渴难忍。俯瞰身后的米市河静静地向北奔流不息，反射出璀璨的霞光，秋水长天，水鸟翔集。正如唐代诗人王勃所描绘的那样“落霞与孤鹜齐飞，秋水共长天一色”。

此情此景，我多么渴望化作一只轻盈的水鸟，飞向那滔滔的米市河饮一口清凉的河水；我多么渴望化作米市河里的一条美丽的小木叶，在那波光粼粼的水面上游弋；我多么渴望化作河边的一棵金色的垂柳，把清影舞进河里。

米市河啊，米市河！你像牛牛叔和挖呷哥那童真爽朗的笑声在我梦里几回回……

六

冬天，猪群都自由地放敞了，我们仨也就更加自由了。

我读师范校的时候，我们仨曾见过面，变化都大。牛牛叔变得稳重健谈，乐观畅达；而挖呷哥却更加沉默寡言了；至于我变得有些孤芳自赏，常常生活在自己的世界里。见面时我们彼此之间话题不多，更没有提及童年的往事。

如今，我们仨虽说天各一方，平常也很少往来，但心灵还是相通的。

我的草坡，我的瓦洛鸟

每天清晨常被一阵和声吵醒，始终那么准时，那样婉转悠扬，那样清脆自如。我知道它们给我的启蒙教育一点也不比父亲和母亲，叔叔和舅舅教我的那些民歌差；相反，还要上心。

这些最美妙的音乐是从森林草坡中传来的，此起彼伏，无休无止。曾无数次吸引着我废寝忘食地去追逐它们的声音。我对它们难以割舍，又因此而无情地伤害了它们，至今还愧疚不已。

布孜觉勒、克惹尼巫、吉孜迪勒、兹孜挖扎库、额托查拉、齐阿霍、特波扎布、波火瓦洛都是我所喜爱的鸟儿。可它们却一点也不喜欢我，甚至成天视我为它们的天敌。每当我一侵入它们的领地，它们就像面临草蛇偷袭它们的窝巢一样，群起而攻之，围着痛骂不已，直到我离开。它们誓死捍卫自己的领地，寸步不让，应该远离我这个小无赖，可它们的爱巢却又偏偏暴露在我的眼皮子底下，它们拿我没辙，不管做如何的伪装，采取怎样的战略战术来故意引开我的注意力，如何做强攻，如何悲鸣……它们精心隐蔽的家园和儿女们始终都逃不过我的火眼金睛和小魔掌。只要我稍稍耐住一点性子，每天都会有收获。

我的嗓子是从每天生吃鸟蛋养出来的，我的好视力也是从小成天观山鸟的行踪而练就的。没有谁的耐力和专注度有我这样的，即使是博物学家也会感到吃惊的。我成天疯狂地爱上了捣鸟窝这一坏习惯，只要从树林和草坡中传来鸟儿鸣巢的声音就会形成条件反射，毫不犹豫地放下手中的一切，兴奋地朝鸟声飞奔而去。也因此常挨揍，但始终还是改不了。

在我的草坡里还是数波火瓦洛鸟最狡猾。它就像高山草甸里的魔术师一样道法高深，很难对付。它的窝巢十分隐蔽，深锁在精致的山草丛里，任凭你把满坡的草丛翻过几十遍也不容易察觉，没有耐心的人找多少天也会是无功而返的。它们一向个个都是伪装的高手，叫声就像是人的口哨声，频率较高，叫声与尾翼的摆动是同步的，明显特别自信而不失傲慢。它们经常叼着虫子故意远离自己的爱巢飞到远远的高高树尖上而且朝着相反的方向鸣叫不停，可以停留半天，这是它们惯用的伎俩，我从不上当。尽管如此费时费力，我的视线一秒也没离开过它的身影，我会把自己的身体掩埋在树丛中躲过它们的视线一动不动地死盯着它最终隐没的方向，可以长达一两个时辰，即使我的双眼酸涩流泪也不会轻易让它漏网。

我真的不知道自己为什么如此沉迷于捣鸟窝这一件事儿？！不喜欢与同龄人交往反而与鸟类过不去。尤其是当我把一窝雏鸟全盗走时，雏鸟们的叫声让其父母撕心裂肺，它们奋不顾身地从树尖上冲到我的身边，扇动着双翼悲鸣着用柔弱的身躯想从我的手上夺回自己的孩子，我不知道同情的滋味是什么。

瓦洛鸟是我的好朋友，我最好的音乐老师，可爱，脆弱，无助！……然而，那时的我根本没有想这么多，哪怕是曾经与毒蛇争抢过鸟窝，也曾遇到过狼的惊吓，更不用说狂风暴雨的袭击，我的兴致一点儿也不减，与它们结下了仇怨。其实，我也只想饲养一些雏鸟来解闷，但都以失败而告终，也觉得许多残忍，只不过从中得到一些无知的“快乐”罢了！

愤怒的公牛

一

一看到这个标题，人们自然会联想到美国同名影片中那条“狂牛”悲欢的一生；爱玩儿游戏的人也会随时触犯到那些“愤怒的公牛”；而对于斗牛王国西班牙的潘普洛纳奔牛节上那些充满血腥刺激的人牛狂欢的场面就更不用提了，尤其是斗牛场上当荣耀无比的斗牛士惨遭愤怒的公牛用其锋利的牛角戳穿身体时，无数愤怒的眼泪滴落在鲜血染红的战袍，那是愤怒的公牛对斗牛士的战斗宣言。然而，我更崇拜的是故乡彝家山寨里斗牛场上那些愤怒的公牛们用生命的仇恨与悲壮捍卫了勇敢者的强悍和野性的尊严。

《史记》中有记载，“蚩尤有角，牛首人身”，蚩尤是苗人的祖先，在我了解中他与我们彝人祖先的习俗图腾有着许多千丝万缕的联系，我们彝族人向来与牛羊有难以割舍的情结，尚有斗牛斗羊的嗜好。很多地方的彝族人往往在自己的门前喜欢悬挂着壮硕的牛角或羊角用于装饰，以示驱邪避祸、威严显赫、吉祥如意、图腾崇拜之意。在彝人建筑、雕刻、漆器、刺绣、服饰等综合艺术领域里也常常多采用象征牛角羊角的创意性图案，具有浓郁的民族特色。

二

特勒莫和羊房沟是我童年和少年生活的地方，那里的彝家村寨十分热衷于斗牛斗羊活动。强壮威猛的公牛公羊在我的童年与少年的记忆中是难以忘却的。

每年高山上秋收后，成群膘肥体壮的牛羊就敞放在燕麦、荞麦和青稞地里，这里自然就成了牧民们欢乐的斗牛场。常年放野在高原上的牯子，一条条高大壮实，头部面部犹如钢铁般厚重，脖颈与胳膊粗壮有力，肌肉暴突，肩部隆起活似富士山遮挡住了人们的视线，个个油光水滑，彪悍威武，充满野性，争强好战，就像非洲水牛和北美野牛那样异常凶悍。

尤其牛群进入发情期后牯子间的争斗越为激烈和惨烈，每年争夺牛王的最佳时刻就要到来了。村落间的牛群各有所属，不同山上的牛群都有属于自己的一方领地，每座山梁上都有一条统治和掌控着自己牛群的牛王。它们个个威风八面，活力四射，无不释放出一种原始的野性与暴力之美，让人不由得联想到世界重量级拳王、世界大力士冠军、世界健美大赛冠军以及NBA巨星的风采。

激烈的战斗即将上演了，愤怒的公牛们个个摩拳擦掌，蠢蠢欲动，在各自的牛群中不时时地发出震耳欲聋的怒吼声和咆哮声，这声音完全使出了其全身所有的力量而冲出的极具震撼力的粗犷的万丈怒吼，震撼山谷、震撼人的心灵、强烈地震慑了对手，这是一种挑战声、挑衅声和警告声。听到这声音后，有的闻讯赶来挑战，有的闻风丧胆，有的不战而屈人之兵，有的吸引了不少的异性朋友来求爱……它们都纷纷来亮相了。

秋收后的庄稼地里一时间就成了牛王们成就梦想的竞技场，角斗场，热闹非凡，笼罩着一层强烈的火药味儿与血腥味儿，甚至有的会付出生命的代价。这些愤怒的勇士们，大多是牛王自己莫名而来独孤求败的，有的是牧民们自发组织起来相互较量的。但敢来赛场上角逐的英雄个个都是身怀绝技，本领超强，身经百战，凶悍无比的斗士。

它们都以自己特有的方式不停地向对手发出战斗前热身与示威的信息：它们个个愤怒地用自己的两只前蹄凶猛地刨着山地，

把无数的泥沙和草坪刨向身后，用壮硕锋利的双角戳翻土埂和树木，像似一颗炸弹在它头部上炸开了一样十分恐怖。许多无辜的生命成了它们的蹄下鬼，还不时时地憋足了全身的劲儿发出牛气冲天的怒吼。这样的示威既可以激怒对手，同时又可以把胆小的公牛在热身时就吓破胆。这些紧张激烈的前戏并非虚张声势，而是有备而来荷枪实弹地投入战斗的，甚至是要付出生命的代价。它们并不因为大山的阻隔、对手的强大而放弃战斗的信念，只因为成为牛王是它们毕生追求的梦想。

三

“噢喔——勒则勒则勒则勒则——勒则啊——勒则！……”有一位尖嘴猴腮的牧人从斗牛场中跟着开战的一方手舞足蹈地呐喊着奔跑着，助威声一拨接一拨，一浪盖过一浪，更加激起了两位斗士的勇气和信心。气氛异常紧张，围观的人个个惊慌失措，心跳加快，呼吸急促，好像是自己亲自上擂台 PK 一样异常兴奋。交战的双方都是生性暴烈，天生好斗的愤怒的勇士，它们的嚣张气焰在主人的驱使下越烧越烈，有着力拔山兮气盖世的英豪之气。

有的勇士双方性急没有过多的战前热身，一走近对手就四蹄腾空向对手猛烈地撞击过去，迅速进入狂暴的状态，坚韧的牛角强烈地碰撞在一起，火星四溅，响声四起。

而慢性子的公牛双方的角逐则相互走近后不急于较量，彼此先进行一番恶意的试探：个个底气十足，各摆出一副横眉冷对傲视对手的阵势，并缓缓地转身仇视着对方示威，待双方头部转到一处时才开始发起强烈地攻击。角逐的双方以雷霆万钧之势重拳出击，连续打出漂亮的组合拳，似乎置对手于死地的攻势。它们都不断地释放出令人窒息的野性，让人感受到野蛮与狂暴带来的快感。

当我看到那些愤怒的公牛以排山倒海之势战胜对手成为牛王的时候，我首先联想到的是凯撒大帝骑马斗牛胜利而归的英武形象。牛王给主人和家族带来不小的荣耀，牛王紧追不舍，而落败的公牛慌不择路，随时闯入人群中出现踩踏事故，酿成悲剧，惊险刺激，惊心动魄。

四

愤怒的公牛们在故乡的山地里群雄逐鹿，我家的歪角牯子脱颖而出，成了横霸一方的牛王，成了公牛中的战神。那时候，它成了我亲密的朋友，每天我像伺奉亲人一样善待它，牵着它精心放养与饲养。它正处于壮年时期，它的体格没有高大威猛的先天优势，身体也不够强壮剽悍，它的头部、面部、肩部、腹部到处都留有许多伤痕，有些伤口甚至经常化脓流血。白天放养的时候，有好多的牛虻和苍蝇在它的伤口上不断地叮咬，它只是摇一摇头甩甩尾巴也就罢了，我摘了一丫树枝经常把那些坏蛋赶走，一年四季都有新添的伤疤，始终没有痊愈过。

它的双角长得有些歪斜丑陋而且有些残脱，没有什么优势可言；相反，我有些担忧会折断。但它的头部、面部、眼部和颈部的肌肉和皮肉特别多特别厚实，比一般的牯子要厉害得多。它有一双圆浑凶恶的眼睛，似乎带有一股杀气和不屈不挠的韧性，这也就是它与众不同的地方。

我从他特别的双眼里看到了一位身经百战的勇士的光荣，看到了一位永不言败的斗士的顽强，看到了一位充满仇恨和敬重对手的残忍。它在一个放牛郎的眼里是何等的骄傲与自豪啊！

五

歪角牯子如日中天的时候却遇到了来自于比它强十倍的新生牛王吉戈斤摩的前所未有的挑战，在过去几次战斗中凭借着它的经验和战斗的意志守住了自己多年捍卫的牛王头衔，可如今对手越来越强大，自己的体力有所不支，怕是不容乐观啊！歪角牯子内心充满着焦虑与不安。

有一天，生死决战的时刻不期而至，我牵着它到青草最茂盛的几斯觉山地边用三十米左右的软钢丝绳把它固定在小灌丛上就去捣鸟窝了，以为它会像平时那样围着绳子吃得饱饱的。谁知道，我刚一进林子就听到了一条陌生牯子叫嚣的声音，而且似乎这声音离它越来越近了。我有一种不好的预感，一趟就跑出了林子朝我的牛王奔去。只见新生的牛王吉戈斤摩如同妖魔似的不知从何方乘虚而入偷袭我的牛王，我和我的牛王都毫无防备，仓皇应战，套在头部的钢丝绳还来不及揭掉它就崩脱了绳子的另一端，拖着三十米开外的钢丝绳与强于自己数倍的到访者接上火了。

我心头难过极了，像刀绞一般。因为我的牛王是负重的被动的，我恨自己不该去捣鸟窝，如果我的牛王能够轻装上阵那该多好啊？！现在一切都晚了，一切都来不及了。我不敢正视那双方火并惨烈的场面，我的牛王头部的伤疤开始流血了，我的心也跟着在滴血，而且头部的钢丝绳深深地勒进了肉里。它那痛苦的模样知道是在强烈地责备着我，如果我的牛王今天战败了，那应该完全是我的失败而不应该是牛王的失败。如果今天遭遇不测我如何向牛王交代，我自己成了这一战役的罪魁祸首，我拖了它的后腿，不能原谅自己。此时，谁也不敢去冒这个险去解开系在它头上的钢绳，更何况我只是个孩子，只能眼睁睁地干望着无力回天。火并的场面越来越残酷，它们猛烈地斗成一团，难解难分，圆浑凶恶的眼睛斗红了，它们没想什么，只想胜利。

愤怒的公牛用角斗、顶头、击腹、颈斗、勾角等十八般武艺全都用上了，并且双方都发挥到了极致。我的牛王由于绳索的羁绊极大地限制了它的发挥，有几次险些被顶翻在沟里，尤其是绳索被踩踏住了的时候，我的牛王一下跪在了地上并发出痛苦的呻吟和怒斥声，我的心好痛好痛。它马上勇敢地站起来又继续投入残酷的战斗，虽然气喘吁吁，口吐白沫，血肉模糊，但丝毫没有妥协，毫无退缩。

观战的人唯一就是弱小的我，我一直都在不断地掉着泪，跟着战线奔跑着战栗着，祈祷着……现场惨不忍睹，简直达到了兽性的极限。这是一次有关生死的决斗，它们的仇恨蒙蔽了双眼，并且渗入了灵魂里，谁也无法阻止它们，谁也救不了它们。

战斗持续了半天，从几斯觉山地打到了第波希山梁，愤怒的公牛跌跌撞撞，拼尽了所有的力量，斗红了双眼，斗臭了双角，惨烈的角斗场令人窒息。在它们的眼里永远只有仇恨和愤怒，只有王位与尊严。因为这些东西甚至超越了它们生命的本身，愤怒的出气远不止于痛苦的怒吼与哀鸣。我多么想变成山神咒断它的锁链，但我依然这样弱小和无能。它们发出的声音是那样的悲壮和凄惨，像似即将走向死亡之谷的宣言，然而，它们谁也不可能轻易地缴械投降，轻易地俯首称臣，轻易地低下勇敢者的头颅。

我从未看到过僵持如此长久的公牛间的决斗，越来越怕牛王被战死在山谷里，不禁大声哭了出来，但无人知晓。此时，我的哭声似乎惊醒了正在挣扎中的牛王的意志，一股神秘的力量和勇气涌入它的全身，一个绝妙的招数击中了强大的几戈斤摩的腹部并乘势而上顶翻了强劲的对手，我的牛王胜利了！我的牛王胜利了！……我独自一人连连大声高呼着，奔跑着，疯狂着……

偷袭者爬起来正要落荒而逃，我的愤怒的牛王拖着钢丝绳奋不顾身地进行穷追猛打，把失败者逼到了悬崖边的绝境，毫不犹豫地用尽全身的最后一丝勇气和力量猛烈而残酷地顶翻了对手也顶翻了自己，双双一同坠崖身亡，同归于尽。

“喔～咿——！”这是牛王留给山谷里最后愤怒的嚎叫。这声音震荡山谷，震撼灵魂。它们彻底地释放了自己野性的愤怒。其实，这场决斗没有真正的失败者，它们都是胜利者、终结者，它们用自己顽强的生命捍卫了勇敢者的强悍和野性的尊严。

我的小学

那是 20 世纪 70 年代中期的一个秋天，我横着性子跑进了新和小学，找到了日思夜想的读书学习的机会，在这里度过了我的小学生涯。如果上帝没有为我开启这扇小学的大门，那么后来我就不可能走进初中、中师和大学的校门，也就无法改变我这个大山里彝家孩子的人生命运。

新和小学坐落在锦屏大山深处一个叫长坪子的彝家村落，那里没有几户人家，能够把孩子送到这所公社小学来念书也是不容易的。

我们入学的时候，学校刚从解放沟搬下来还不到两年，规模不大，只有一幢小青瓦土坯房，百余名学生，三四位公办老师，没有开办一年级，大多学生都是在各小队民办老师处读了一个一、二年级不等来的。刚开始只开办了三个年级（二、三、四年级）各一个班，一个老师包一个班，后来就有五年级了。老师都是外地调来的，大都年轻有朝气，全是男教师，个个多才多艺，很有亲和力，特别关爱学生，敬业奉献精神尤为可嘉。我有幸遇上了他们，假如没有这样一批好老师，我根本就考不起学校，我的命运恐怕也就要大大的打个折扣了。

那时，全校师生食宿、上课全拥挤在那幢小青瓦土坯房里，白天用作教室，夜间把桌子并拢来铺上被子就成了学生的寝室。上课的时候，教室背后和两边都堆满了各式各样的垫毡和铺盖卷儿，随时能闻到各种异味儿，可能大家都已习惯了这样的味道。

开学报名的第一天，其他同学都有自己的学名，唯独我和同伴克惹木甲科达只有彝名没有汉名，老师们感到彝名使用起来不太方便，于是有位老师就给我们现场取汉族学名进行报名注册。我的学名叫“蔡明贵”，他的学名叫“张永贵”，我们也不知道他取名的依据是什么。我们俩兴奋不已，感到无上荣光，好像《西游记》中菩提祖师给石猴取名为“孙悟空”一样欣喜若狂，彻夜未眠。

给我们取名和报名注册的是一位身材魁梧，威严帅气的蒙古汉子。一身草绿色的军服，双眼皮，大而圆的一双眼睛活似印度人，炯炯有神，似乎一眼就能看透你的一切，庄重睿智中不乏幽默感。后来才知道这位蒙古汉子叫纪德银，他是一位退伍军人，在部队里当过连长，有一手绝活——笛子吹得好，爱唱样板戏经典歌曲，他就是我们的校长，终生难忘，感恩不尽。

我是班上最特殊的一个学生，从没进过村小，第一次入学就只能跟班就读二年级，对于只认识母亲教的那几个阿拉伯数字的我来说是一种挑战。光有热情，毫无基础可言，一上课就坐飞机，没法跟上班里读了一、二年级同学的步伐，虎头虎脑的我学起来有些吃力，但读书学习对于我来说很新鲜，也很有兴趣。

刚开学的那一个月好像老师都在补习一、二年级的语文和算术知识，看到其他同学个个手里都有以前学过的课本，课文读得滚瓜烂熟，布置的作业也一蹴而就；而我就惨了，在班上只能凭借着这股万分的热情和激情读着“望天书”。课本随时倒拿着读，白纸黑字的认不得，好在我的记忆力很好，只要跟着同学们读几遍书我就能倒背如流。算术课我就更没办法了，简单的一道题都要花上半天的工夫，以致常常耽误午休时间去公社水塘凫水，心慌了就只好扔下它，玩了回来才赶紧请教同学木甲科达完成，他帮我最多。一个月后，我才勉强能够应付了。升入三年级以后有幸遇到了特别优秀的罗正云老师，四五年级时成绩有了很大的提高。不过，算术知识很多还是一知半解，以致后来升到初中时，数学始终还是我的弱项。

开学两个月后，父亲来到了学校，担心和忧虑一股脑儿又涌上心头，怕父亲认为我跟不上同班同学的节奏而把我带回家放羊，断了我读书的机会，我似乎有些坐卧不安。奇怪的是那天父亲并没有找我而是给我留下了口粮就走了，大概他在老师那里已经了解我的情况，这才让我松了一口气。我的小学生涯也才得以安稳并最终确定了下来，我的人生命运也才有了转机，我是幸运的，我得感谢我的父母、老师和同学。

长坪子的风很烈，常年听惯了东南西北风的呼啸声。秋冬的校园犹如一片空中的树叶飘摇在风口红壤里，强劲的风在这里不停地流浪，坡上的树木长得歪七扭八的，像一千个醉汉一样东倒西歪。狂风说来就来，随时搜罗着校园里的枯枝败叶和瓦砾红尘，卷入半空中向陡坡抛去。春夏的风又像辛勤的园丁温柔地呵护着每一棵花草树木，吹绿了校园的每一个角落。劲风给我们注入了一股锐气，磨砺了我们一种顽强的意志和不屈不挠的精神。

“每一个生命都是一个不朽的传奇，每一个传奇背后都有一个精彩的故事。”这是一种对生命的诠释。每个从大山里走出来的彝家孩子背后都有一个自己讲不完的传奇故事。我就是这样一棵山野里柔弱而坚韧的小草，草根是我的生命本真，虽然我们的生命不够精彩，我们的故事不够传奇，然而，我们的生命是在苦难中快乐成长的一代。

我们的作息时间与国家规定的不太一致，连上十天课休息四天，适合我们山里的特点，便于学生们回家去准备口粮，老师也有几天稍喘息的机会，直到现在我们那里也仍沿用这种教学计划。

记得头两年学校没有学生食堂，只有学生们各自打灶支锅生火做饭。一放学，寝室里，沿坎边，墙角旮旯，操场旁……五花八门，袅袅的炊烟从校园的各个角落升起来，迷漫整个校园。大家都在不停地忙碌着，把家里带来的口粮胡乱地弄来填饱自己的肚子。课堂上经常看到那些满脸锅烟双手黢黑的孩子，但脸上依然挂着灿烂的笑容。夜晚断口粮饿肚皮的时候，与同寝室的同学偶尔也顺手牵羊地取来一些学校或是附近农民的瓜果蔬菜或苞谷洋芋等煮来充饥，至今记忆犹新，很是惭愧。那些大大小小的火坑土灶演绎着孩子们顽强的生存能力，非常快乐有趣。

后来我们读到四五年级的时候，学校有了学生食堂，临聘了炊事员，定期交各种粗粮给食堂管理员统一打饭吃，我们也就方便多了。

那里，走读生极少，学生们大多住校，学校组织的劳动实践课也特别多。几乎每天下午都在老师的带领下参加集体劳动，诸如大扫除、打猪草、拾柴、植树、用三合土打操场、拆草打塘糊等此类活。尤其在学校勤工俭学基地里开荒、筑围墙、种庄稼、种蔬菜、浇水施肥这等活儿是最多的。每周的劳动课几乎都在这里上，学校按我们年龄特点安排劳动强度，适当划分成若干块作业小组分配给各年级，开展劳动竞赛，争夺流动红旗。在活动中我们接受了劳动锻炼，增长了生产生活实践经验和劳动技能，培养了团队精神，养成了热爱劳动的习惯。全校师生自己动手，丰衣足食，自力更生，艰苦奋斗。亲手栽种的各种农作物和水果蔬菜，不同程度地改善了大家的生活补给，饲养的猪又肥又大，每年全校师生还能打一次牙祭，那浓浓的氛围，浸透着一种和谐温馨的感觉。劳动让我们亲近泥土，劳动给我们带来了无比的快乐！

那时的我，身上一年只有一套单衣单裤（没有换洗的，更不用说有内衣内裤了），能有一双黄胶鞋穿就不错了，只有上学的时候把脚洗干净了才舍得穿上它；假如家里遇上补钱的一年，新衣新鞋就没指望了，只靠母亲缝补着将就穿。而我爱干净，经常洗，又整天活蹦乱跳的，再牢实的衣裤也随时磨破，纽扣脱落，小肚皮敞露在外，小屁股上好像也常常长了两只眼睛似的，不敢在人多的场合随意跑动。尽管那时物质极度贫乏，然而，学习与生活给我带来了无限的生机和快乐。

那时，作业少，课余时间多，整天活力无限。每天在不太规则的三合土小篮球场里蹦跶着，废寝忘食。篮球是我最好的朋友，一走进篮球场我的全身就要沸腾起来，疯狂起来，痴迷起来。不过，很多时候体育老师手里的那几个可怜兮兮的胶篮球也只能在体育课时我们才能摸一摸。松杆栽立的球架，粗糙变色的松木篮板，悬吊吊的篮圈儿，要是投球稍重点，球板或篮圈就随时掉落在地上。那些可恶突起的铁钉随时戳爆我们稀有的胶球，要是拍重或摔偏了，球就会跳出屋顶和围墙滚落下学校背后的陡坡直奔入滔滔的雅砻江里，甚是可惜，很多时候我们都在望坡兴叹。不过，只要球场上响起篮球的声音，我的每一根神经都兴奋起来。

打战的游戏全都是来自于当时最为狂热的“坝坝电影”，一年巡回放映仅能遇上一两回，非常稀罕。那种争看电影的拼命劲儿、高兴劲儿至今记忆犹新。放映的大多是精彩的战争故事片，在我幼小的心灵深处烙上了深深的英雄情结和悲壮的性格，由此而产生了参军的梦想。

“小人书”也是我课余生活的精神食粮。那时候，学校既没有图书，也没有什么音体美器材供我们使用。手里除了唯一的课本外，没有其他的读物。我清楚地记得，当时在汉族同学中间流行着一种十分精彩的连环画小人书，什么《三国》、《水浒》、《西游》、《地道战》、《地雷战》、《智取威虎山》等，我特别喜欢看。家里买不起，也没地方去买，他们又不肯借给我。于是，只好千方百计地经常与他们周旋，用家里背来的洋芋调换着他们的小人书看，几个洋芋可以借到他们手中的一本小人书，看完后又还给他们；有的我看了几遍还想看，但一旦超过了规定的时间他们就要强收了回去，于是每本都抓紧看完。我借到书就像如获至宝，如痴如醉地悦读来充实我的课余时光，作品中的那些人物和故事情节深深地吸引着我，感染了我，从而喜欢上了阅读。

我喜欢唱歌，喜欢听音乐。平时大家也爱哼歌，爱吹口哨，爱听音乐，我就是这样一个人。尤其藏歌、蒙古歌和我们彝族的民歌深深地震撼着我。上音乐课时我们最积极，有时几个年级合起上，尚未敲钟早早就端着凳子激动地在教室门口候着了。全校虽然只有一部已经修了若干次却五音不全的脚踏风琴，但仍然成了我们的抢手货，抬来抬去地把它视为稀世之宝。每次老师都要把教唱的歌曲提前用毛笔和大篇纸誊写好后用胶布贴在黑板上，一边教谱，一边教词，教唱一两遍我就会了。同学们各个嗓音不错，每个人都是小歌星十分投入。课堂上个个热情高涨，精神饱满，引吭高歌，每天最美的童声飘满整个校园。

其实，在小学里我没有学到更多的知识，生活也很清苦，但我很快乐。每到寒暑假或大星期，我就有一种莫名的失落感，从我内心来说，还是希望读书的时间更长一些，不太想回家，想一直在学校里不休息地读下去，心中总有一种到远方去读书学习的憧憬。所以，每次放假大家都急急忙忙地离开了学校，而我却往往还在学校里逗留一些时候才慢慢地离校回家。

我的联想、想象、梦想和幻想每天都在慢慢地生长，那些时候，我读书的主要目的也就是长大了能找到远方的舅舅。看到那些穿着时尚军装的解放军叔叔和头戴草帽肩挎黄布包的公社干部，内心里由衷地歆羡而敬仰，我暗暗地立下了参军和当干部的志向，虽未能如愿，但它一直激励着我“好好学习，天天向上”！

四年的小学时光一晃而过，我收获了三样东西：一是学会了讲卫生，二是养成了热爱劳动的习惯，三是有了自己的梦想。

如今新和小学的校舍早已残破不堪，连一个学生也没有了。然而，在我梦境里每每出现小学时代的那些富有朝气的人和那些美好的往事。特别是校园里孩子们的欢笑声、读书声、歌声和自然的声音仿佛在我的耳旁时时响起……

我的初三

我抚摸着龙洞河水般流淌的记忆，回到那如诗如梦般的初三时光。

途中历险

横断山脉嘛哟哟
逶迤向南嘛奔哟
山高谷深嘛路难行哟
梦断青山嘛哟哟
……
横断山脉嘛哟哟
逶迤向南嘛奔哟
连绵青山嘛白云间哟
根骨祖先嘛魂哟
……

这首民歌不知在大山里传唱了多少年，一直伴着我成长，它仿佛在诉说着群山里的人们道不尽的故事。

我家住在高寒山区羊房沟，到瓜别区中学读书，徒步需要两天的路程，三年的初中时光真的不容易。到了初三，一学期我只能偶尔来回一两趟，天不亮就出发，每次都是两头黑，脚板磨烂，脚背走肿。这一遭路程足足教育了我初中三年的时光，也是从山里走出来的人最好的教材。

雨季天，山路崎岖，道路淋漓，攀爬悬崖，长途跋涉。一路遭遇垮方、山洪、泥石流等，危险随时伴你左右。这一路上的过路人或马帮被飞石击中坠入河中不见尸首的事故时有发生，令人畏悚。

途中常遇暴雨，我随时就像一只折断了翅膀的落汤鸡跌倒在路上又艰难地爬起来朝前走。破烂的黄胶鞋里注满了水和沙泥，脱下来抖一抖又勉强套在脚上，不顾腿脚酸痛，脚心磨破，一瘸一拐地继续往前迈进。单薄的衣裤裹挟在肉上好像没穿一样，雨水汗水泪水一齐流进眼里嘴里心里，用手抹一把又吃力地爬起来朝前挪。眼里是刺痛的，嘴里是咸滋滋的，心里是苦飒飒的。

当小龙洞河遭遇山洪暴涨时，河水满浃。我们常常命悬一线，生命往往被操控在一根拉绳上，凭借这根救命绳渡过黄烟黑杠，横冲直撞的山洪。河里乱石翻滚，树木、瓜果和各种泡胀腐臭的动物死尸纷至沓来让人触目惊心，浑身瑟缩着。

过河的人神经高度紧张，把救命绳拼命地用力往两边绷着，脚蹬脚的个个青筋暴突，双手被勒得渗出了血丝。各个战战兢兢，如临深渊，如履薄冰。右手抓住绳子，左手紧紧地互相拉着叉入洪水中慢慢往前移动，丝毫不敢大意。小孩儿被夹在中间双脚还触不到河底就一摇而上被拉到了河对面，我们当时就是这种可怜的小不点儿。过了河才回头一望——不胜心有余悸，浑身哆嗦。

凉风坳是我们来往的必经之路，每次走过这里总要经过一番生死的考验。

干旱时黄沙漫天，飞沙走石狂暴肆虐；雨季时总是遭遇山崩、泥石流等灾害。从垮方顶上倾袭而下湮没了小金河边的马路，横阻山路两侧，连鸟迹都找不到，被淤泥滚石囤积的堑壕形成一道难以逾越的鸿沟，一不小心就滚下波浪翻滚的小金河。脚下的滔天巨浪恶狠狠地怒视着你，岩顶上的飞沙走石还源源不断地向你袭来，让人无法躲闪，常常把人逼上绝境，危机四伏，四面楚歌。

当人的生命受到严重威胁的时候，动物的本能也就自然地显现了出来——在灾难面前人会急中生智，用头脑用胆识战胜自然灾害，保全自己。

每次遇险的时候，我和同伴先环顾四周，必须得双脚双手并用。眼睛既要随时警觉上方的滚石，又要谨慎脚下行进中的手脚配合；双手攀爬时，十指必须得插入淤泥里抓牢，脚步要踏实，身子要跟紧迅速往前移动；上下前后灵机处置，瞧准机会，冲破险境。否则，眨眼间危险又来了。手指随时抓破皮，双腿膝盖常受伤。一旦有所闪失，只能滚入滩中葬身鱼腹，谁也救不了你——真是九死一生啊！

谁又不想快速奔跑过去呢？可双脚老是不听话，一次次地陷入泥石流里，好不容易才拔出来，眼看危险又逼近了。神经异常紧绷，疲于奔命，一身的冷汗湿透了全身。那三年，虽有惊无险，但不知吓死了我们身上多少个细胞。每一次战胜了凉风坳后，个个都瘫倒在地上摆成“大”字形状躺好一阵子才缓过气来。这一幕幕惊险的场面让我们的生命就像蛇一样经历着一次次地蜕变。

酷暑天，我像高山上的绵羊来到矮山一样，酷暑难熬，没走几步就朝树笼里钻，嘴筒子一个劲地往地下塞着，似乎能短暂寻得一丝的凉气，气喘吁吁，整个身子都在摇晃，眼看就要被撂倒似的。

炎炎烈日，在江边徒步穿越，像过火焰山，像在蒸笼里蒸煮，像在烧烤架上炙烤……满面尘灰，挥汗如雨，口干舌燥，头昏脑涨，一遇到路边的浸水就喝，常患疟疾。火辣辣的太阳像有千万根烧红的针刺在你的脸上一般，发烧发涨，手脚充血浮肿，手指和脚趾肿胀得难以弯曲，只要一躺到树荫下就不想再起来。

最恼人的是沿途两岸闷噪的知了声和马帮的驼铃声，更是火上加油，令人窒息。这些知了，不知疲倦地恨而嘶鸣，烦躁刺耳。无论它们的独唱还是合唱，好像把人的五脏六腑都被焖熟了似的，整个河边都在燃烧着。恼人的聒噪声使人心头毛焦火辣，好像孙悟空在太上老君的八卦炉里煎熬一般，阿波罗也钻到了人们的肚子里。

这些大自然的歌手还在卖弄着它们音乐天赋的时候，地下的马脚子[(1)]又来了。金戈铁马，狼烟四起。一拨接一拨的山间马铃声震耳欲聋，马帮脚下尘土飞扬，一路上被碾碎暴晒的尘埃席卷而来，漫过我们的膝盖，裹住我们的全身，让你睁不开眼，成了十足的灰人。只有眼珠子和牙齿还像个人的模样，连吹来的风也都是滚烫的。

那时候，尾巴翘上天的就是这些马脚子。山里唯一的交通工具就是靠马帮运输，山里人十分羡慕这些时髦的“西部牛仔”。他们是山里最先到过城里的人，源源不断的货物和信息都是最先从他们那里得来，从深山到城里，他们过着逍遥自在的生活。

他们的坐骑打扮得花里胡哨的，刻意地配置着马具装备，如同今天的“奔驰”车一样自信。他们在马背上打着口哨，哼着吐字不清的山歌，腰杆一闪一闪的，双脚一摇一摇地从我们眼前吆喝而过；似乎对于过路人不屑一顾，摆出一副高高在上的模样，好一副西部牛仔的派头。我们只能屁颠屁颠地跟随其后吃着一路的灰尘，留下了无数艰难的足迹。

不过，我们当年曾留下的那些深深浅浅的足迹如今已被锦屏电站库区的水面所淹没，当年的马铃声与知了声也被快艇的汽笛声所替代，当年的母校也被夷为平地，早已搬迁到了新校区，尤其当年狂暴肆虐的凉风坳就更不用提了，只露出了点尖尖角并且显得十分温顺了。

夜行道中

一到大星期，偶尔回一趟家真的不容易。每次回家沿江而行，走了一整天，同伴们都到家了，我得忍饥挨饿孤身一人还要翻山越岭，风雨无阻。

---

(1) 马脚子：地方方言土语，指赶马人。

傍晚，离开江边一直爬山，爬到烂铺子山梁时天就要黑了，离家还要翻过两道山梁，大约还需要走三个时辰才能到家。爬到这里已经筋疲力竭，每走一步都是举步维艰了。独自夜行，难免心中忐忑，翻过老衙门梁子时天已黑尽了，对面还横着一道阴森恐怖的骡房沟梁子。正入万山圈子里，一山放过一山拦。

稍息片刻，凉风徐徐拂过面庞，送来一股清新的高原气息，我知道这是来自故乡的风，洗尽了我一身的疲惫，令人心旷神怡。没有月亮的夜晚，繁星闪烁，天宫浩渺，远处山脉脊梁绵延起伏，路旁林涛鸣竹心潮澎湃。这里的确“一山分四季，十里不同天”。白天还在江边如此酷热难熬，夜晚到了这里却是那样的清爽凉快。从灌丛进入山林，黑黢马拱得伸手不见五指，林中随时传来各种动物夜行嚎叫的声响，让人浑身瑟瑟，心头有点儿虚了。

那里山大沟深林茂，夜晚熊豹豺狼出没，各种动物也相继活跃起来。尤其是一路上有很多处火葬地，一到那儿就忘记了疲惫，脚步变得轻快，冷汗涔涔。听大人们讲这一路段曾有吊颈鬼、病死鬼、冤死鬼、无头鬼等出没，夜晚各种厉鬼就出来游荡，寻猎过往之人，狠毒地勒死小孩和醉酒的人。一想到这些，双脚就不由自主地跑动起来，转眼间就到了乱石冈，一驻足就能听清自己猛烈的脉搏和心跳声。我怕自己出现幻觉，如果出现就糟了；巫师说过我的火焰高，应该不成问题，不过心里却始终缺乏足够的自信。

相传乱石冈下曾埋藏着一个家族兴衰成败的故事，在血腥的背后有许多不解之谜。后来有人传说这里常出没一位美丽的女鬼，一到黄昏时，她就出来坐在灌丛下的石板上边梳头边哼着哀怨的曲儿向路人倾诉衷肠，没人知道这里曾经究竟发生过什么，但这传说总归事出有因。恐怕她有冤屈无处倾诉？抑或是要报复世人曾经对其造成的灾难吧？……一想到这儿，让人不寒而栗！即使再多的金银财宝埋在乱石冈下也无人敢去冒险。

“哎，祖先保佑啊！保佑祖先啊……”我默念道。

手中的两块燧石是我天黑前事先准备好的，听大人们常说，夜晚拿着相互撞击出火花能够吓跑妖魔鬼怪。于是燧石在我的手里不断地迸射出耀眼的火星，在黑夜里一路与我同行，为我壮胆，给我带来了一丝的慰藉。

《聊斋》里有许多美艳如花的狐仙妖怪都特别钟情于清贫的书生，我是一介小徒弟？唉——完了，完了。美女姐姐——我们无冤无仇，请别来招惹我吧——求求您！要是真的被她缠住，就死定了。

课堂上老师一直教导我们说："世上本没有鬼，是人的心理在作祟。"我眼睛一闭，孤注一掷地跑过了乱石冈，似乎我的魂魄真的已经看到了美女妖精，头皮像触了电似的毛发卓立。冲过了乱石冈，本来我不敢回头的，但好奇的天性却偏偏让我远远地又回过头去，只见那片乱石堆犹如满山黑色的羊群汹涌而下撒在灌丛中，而那里是否有一位貌若天仙的美女妖怪常坐在乱石堆上梳头也不得而知；乱石冈下是否埋藏着一个家族兴衰的悲剧故事也成为笑谈；那里是否埋藏着一个悲惨而又凄美的爱情故事也只有传故事的人才知晓了。

此时，又恰恰让我踩断了脚下的一根枝丫更使我大惊失色。转眼就要翻过骡房梁子了，心情稍微有些放松，离家不远了。林中的动物仍在活跃着，内心极度的恐惧感已升到了极致，于是我就索性放声大吼几声，一切的压抑和恐惧都一下子宣泄了出来，然后又跑步前进。抑或是乱唱几句熟悉的歌词给自己壮壮胆，减减压，稳稳心而已。

如此这样来回初中三年，我从未遇见过什么豺狼虎豹等猛兽，也没遇到过什么魑魅魍魉之类的东西，大多时候都是自己吓自己罢了。后来大家聊天的时候，谈到有关我独自夜行道中之事，我把这些经历一一告诉了朋友们，他们却笑而答曰，说我八字大，火焰高，运气好，一般不容易闯见邪气。我半信半疑，不过，心中却增强了一点自信与自豪感。

面对这一路恶劣的自然环境，这一路的艰辛历程，无疑培养了我的独立性，磨砺了我顽强的意志。它不啻是我的一次次生命之旅，也是一次次精神之旅。

感谢饥饿

因为饥饿，才让我懂得珍惜，懂得感恩，催我发愤。

20 世纪 80 年代初，我家正处于贫寒而凄清，饥而难饱的状态。虽然那时候全家只供我一个初中生，但家里已倾其所能耗尽了所有，我的初三是在饥饿和贫困中度过的。

我们进初三时，国家已恢复高考五年了。瓜别区只有唯一一所初级中学，全区六个乡在校初中生只有百余人，我们那届初三毕业生也不过十几人，那是母校发展的鼎盛时期。

因为贫困与饥饿交加，读书生活的艰辛，许多同学中途相继辍学回家务农，有些乡几乎找不到一名在读初中生，而我和同乡张永贵同学却始终坚持了下来。学校搞的是精英教育，自然就是小班制了，课堂上几乎每个老师都能做到一对一的辅导。

我们大多学生食宿在学校里，自己交口粮和柴火费到学生食堂统一管理，住通铺，穿破旧，生活十分艰苦。只有家里条件好一点的个别学生能够在教师伙食团搭伙，每天能够吃上我们逢年过节才能吃得上的香喷喷的大米饭，有时还可以吃上一顿肉，让人羡慕不已。

我和同乡张永贵同学要费几番周折才能把粮食交得进来，直到毕业都尚欠学校伙食团一些粮食而感到有些尴尬与无奈，幸好遇到了有爱心的纪德银老师帮我们贴补上了，一生感激不尽。

我俩交不起柴火费就利用大星期到很远的溜姑山上去背柴，每人一年要交 300 斤柴给学校伙食团才能安心搭伙。对于年纪尚小，营养不良，矮小瘦弱，力量不足的我俩来说，这是一个不小的挑战。每次背柴，一大早出发，傍晚才能返校，而且每次也只能背回一背 50 斤左右的柴，一步一滑地挪到学校，又饿又累够呛的！这得需要花上六七周左右才能完成一年的交柴任务。每次上山背柴都要不同程度地受伤，至今都还残留着一些当年的伤疤。

那时，一天只能吃上下午两顿饭。每天能够吃上洋芋坨坨、苞谷饭，能够喝上圆根酸菜汤等也就不错了。学校有菜地，划分给各年级管理，利用劳动课和课余时间，师生们亲手栽种各类蔬菜，每期都能完成蔬菜上交食堂的规定任务。这些补给也给了我们贫困的孩子减轻了一点生活上的压力。

一到开饭的时候，同学们都把碗敲得叮叮当当地响个不停，个个健步如飞，怕落在后了饭菜都被抢光了似的，那些饥饿的眼神至今让我无法忘记。每八个人自由组合围成一桌，由桌长分配到每个人的碗里，有的还没等桌长分完就开始从自己的碗里抓起来塞进嘴里，手上嘴上都填满，不慎落在地下的残渣也赶紧拾起来拍一拍吹一吹就送进嘴里了；有的似乎嘴里都要伸出手来了，清口水长淌；有的盯鼓眼儿地看着自己的碗里，怕人家给他分少了。于是在露天坝里个个狼吞虎咽起来，顷刻间一扫而光。每桌配的那一盆清汤寡水的菜汤摆在地上，大家都争着朝里边舀汤，看到一双双恐慌的眼睛直盯着盆里的菜汤，好像巴不得一个人就独吞了。有时为了争一小勺饭菜还大动干戈，我胆儿小有些客气，再饿都忍了。

那时候，对于我们这些家境寒碜，离家远的孩子来说，很多时候都是饿饭读书的。没有不好吃的东西，吃什么都香，只要有。每顿饭只是填个半饱，吃得再饱心头也是慌慌的。怪不得当时就流传着一句“穷当兵，饿学生”的顺口溜，一点也不假。以致，一放假回到家中随便吃点东西，肚子就老是气鼓气胀的吃不消，看来肠胃变细小了，自个儿心里都没底儿了。

近处的学生还过得去，每个大星期都能回家改善一下生活并且随便带点东西，可以自己加点餐什么的。而永贵和我大多时间就只能可怜兮兮的干抗着喽！偶尔才与好心的同学混上一顿，我俩只能孤独地在自己的铺位上点起马灯捧着书看，在书中找到了营养，渐渐地也就习惯了。

龙洞河水是清澈的美丽的，也是痨肠寡肚的。喝了龙洞河的水饭量增大，老想吃肉，潮得很。而我们那年月有点粗粮填饱肚子也就阿弥陀佛了，甭想吃肉的事儿。从来不知道馒头包子这等新鲜事儿，直到第一次走进盐源县城参加中考的时候才尝到了馒头的味道，而包子却是在接到中考成绩上线的通知后，母校的吴昌明老师邀请我俩吃饭时才第一次尝到了肉包子的味道，真的很香，很香。

尤其是晚上偶尔混场电影，看到电影里吃大餐的情景无数次地唤起了我强烈的食欲，让我无法克制，只能泡在书海里暂且遗忘饥饿感，或者每晚在梦境里享受美餐来满足现实中过度的饥饿。

卢梭在他的《忏悔录》开篇里这样写道："……不论善和恶，我都同样坦率地写了出来，我既没有隐瞒丝毫坏事，也没有增添任何好事……"

我和发小永贵同学很有缘分，从小学、初中、师范校到工作，亲如弟兄，形影不离，彼此照应。无论做人还是学习，他都是我的榜样。遇到大星期回不了家，学校又没开伙，我俩就靠开学时从家里背来的一点炒面、苦荞面或玉米面什么的克扣着熬一点粥充饥度日。仅有的这点口粮也撑不到几个星期，断粮的时候，一两天饿饭是常有的事儿，只能喝口冷水，没精打采地躺到通铺上看书，于是勉强忘记了饥饿。

实在撑不下去的时候，我俩就利用大星期的时间给修房子的工人师傅到瓦厂背瓦挣点生活费，一天挣下来的工钱能够吃上一两天的素面，像过年一样幸福。这样，还可以度过一些时候；然而，这种好事也不是每次都能遇到，况且，读书才是我们的本分。于是让我联想到马克思写《资本论》一天只能够吃到一个馒头，曹雪芹著《红楼梦》也只有用一两个木薯来充饥；不过，我们毕竟不是伟人，只是凡夫俗子。

记得有天晚上，我俩坚持学习到凌晨两点左右，校园一片宁静，同寝室的同学早已进入了梦乡。此时，体力与脑力都消耗很大，饥饿残酷地向我俩袭来，室内空空如也，没有什么可充饥的。只见墙角里还有一个漆黑的破锣锅还蹬在铁三脚上，里边却空空的，实在饥饿难耐。寝室背后就是无遮拦的一块学校菜地，此时明月皎皎，流水潺潺，秋虫袅袅，饥肠辘辘。

当人饥饿到极点时，动物的本能属性也就自然地流露出来。我叫永贵同学拾点干枝丫，把水烧好，他知道我俩什么也没有了，更不知道我要去干什么。我不假思索地跑出了寝室，在菜地里很快摘回来了一个大大的包包菜，他感到很意外。这一锅包包菜虽然没有油盐，白水煮菜，但吃起来很清香很甜蜜，连菜带汤一干二净。在我记忆中从来没有吃过如此美好的夜宵。现在回想起来，让人贻笑大方，不过当时也是无奈之举，甚是愧疚不已。

古人云："滴水之恩，当涌泉相报。"初三是改变我们人生命运的关键阶段，也是我学习和生活上最为艰难的时刻，这好比是黎明前的黑暗一样。忍饥挨饿的阴影越来越浓，时刻威胁着我的生活和学习。这时，我们班上新来了几位外地转来的同学。其中有一位男生叫石军，他是洼里水运处职工子女，家庭条件很好。人潇洒帅气，为人大方，重情重义。一来到班上，他和永贵我们仨一见如故，没来几天就混熟了。他的父亲在我们的寝室门口给他单独搭建了一个地震棚，我俩就成了他的常客。经常在他的地震棚里看书学习和聊天，很投缘，方便多了。

平时他就在教师伙食团里搭伙，他看到我俩生活极端窘迫，顿生了怜悯之心。每次大星期他都回家，返校的时候都从家里提来一大块黄桑桑的猪板肉，让我俩煮来吃。噢——真杀潮！真过瘾！每次都够得我们狠狠地犒上几顿。他倒吃不起肥的，都是我俩犒完的，这一辈子都忘不了！后来没参加毕业考试他就提前工作了，他把地震棚也送给了我俩，毕业后就再也没有他的消息了。古人有"衔环结草，以报恩德"的做法，而我记住了这样一句话："记住别人对自己的帮助，学会帮助别人。"

我常想：饥饿和贫困是暂时的，只要自己努力学习，知识会改变命运。未来是美好的，自己的内心是充实的，人格是健全的。学习成了我唯一的精神支柱，学习给我带来了无限的乐趣和坚定的信念。

孟子曰："舜发于畎亩之中，傅说举于版筑之间，胶鬲举于鱼盐之中，管夷吾举于士，孙叔敖举于海，百里奚举于市。故天将降大任于斯人也，必先苦其心志，劳其筋骨，饿其体肤，空乏其身，行拂乱其所为，所以动心忍性，曾益其所不能。"（《孟子·告子下》）。当时，这段文字对我的教育是很深的，我把它抄在笔记本上时时自勉。战胜饥饿、贫穷、苦难的最好良方是发愤苦读。

发愤苦读

对于大山里的孩子来说，只有发愤苦读，才能够有机会走出深山，才能够有希望改变命运。

古人能悬梁刺股，铁杵磨针，冬寒抱冰，夏热握火。我能忍饥挨饿、忍受额头恶疮、眼刺胬肉、蚊虫叮咬，冷水浇脸，玩命地熬夜发愤苦读。

初三下期了，我就不再回家了，一口气硬撑了下来。当早晨金河社农家第一声鸡鸣时，我就像圆木警枕似的形成条件反射，一爬起来就开始攻书，外面还是月朗星稀，东方微白。美好的晨曦给了我无穷的灵感，昨夜的拦路虎一下便恍然大悟，感觉如释重负，身轻如燕，比吃了蜜糖还要甜。夜晚，酷暑难熬，蚊虫叮咬，实在困了，就用冷水浇浇脸清醒清醒头脑后又继续苦战，常常熬到凌晨一两点。

那时，我们手里除了课本和老师亲手刻印的一点题外，其他没有任何一样教辅资料。我们如饥似渴地钻进题海中遨游，在我们的词典里只有"题海战术"和"攻无不克"这样的词汇。叶帅的奋斗名言："攻城不怕坚，攻书莫畏难。科学有险阻，苦战能过关"，成为当时激励我们发奋努力的精神力量。当一次次成功地游到岸边深深地吸一口气的时候，我们忘却了旅途中的劳顿和艰辛，享受到了每次成功的喜悦。

临考前一个月，由于长期饥饿，睡眠不足，用眼过度，身体透支，双眼患了严重的结膜炎，进而眼角胬肉凸起，酸涩刺痛，看书时间一长就泪流不止。前额中间由于蚊虫叮咬又冒出好大一个恶疮，真是祸不单行。恶疮感染溃烂，随时流脓在面部，一阵阵剧痛，但无钱医治，只有顺其自然。幸好遇上裁缝铺里好心的回族赵阿姨，给我指了长在田坎上的一种草药，我把它摘来捣烂敷在脓疮上。有脓了，就忍着剧痛请同学帮我挤出来，一咬牙就过去了。然而，学习上却始终熬更守夜，丝毫不敢松懈，做最后的冲刺。恶疮，渐渐痊愈，而眼角上的胬肉直到中考结束都尚未完全消退，在家调养两个月后才痊愈。

也许这些平淡无奇的故事对于别人来说算不得什么，但对我个人来说是一种人生的磨砺和经历。

我并不主张今天的孩子完全像我和有些古人一样冥思苦读。现在提倡的是科学学习，快乐学习，探究学习；注重学法，讲究效率，事半功倍。不过，学习对我来说是件非常快乐的事情，直到现在也是如此。每当一投入到学习中，就忘记了身边的一切烦恼和忧愁，学习成为我生命中不可或缺的精神食粮，学习给我带来了内心的充实与成就感，甚至变得无比强大。

父亲曾对我说过，考不上中专读高中也行，我知道父亲是怕我压力大而吃不消。然而，在我心里早已立下了“孩儿立志出乡关，学不成名誓不还”的决心。父亲的安慰更加促使我发奋图强，志在必得，万一考不上中专我就下定决心去当兵。报考中专是我八年寒窗对自己最好的一次检验，也是对个人资质和实力的最好证明。

天道酬勤，我们成功了。1982 年的秋天，我以较好的成绩考上了凉山民族师范学校。现在看来，这样的选择对当时的我来说也是非常现实的；但再想远一点，殊不知也就失去了更大人生舞台的机会。不过，人的一生都是在不断地选择各种机遇与挑战中度过的。“人生何处不飞花”，“每个人都有属于自己的一片森林和天空”……

“人最宝贵的是生命。它给予我们只有一次。人的一生应当这样度过：当他回首往事时不因虚度年华而悔恨，也不因碌碌无为而羞耻。这样在他临死的时候就能够说：我已把我整个的生命和全部的精力都献给最壮丽的事业——为人类的解放而斗争。”

保尔·柯察金的这段名言告诉我：生命的意义在于为正义的事业不断地追求和奋斗。我把这段文字作为座右铭激励着自己走得更远。

麦田一隅

课余时间，村落里的麦田一隅成了我的精神家园。我总是独自一人，掖着文科书悄无声息地钻进属于我的世界里，如痴如醉地记诵起来。

“清风不识字，何故乱翻书。”清风真的成了我的知音，常常是这样帮助我，陪伴我。我的记忆力较好，能过目不忘。在这里我把语文和政治课本，背得滚瓜烂熟，倒背如流，轻松愉快。也许古人的“牛角挂书”、“韦编三绝”等典故的另一个含义应该会是这样诠释的吧。然而，这是我在麦田里收获得最多的金灿灿的麦粒。

很多时候，我目不窥园，竟然忽略了身边美好的傍晚。原来这里果然有如此这般迷人的景色：“山光忽西落，池月见东上”，“雉雊麦苗秀，蚕眠桑叶稀”，“花隐掖垣暮，啾啾栖鸟过”，“晚风酥手扶禾秧，雾霭连吹缕缕香”……

芳草萋萋撩我脚，墨绿的麦穗拥抱着我，呵护着我，怕我受一时之风寒。

蛇腰勾魂般的野花温柔地亲吻着我的额头，她的微笑是田野里最美的霞光，在晚风中舞姿翩翩，芳香袭人，令人陶醉。

“东风妒花恶，吹落梢头嫩萼。”“落花已作风前舞，又送黄昏雨。”为什么野花会有如此多情而伤感呢？噢——原来是水边的姐姐和麦丛里的妹妹被林黛玉给惯坏了。不禁“泪光点点，娇喘微微。闲静时如姣花照水，行动处似弱柳扶风。心较比干多一窍，病如西子胜三分。”

唉！误入此处可是多事啊？！

“笑渐不闻声渐悄，多情却被无情恼。”别急，别急！那沟里山泉表姐正笑话我了，还有那帮闺蜜正冲我瞎起哄着哩！——蟋蟀、夏蝉、青蛙、归鸟们……“蜃气为楼阁，蛙声作管弦。”青蛙王子的殷勤略胜一筹。哎呀！只想到别人却忽略了自己，难道我不是这支小夜曲中一个小小的音符吗！他们唤醒了我无数美好的白日梦。

一个个跳跃的音符，一张张玲珑的面孔，一波波滚滚的麦浪。时而近，时而远；时而清澈，时而庞杂；时而细细，时而圆润……时断时续，精妙绝伦。

啊，清风！啊，明月！请您别掣肘吧——我还要说声“再见”哩！

恩师难忘

“天行健，君子以自强不息；地势坤，君子以厚德载物。”这里我并非在夸耀自己是如何天资聪颖过人或标榜自己是勤奋好学的典范。其实，我只是个资质平平的彝家孩子，远比我优秀的师兄师姐还有华友、自英、永贵等不少同学；我只是常伴运气，勤能补拙，笨鸟先飞的那类学生。事实上，我们的成功完全归功于我们所幸遇到的那批优秀的教师团队，是他们改变了我们的人生命运。

我的初三班主任名叫张国树，那时已步入中年，四川冕宁人，老牌师范生，出身于地主家庭，上有一个耄耋老母，下有两个小女儿，妻子是个常年精神病人，生活不能自理，全家人完全靠他一人支撑着。工作与家庭的双重压力使他早早有些秃顶，他给我的印象是：智慧，善良，有骨气，特别能吃苦，我非常敬重他，如今，他早已作古，然而，他的浩气长存，精神永驻。

在我们班上他倾注了毕生的心血。他教我们数学，尽管学得比较艰难，但他一直在鼓励着我。在课堂上他常说：“学知识来不得半点的虚伪和骄傲，要像海绵吸水那样，要像蜜蜂采取百花之蕊那样点滴积累。”“良机不可遗失，失而不来，一万年太久，只争朝夕。”他常用陈景润、居里夫人、保尔·柯察金、张海迪等励志故事和自己的成长经历来激励我们顽强拼搏，发奋努力。他的谆谆教诲，我们铭记在心。

他的寝室就在我们教室隔壁，课余时间或自习课，只要一有空，他就走进教室耐心辅导我们。每天深夜，别人都早已酣然入梦了，只有他的窗还亮着。他的敬业精神让人敬佩，他把初中数学里所有的题（包括每道例题），亲自提前认真地做了一遍，有的还细致地写出了多种解题思路与方法，并且他都仔细地写出了每一个步骤；有些难题他还不止做了一遍，他用一本精心设计的数学作业本装订成厚厚的备课本，他是下了深水的，是我们为人师的楷模。他的这部作品足以价值连城，其实，我们学生更是他一生中最有说服力的作品。

到了初三下期，进入了中考的倒计时，我们像拼命三郎一样一头沉入书海中，张老师又担心起我们的身体来。他怕高强度的学习累坏了我们的身心而影响中考，随时就把毛主席提出的“团结紧张，严肃活泼”八个大字挂在嘴边教育我们。

每到晚饭后，他把我们从教室里全部赶到篮球场上，组织两个半场分组打比赛。我们彝族男孩儿大多喜欢打篮球，个个儿在篮球场上生龙活虎地彻底放松着心情，尽情地释放着学习上带来的压力。我像一条黑不溜秋的小泥鳅一样麻利无比，穿插自如。几个回合一下来，无论会不会都出了一身的汗，大家都得到了有益的锻炼和调节，给我们的学习带来了不小的帮助。

有趣的是，有一天下午课外活动时间，班上比较用功的几位同学早早地在教室里忙着做题了。有位外地转来的女生似乎青春在萌动，长相一般却喜好打扮，好像穿一件薄薄的花衬衫倚着教室门口向外面打望着什么。不经意间嘴里唱起了“阿哥阿妹情意长，好像那流水日夜响”。刚好唱完两句，与迎面而来的张国树老师碰了个正着！张老师拉下脸当面大声呵斥道：“鬼哥鬼妹哟！爬开！反其道而行之！简直是害群之马！简直是害群之马……”

他背着双手在教室里踱来踱去好半天，嘴里还自言自语地念叨着“简直是害群之马，简直是害群之马……”我们不敢正眼瞧，那女生若无其事地走出了教室。这一细节与我们每天昼耕夜诵，争分夺秒的学生形成了强烈的反差，难怪张老师发这么大的火。他是这样心直口快，从严要求的一位好老师。

“有志者事竟成。”有一天夜里，当他接到我们班上的华友、永贵、自英和我四名同学顺利上中专线准备体检的通知时，他欣喜若狂，从来没有这么激动过。

当天华友、永贵我们仨不约而同来到区上看成绩，没见到自英同学。那天夜晚十点左右，电闪雷鸣，骤降暴雨，我和永贵住在同学李老三的地震棚里。突然，屋背后清晰地传来张老师激动的声音：“一起考上！一起考上！一起考上……”我们万分激动！同时跑出门来迎接张老师的到来！只见张老师在雷雨中打着雨伞和电筒，顶着如注的暴雨，喜上眉梢，乐不可支，嘴里一直重复着这句坚定地话：“一起考上！一起考上！一起考上……”然后手舞足蹈地和我们一同走进屋里。

他的笑脸像一朵盛开的牡丹花一样灿烂无比，他像一位不辱使命，凯旋的老将军老泪纵横，带着捷报，倾诉着这一生的戎马生涯。他好像年轻了十岁，双眉紧锁三年了，我从来没看见过他从心底里有如此这般高兴过！他又连珠炮似的说道：“改变命运了！改变命运了！改变命运了……”我们也喜不自胜地不知道说什么好！一同分享了第一次成功的喜悦后，他又忙着通知华友和自英去了。

我看到他匆匆的背影消失在暴雨浇注的淋漓的村道上，他像一位光明的使者，用手中微弱的电光照亮了大山里孩子们的心灵，他深深的背影永驻我们心间。

我的初三，每晚都是这样挑灯夜读走过来的。比起古人凿壁偷光，囊萤映雪要好些了，因为我们有了煤油和马灯，只是第二天眼圈和鼻孔有点发黑而已；我们也不必程门立雪，因为有幸遇上了一批特别优秀的老师。

邱兆友是我的语文老师，温文尔雅，富有人文情感，具有精湛的教学艺术。

邱尼哈是校长也是我的政治老师，他是南充师院老牌大学生，接受了正规的高等教育，为人忠厚，涵养好，是政治学科的权威，讲课幽默风趣，教学水平极高。政治学科是我们拿高分的一门，可惜他英年早逝，早已化作了一缕轻烟而去了，但他为人正直，幽默生动的教学风格却一直影响着我们。

张武成是教导主任也是我的物理老师，短小精干，中气足，个性强，基础扎实，知识水平高。

戴正松是我的化学老师，内敛，谦逊，有亲和力……他们都是我的一面镜子，感恩不尽，终身难忘。

快乐的大星期

一到大星期，我把那床盖了三年的薄毯子和破旧的垫毡铺开在树枝上暴晒，已变缩泛黄了，隐隐残留有一股淡淡的尿骚味儿，那是因为我初一时还偶尔尿过床，甚是苦恼。身上穿的一年四季就这么一套单衣单裤，一直穿在身上难免长些虱子，坐在后排的同学偶尔看见虱子从我后颈上爬下来，让我难堪。初三了，没有内衣内裤可穿，衣服裤子破了，只有晚上脱下来自己勉强补着穿，衣领、肘部和裤裆、膝盖以及臀部这些部位最容易磨破，偶尔也常露在外，很伤面子。

后来，老师知道我和永贵家里特别困难，但学习努力，所以每个月都有三块钱的助学金，用来交书学费、解决笔墨纸张、马灯和煤油等开支已经足够了。一学期下来还剩一点钱，但我俩舍不得花一分钱用在吃上，而把它积攒起来到裁缝铺里做一套新的衣裳来换洗。

离母校不远地方，从高高的溜姑山上流下来一条清澈明亮的龙洞河，这里是一个天然的免费公园，四季如春，风景优美，它就成了我们的乐园。

每到大星期，男生们就一起约到龙洞河里游泳洗澡，好不快活。我们把要洗的东西全部背去，连穿在身上的那套也从头到脚全脱下来彻底清洗干净。因为我们每次所选的景点都没有女生，所以我们全都光着身子无拘无束地洗衣服，洗好衣服后，晒在河边的水麻树上。于是就开始把自己泡在水里尽情地游泳、洗澡。

水不太深，我们光叉叉地在水边跑来跑去，像一只只青蛙扑通一声跳进清花绿亮的绿茵潭里，溅起无数的浪花与我们共舞。这里没有人来打搅我们，成了我们欢乐的天地。我们在水里各显身手，开展游泳比赛，尤其喜欢打水战，相互按倒在水里，很快又像水鸭子一样潜水到另一头浮出了水面。雪白的浪花喷溅在我们的头上，脸上，身上……猴跳马板杂耍不停……浪花从水珠变成水注，从水注变成瀑布，最后拥抱在一起。玩累了就躺在大石板上尽情地享受着日光浴，多么天真烂漫，自由快乐。

最有趣的是厚颜无耻的我们无所顾忌地逗着对面山坡上小牧羊女，我们这群粗鲁的野鸭子又惊慌失措地跳入清澈见底的龙洞河里，在水里面朝山上的小姑娘共同瞎起哄，害得她把羞红的脸转过去。惹得她生气了就不断地朝我们吐口水，然后慢慢地离开了我们的视线，也许她也同样朝龙洞河的另一旮旯处游泳去了吧。

下午，待衣裤晒干了，身上也洗得干干净净的，只是鞋子还有点湿润，但不碍事。许多个大星期，我们都总是这样穿得光光生生地回到学校。

龙洞河里的石花菜长得十分茂盛。在水边，在水底，它像水的衣裳在石板上轻轻地向你招摇，翠翠绿绿的流满了整条河。凡是喜欢去采摘的人都会有收获。石花菜是龙洞河里的特产，是纯天然的绿色食品，色香味俱全。我们常用它来凉拌，烧汤，色泽鲜绿，口感爽滑脆嫩，清香诱人，是瓜别常见的一道美食。

当然了，有时跟随顺祥哥哥到他家去改善一下生活，领略到大坡蒙古人的风情也是常有的事儿。不过比起自制渔具在小金河边钓石巴子和沙石下捉爬沙虫就逊色多了。

冷漠的眼神

记得那时最牛的莫过于粮站的帅哥和营业部的靓女们。

每天下午，粮站的小伙子们就穿着整齐的运动服和时尚的“回力鞋”来到学校球场和我们学生一起打篮球。他们个个派头十足，一副副盛气凌人的模样横霸整个篮球场，让人敬而远之。

他们在运球、上篮、投球、篮板等每一个姿势都显得矫揉造作和非常自信，在我们眼前显摆异常。尤其让人无法接受的是在篮球场上随意欺负我们，其中有一个叫谢某的小伙子个性特强，非常傲慢与偏见，经常对我们出言不逊——“你们这些高山倮倮娃儿是哎！在这儿航啥子喔——还在这里啃书皮！冲航夺事的，臊皮哦——可怜啊……”随时把我们滔得瓜兮兮的。实在听不过了，我就不和他们打了，回教室学习去了，只有几个像小丑一样的留级生还同他们打得火热。

粮站的帅哥们一贯在篮球场上称王称霸，把我们当猴儿耍；而营业部的靓女们更是目空一切，傲气十足，非常自恋。她们的风采在柜台前熠熠生辉，随时把长长的辫子甩得实在标致极了。她们穿着时尚，两眼望着天花板，姿态忸怩，时时在顾客面前晃来晃去，好像衣角都能扇倒人似的。尤其看到我们这些灰吧拢耸的彝族娃时，更是不屑一顾了，甚至像是借了她的谷子还了她的糠一般。要么半天装疯迷窍地摆弄着自己的事儿，要么只顾着与同事聊天，要么不耐烦地吼你一声——“买啥子哦？！”然后硬枝夺赶地从你手中抢去角角分分钱，老远就把找补的钱和东西一起冷冰冰地甩过来，你只得低头哈腰地捡起东西灰溜溜地爬开，否则，自讨没趣。在她们美丽的外衣下分明透露出几分冷漠与鄙夷的眼神，个个都摆出一副高不可攀“百货西施”的模样。

当年的美女帅哥们，至今在街上我偶尔还能遇见他们，不过，他们当中的许多人早已没有了当年的那股牛气了。

青涩的梦想

那时候能够看上一场坝坝电影就像过年一样激动，多远的路程都争先恐后地跑去。后来，区里有了电影院，每月都有几部新片上映，我是个电影迷，再大的学习压力我都不轻易错过，特别遇到休息天晚上就更按捺不住了。要看电影就得花上一毛二分钱来买票，可我身无分文，连吃饭都成问题。要是运气好偶尔还可混场来看，平时就只能早早地来到电影院外面的窗子边把守一个有利的位置，从侧面透过玻璃窗观看还是非常过瘾的。每放映一场电影，电影院四周的玻璃窗上都爬满了像我一样的孩子，犹如一堆堆苍蝇叮着臭鸡蛋似的着迷，把整个窗子围得水泄不通。

有一晚，我幸运地混了进去，放的是《甜蜜的事业》，五宝和昭娣的爱情故事深深地触动了傻乎乎的我，美丽而动人的昭娣成了我的初恋，她是我心中朦胧的白雪公主，那年我刚满十四岁。

花褪残红青杏小，青涩的梦想在我的心底萌芽。小时候，我在三锅庄火塘边听着父亲讲彝族战神支格阿鲁的神话故事中长大。史诗般的年代给了我生命中的希望，我不是山沟里飞出的金凤凰，而是山野里的一棵坚韧的野草，草根是我最好的定位。

心想高山之巅，命落山麓之谷。现实中的我只是一个矮小黑瘦的彝家放羊娃，对自己没有过多的奢望。那时，我的梦想是：一定要争取考上中专，当上国家干部，每天都能够吃上大米饭，每周有一顿肉吃，能够穿上一套四个包的军干服，能有内衣内裤穿，脚上能有一双“回力”鞋。甚至，体面地坐在电影院里能够完整地看上一场电影，还能够把家里的弟弟妹妹带在身边读书。要是可能，将来长大了，能娶上一个像昭娣一样美丽的汉族姑娘做媳嫫（彝语，“老婆”），那是再好不过的了。

我和我的梦想也在润物细无声中生长着，怀着这份梦想，八年磨一剑。伴随着饥饿、贫困和苦难，一路走来。精诚所至，金石为开。我们成功了！我们在炼狱中破茧而出，成为那个时代彝家山寨里的天之骄子，成为考试的最大受益者。如果不给我们读书考试的机会，我们的命运将会不堪想象。

回望山水

当我们经历了人生的凛冽和喧嚣后，我们的青春渐渐褪去了颜色。回眸青涩的年华，仿佛望见了美丽的溜姑山高耸入云，白云掀起了你的头巾，你拥抱着太阳眺望着梦中的远方。清清的龙洞河水呀！清凉宜人，让人荡气回肠。弯弯曲曲的山路啊！你像母亲手中的羊毛线深情地丈量着走向远方的梦。流金淌银的雅砻江啊！你日夜向南奔流，诉说着史诗般的传奇故事，创造着一个又一个神话，谱写着一曲曲壮丽辉煌的锦屏乐章。

如今“好汉不提当年勇，梅花不提前世绣，智者莫念昔日功”。我们不会躺在昔日的功劳簿上驻足流连，我们的梦想在大气磅礴的锦屏山脉里一路前行，我们的梦想在泛黄的瓦板屋里袅袅升起，飞过山林，飞过草甸，飞过群山，飞向那祖先漂泊过的梦中的故乡……

啊，古老的润盐大地，你像母亲一样宽厚仁慈！啊，年轻的锦屏山脉，你像父亲一样刚强不屈！我是你孱弱的儿子，在山地与群山间自由地歌唱，我的歌声是森林中一只夜莺的旋律，我的歌声是幽谷中山泉的吟唱，我的歌声是山冈上牧童的一支短笛……

天籁山水

tianlai shanshui

美丽的羊房沟

一

羊房沟是我的第二故乡。我并非把它赞美成人间天堂，也不必描写成世外桃源与乌托邦式的美好和虚无，我只是把那里原始古朴的村落、纯朴的民风、天然的自然风光以及我的童年和少年时光中美好的记忆写实给读者，也有不少梦幻的成分。

二

有一天，在我出生地喜德特勒莫，有一位从远方来的陌生的大伯伯接我们来了。我异常兴奋，因为能像祖先们那样频繁迁徙寻找流奶和蜜的地方。记得他用细山竹和麻线做了一张象征性的弓箭，背着简单的行李，站在即将被遗弃的故居小木屋前，朝东南西北四个方位拉弓射箭空射了四下，于是他把叔叔我们两家一起搬迁到了盐源的羊房沟，从此一住就是一代人的光景。

我怀着惊奇与忧伤的心情从特勒莫到羊房沟，在这里伴随着贫穷与幻想度过了我童年和少年时代最难忘的时光。初中毕业后考进了中等师范学校，后来回乡当了一名小学老师。为了生计而四处奔波，很少回过家，打父母双老去世后就再也没有探望过羊房沟了。

孙犁在《老家》中说："人对故乡，感情是难以割断的，而且会越来越萦绕在意识的深处，形成不断的梦境。"我的梦境往往是反复的跳跃的并且是似曾相识的。

羊房沟，在很早以前尚无人定居，大抵直到明清时期改土归流以后才陆续有人的踪迹，而且大多是些零星的自由流民和被家支族人遗弃的落难者曾先后在此落脚。清道光以后，由于连年战乱而流离失所漂泊来此绝境避难的人就更多了。至今还保留下来的许多地名都是以早先居民的姓氏而命名的，比如“阿硕依德”、“阿勒依德”、“沙玛伊陀”、“罗家哈倮”等。至于追溯地名的由来还有些历史小故事哩！

“羊房沟”顾名思义，就是早先牧民在这里扎窝子而搭建的简易的竹棚、草棚、柴棚、木板房等作为畜圈和牧民暂居之所。在我童年的时候，常跟随老牧人在巴什高原上放牧，牧场丛林中还依稀可见一些古老破旧的羊房遗址和已被风化残败的牛羊骸骨，在孤寂的高原上悲凉地诉说着它们沧桑的历史。

听老人们讲过，后来羊房沟曾一度被人们改称为“药房沟”。这是为何呢？难道这里满沟都长着山草药而建的药房吗？答案是否定的。那到底有何缘由呢？据这里的老人们说，在军阀统治时期，社会经济凋敝，国力衰弱，民不聊生。于是鸦片烟这种毒品从外面传入到了这偏僻的大山沟里，一种而不可收，一时泛滥成灾，火爆异常。人们大量疯狂地种植这种大烟，这块肥沃的山沟一时间就成了罂粟的王国，艳丽夺目的罂粟花开满了羊房沟，这旮旯之地一下空前地火了起来！连这里的牛羊也都染上了烟瘾，吸食和贩卖鸦片烟的人空前活跃。人们建起了采摘和加工烟土的药房，鸦片成了这里的经济支柱，当初无可奈何来此绝境安身的人们曾一度达到空前鼎盛时期，他们找到了一种绝处逢生的发迹之路。

随之而来的商贾贸易络绎不绝，金银财宝、枪支弹药、丝绸、布匹、食盐等这些物资来去自如，这里两三代人的基业由此而开启，成为不可一世的部落。于是“羊房沟”这一天然牧场自然就有了另一个陌生的名字——“药房沟”。直到凉山民主改革以后，这条“雾锁山头山锁雾，天连水尾水连天”的“药房沟”犹如南柯一梦又找回了自己当初的名字“羊房沟”。

三

我的第二故乡羊房沟坐落在木萨山下，像一艘巨轮停泊在雅砻江锦屏山大河湾里的幽谷中，在卫星云图上能清晰地搜索到它的具体方位。

东西高山耸立，南北山梁横亘。东面巍然矗立着一对年轻的白虎兄弟——木萨山和老庄子山，它们面朝西边虎视眈眈，日夜踞守着关隘，一夫当关万夫莫开，庄严雄峻，浩气长存，即使天上飞来十万天兵天将也有来无回。每当夕阳西照的时候，在美丽的余晖中更彰显出它们的雄浑与壮丽，英武与大气；当云雾亲临时，它俩又摆出一副哲人的姿态仿佛在思想着什么。

顺着宽广的视野向西望去，把守西门的是青青的同胞姊妹骡房山脉与布亚希山脉，她们时时转回头向白虎兄弟俩献着殷勤，似乎在等待着什么。南北两岸腾飞着两条青龙向滔滔的雅砻江飞泻而下，呈现出“双龙戏珠”之态势，势不可挡。

四周青山环抱，山岚缥缈，墨绿的原始大森林像是美丽的羊毛毡深情地覆盖着多情的山地和原始古朴的彝家村落，平添了几分神秘多维的质感与动感。风轻轻地吹动着绿色的屏障，时隐时现地袒护着性感的山地置身于狭长的蓝空下，久违的旭日用朱砂点化着这片宁静的山沟。

有一条瘦长婀娜的美涧从沟心穿过，吐珠溅玉，甜润委婉，拨动着古老的琴弦向西欢笑而去，将这艘巨轮分成南北两岸，滋润着多情而豪放的山地，环抱着上羊房沟、下羊房沟、羊房沟三个温馨而宁静的自然村落，从高山涧水里流出许多美丽的动植物来，触动着人的性灵，扣动了人的心弦。

柔波似的山脊迤逦而下，温暖的阳光照耀着林边娇嫩的苔藓和长满青草的无数的小丘，那是曾在这片幽谷里世代生活过的先辈们的火葬地，他们的灵魂早已送到了祖界地，没有谁来吵醒他们，也没有留下任何遗憾给这片山地。

隐约有几只岩鹰在深邃的蓝空中自由地歌唱，数百只红嘴岩鸦和哑巴云雀像云团似的铺天盖地从天而降，落地时，满是一大片，一大片的，像是山地上无数的精灵忽而上天忽而下地的苦苦寻找着昨天失落的太阳，在苦苦寻找着自己的灵魂。虽然它们的舞姿在天空中形成了无数个美丽的图案，但它们的声音是单调的，苍白的，悲哀的。我不太习惯倾听这样的声音，尽管它们的气势正如角马群在马拉河上史诗般大迁徙那样壮观。

不知年轮的树木在岁月的风尘中像山里人一样静静地死于沉默的深山老林里，与这里的山地融为一体，充沛的大自然在它们的身体里狂欢着，荡漾着。

四

啊，美丽的羊房沟——我的第二故乡！我常常梦回你的怀抱！

你是大山和森林的故乡，你是太阳和高原的故乡，你是岩鹰和山鸟的故乡，你是牧歌和羊群的故乡……我深切地依恋着你，时刻惦记着你，我脑海中装满了你的一切。那里的一山一水，一草一木无不闪耀着我童年和少年时光中记忆的光芒，这些珍珠般的记忆化作了我无数的梦境，敦促着我燃烧的激情和创作的欲望。

我常常梦见一个彝家小男孩，每天清晨乱发顶着燕麦秸渣出门，狂风吹不倒，冰雪压不垮，暴雨淋不死。即使在冰天雪地里光着脚丫，穿着单薄的衣裤，背着竹筐在山地里挣扎也从不屈服。童年的夜晚常常梦见从悬崖绝壁上无助的坠入万丈深渊，难以名状的万般惊恐与绝望地惨叫声让人梦中惊醒，一次次梦中的阵痛，让我一次次夜尿在裤头，然而一落地则又安然无恙，噩梦醒来又是早上。如今我偶尔同样做着这样的噩梦，还是那座熟悉的大山，陌生的悬崖，身陷险境却始终没有掉下去，另辟蹊径，走出了困境。抑或，生活中自己的内心逐渐强大了起来，锐气也从未削减，越战越勇了吧。小时候，我还夜夜梦见被无数的骏马追着咬，孤立无助，而今却时时梦见驾驭着无数的骏马驰骋疆场，横刀立马，所向无敌。

我梦回到了日夜思念的羊房沟，梦见了当年的小伙伴已长成了地道的彝乡老莫苏（老汉）。故乡的小孩儿有的见我陌生就跑开了，有的吃惊地望着我，有的用彝汉混杂的语言好奇地笑着向我打着招呼。我百感交集，想起了唐代诗人贺知章的《回乡偶书》："少小离家老大回，乡音无改鬓毛衰。儿童相见不相识，笑问客从何处来。"

我梦见回到牧童时代的一个阴雨天，大雨滂沱，暗无天日，被老牧人逼近荆棘布满的丛林中艰难地寻找着丢失的羊群，浑身湿透直打哆嗦。恐惧、危险、愤怒连同雨水顺着裤脚流下来。终于在雷击杉林中找到了我心爱的羊群，可它们全都被凶恶的群狼撕裂得七零八落，惨不忍睹，让人心惊肉跳。消息传到了老牧人的耳朵后，我得到的不是同情而是鞭策。

我的天性是桀骜不驯的。我是一个顽劣异常的男孩儿，骑着竹马横冲直撞鸡飞狗跳，叫骂声不断地从我身后传来。我喜欢骑猪骑羊骑牛，渐渐地能够勇敢地飞越到了马背上，在觉尕希马道子上曾无数次从马背上摔落下来，伤痕累累，但我想成为一名出色的骑士。我仰慕老篾匠编织成精美的竹笠，那是因为我很想成为一名受人尊敬的篾匠传承人。我是摔跤的小王子，因为我崇尚摔跤的英雄。我喜欢牵着一条歪角牯子喂养，那是因为我想成为高原上的牛王。我爱驯养小猎犬，那是因为我想成为一名优秀的猎人……

五

我对故乡的理解是在平凡的日子里，羊房沟如同慈母般地祝福着我。我很久没回故乡了，然而每每还仔细地打听着故乡的境遇与变迁。因为故乡是我生命的起点，因为故乡是我梦想的发祥地。我是一个永远长不大的彝家孩子，永远不成熟，永远充满着幻想的人。我的意识里充满着无知和虚妄，似乎脑子里常常缺少了一根筋似的；我的思维还常常停留在童年和少年时代，以至不能自拔，十分荒唐与荒谬。

也许我真的老了。被誉为文坛常青树的苏雪林女士在她的《中年》里这样说道：“青年生活于将来，老年生活于过去，中年则生活于现在。”而我爱回忆，常常生活在自己的幻想里，这是根深蒂固的，很难改变它。我试图改变过自己做个简单的人，试图做个完美的我，试图做个唯美的我。然而，始终都做不到，因为我太执着，我太任性。

城里的喧嚣与浮躁让我灵感枯竭，江郎才尽。我常有一种告老还乡，叶落归根，隐居山林的想法；我常怀一种遁入空门，励志修行，做个善男信女的想法；我常有一种独行天下，周游列国的想法。也许故乡的天空、群山、自然、天籁和空气才能真正净化我的心灵，只有那里我才能真正聆听到自己心灵的声音。

从故乡方向走来的熟人告诉我，故乡已今非昔比了。我想，这里面应该蕴含了悲观和乐观两种不同的心态吧。

悲观的是，故乡原来有六十户人家，现在只剩下三家人了，大多已经搬走了。我不知道他们为何扔下这块美丽的山地而去，不知他们去往何方，现在还好吗，也不知至今还在守望着这片山地的那三户人家还能坚持多久……我知道羊房沟是造物神斯日月祖赐给人们的一片美丽的礼物。然而，地处深山僻野，交通不便，信息不灵，缺医少药，看病难，上学难，出行难，……他们纷纷远离了自己的家园，去寻找心中的乐土了。

近十年，随着上一辈人的离世，下一代人再也扛不住了。他们投亲靠友各奔东西自由移民了，有的丢下土地外出打工了。“人去楼空，燕去巢荒，兔从狗窦入，雉从梁上飞。”这里成了地道的空山空村。村落里只留下了一座座孤零零空荡荡的瓦板房，即将成为这里的古董。昔日旺盛的人气已消失殆尽，如今夜晚的深山老林更为阴森可怕，孤寂、寥落和陌生感一同袭来。

乐观的是，这里的植被和自然生态更加优美了，空气更加清新，水草更加肥美，风景更加秀丽。大山脉，大锦屏，大气象，大电站，大工程，大手笔，大写实……在这里汇聚成了流金淌银的雅砻江。在这里雅砻江流域水电开发有限公司继二滩伟业，书写着划时代意义的锦屏华章。在这里国家在锦屏山脉的深腹中生成了探究宇宙科学奥秘的暗物质实验室，世代居住在这里的人们连做梦都很难把这与世隔绝的深山幽谷同科学奥秘联系起来，真是难以想象。

小时候，我曾隐约听到过老人们在攀谈国家将要在这里建设大型水电站的消息，那时候，群山中的人们就像是在听神话故事一样虚无缥缈。如今，真的实现了。国家在这里大展宏图，高峡出平湖，浓墨重彩地写下了前无古人的壮美诗篇！

父亲在世的时候，也曾给我讲："孩子啊！等到国家在我们这里建成大锦屏电站的时候，我们这里的一切都会好起来的！"而现在父亲早已离开了人世，他的愿望终于实现了！几代人的梦想也将一步步地变成了现实，今后我们大家一起都会好起来的！

啊，美丽的羊房沟！我不知什么时候才能回到你的怀抱？！

……

致木萨山

一

神灵也时常垂青于巍巍的木萨山[1]，它像慈父一般时刻庇护着我。虽说它没有三山五岳那样盛名，但在我的心中是万尊之象，顶礼膜拜。

孩提时代，我常常跟随老牧人来到木萨山扎窝子放羊，蓝天白云，山雀草甸，陪伴着我度过天真烂漫的童年时光。

生活在这里的部族人大多老死都从未翻过这座山，我多么渴望长大后能翻过木萨山去看看山的那边是什么！

太阳和大地孕育了高耸入云的木萨山，它像一只展翅腾飞的大鹏，遮天蔽日，罩住了羊房沟与木萨沟里的部族人。使得这里的人们世代身处群山，与世隔绝，乃不知有汉，更无论魏晋。

木萨山位于青藏高原东南缘，横断山脉锦屏山带，由南向北，是一座年轻的山脉。它巍峨耸立于羊房沟与木萨沟之巅，海拔高四千五百米左右，终年积雪浮云端，“造化钟神秀，阴阳割昏晓”，令人望之神秘和敬畏之感油然而生。也许是大自然的鬼斧神工给木萨山开了一条神圣的缝隙，不然，这里的人们就没有去路了。我信“山重水复疑无路，柳暗花明又一村”的诗句。山神借用雷神的大刀开辟的万仞绝壁，令人叹为观止。

(1) 木萨山：海拔4500余米。位于四川省盐源县洼里乡与梅子坪乡交界处。

二

走进山门口，蜿蜒着一条被山洪千万年自然冲刷后堆积而成的雪白的石灰石河道，就是通向木萨山的必经之路。那些最耀眼的石灰石，像雪白的羊群向青草更青处漫步，又像是铺满河沟的恐龙蛋似乎要被高原强烈的日光和新鲜的空气孵化出小恐龙出来。这难道是观音菩萨的杰作？只有造物主知晓了。河道两旁是天然的原始森林绿色长廊，浓密地覆盖着寂静的山道，似乎随时都能蹿出一只野兽来。

每到夏季洁白而光滑的河道两旁，簇拥着各种奇花异草，笑容可掬，腼腆地捂着嘴，像大山深处背着竹篓采松茸的天然美女那样纯情动人。山脚是茂密的原始丛林，神似人工林，参差错落，俯仰生姿，热情好客。清澈的山泉在幽谷里汩汩流淌；野兰花和野麦冬在丛林中静静地孤芳自赏，无人采摘。淡淡的幽香从山林中飘来，仿佛是山村姑娘的情歌声令人心醉。高大的针叶林和阔叶林在高原灌木丛中突兀，不断地彰显出其伟岸来。这里夏季降雨充沛，加上阳光，土质，万年肥和气候的恩泽，使得高原植被十分葱茏，水草肥美，是个理想的天然高原牧场。

因为山地无人耕种，所以自然就会封林。当你走进木萨山脚的高原丛林中时，你会感觉到“山光悦鸟性，潭影空人心”的意韵，让你沉浸在一片山禽的音乐海洋中飘飘欲仙，置身于空灵的境界。原始森林中，时时传来各种野生动物们奇特的声音，胜似影视里的配音效果，令人惊恐不已，独自一人是不敢进山来的。

来到山脚下，当你静静地躺在草地上，仰望木萨山时，你不禁高喊太白先生的“噫吁嚱，危乎高哉！蜀道之难，难于上青天”的诗句，回荡整个山谷。真有一种“上有六龙回日之高标，下有冲波逆折之回川。黄鹤之飞尚不得过，猿猱欲度愁攀援”之感。一眼望不到山顶，视线被挡在了山腰。“仰望蓝天，蓝天高远，云影浮动，鹰击长空”……木萨山仿佛给蓝天冲破了一个大窟窿一样，让人“扪参历井仰胁息，以手抚膺坐长叹。”对木萨山产生了由衷的敬意！

山腰是神来之笔，悬崖绝壁，惊恐万状。让我想到了“连峰去天不盈尺，枯松倒挂倚绝壁”的诗句。偶尔只有几棵矮小孤独的迎客松，怯生生地悬在半空中向你挥手致意，令人望而生畏，望崖兴叹！那里只有岩鹰、岩燕、红喙岩鸦、岩蜂等几种悬崖居民在山崖上自由地歌唱，也许这些才是天之骄子，要是人也像它们一样有一双翅膀，时而越过山顶，时而又俯冲进悬崖洞里过着神仙一样的生活，那该多美呀！

长大后，我才知道，要是人真的长上了这样一双美丽的翅膀，那人类挑战极限，攀登世界高峰又有什么意义呢？造物主就是如此聪慧，有了山川河流，世间才会变得如此美丽多彩。

山背有一片叫黑林子的大森林，奇特的景观，要爬上山背是一件艰难的事儿。穿过山腰盘旋而上就可以通往山背，一路上回环曲折，犹如丛林巨蟒蜿蜒而上，要经过险要的兽类野径，高原荆棘密布丛生，寸步难行。黑林子的风景尤为壮观：气势雄浑的莽原和浩瀚的原始大杉林。这里人迹罕至，是一片尚未被人们发现的原始高原冷杉林。这里野生着贝母、冬虫夏草、天麻、大黄、三七、麻黄等上百种名贵的中草药，也生活着金丝猴、白唇鹿、羚牛、林麝、岩羊、野猪、红腹角雉、藏马鸡、野鸡、白腹锦鸡等各种珍稀的野生动物，这里是天然的自然公园。

每年只有那些扎窝子的牧人和冒险的猎人，才幸运地享受到这些纯天然的野菜和野生菌类。这些珍稀的野生动植物、菌类是这里的常住居民，还有一些怪兽是不知道名字的，而鸟类和花卉类就更多了。

登上山顶是需要冒险和勇气的，常人是难以到达的。通往山顶是没有路径的，只有鸟雀路，因而很少有人爬上过山顶。听老人们讲，只有当地的几个勇敢的猎人和国家科考队员才曾经到达过顶峰。谈到山顶的风景就流传着一个美丽的故事。相传山顶上有一个美丽的小龙潭，一年四季水绿茵茵的，冰如彻骨，神秘莫测。若谁往湖里扔东西，还没回到山下，天空中就会立即乌云密布，骤降冰雹或暴雨。也许是动怒了山神吧？更神奇的是，潭边有一只小巧玲珑的鲜艳的翡翠鸟，每天细心地守护着这一美丽的龙潭。它从早到晚围着小龙潭飞来飞去，忙碌不停。时而贴着水面衔走落入潭里的草叶，时而在潭中扇动翅膀洗浴疾飞；饿了就在龙潭周围草丛里觅食，渴了就饮一口湖水，显得悠然自得、怡然自乐。

也许这只神秘的翡翠鸟就是木萨山上的保护神吧，也许这只圣洁的翡翠鸟是彝族美女呷莫阿妞的化身？也许，这只善良的翡翠鸟就是传说中彝族牧羊女阿依几几的化身吧。

木萨潭啊，木萨潭！你是一壶祖先饮不尽的美酒，你是神母蒲莫妮依留下的一滴感伤的泪水，你是水神留给群山的眼睛，用它来仰望天空中翱翔的神鹰！

爬上山顶的人归来后，捎来了美丽的云彩，这是部族人最古老的如梦霓裳。他们爬上山顶，“会当凌绝顶，一览众山小”；极目远眺，“野旷天低树，江清月近人”。鸟瞰丛林，苍苍茫茫，一望无际；望极烟光，山外青山，尽收眼底。站在山顶，仰望蓝天，似乎离天空很近，很近，近得似乎伸手可揽天上的日月星辰，近得似乎黎明时能听到太阳的呼吸声，近得似乎能看得清那天国里“金色之城和永恒的日光”……

在那遥远的天际，也许是广袤的大草原，也许是宽广的大平原，也许是辽阔的大海吧！……他们再一次满含泪水，透过绵延不断的群山遥望遥远的西北方向，那里有一颗最明亮的星星，那是祖先居住的极乐世界。

三

在这座神秘而美丽的木萨山里曾发生过许多诡异而真实的故事，让我的部族人感受到了木萨山神秘与凶险的一面。

相传很早以前，这里曾出现过一位法力高深的书惹子尔毕摩。这位毕摩念经作法，法力炉火纯青，出神入化，享誉山内山外。无论是平民百姓，还是达官显贵都非常尊崇他，都纷纷花银子请他到家里念经作法或做各种祭祀活动。据说，后因书惹子尔毕摩与当时的部落酋长不合，走火入魔，导致癫狂，断绝尘寰，遁入山林，离奇失踪。

听老人们讲，有人在深山老林中曾发现过他，非常恐怖吓人。见他手持一块柴花子作为“大刀”扛在肩上，打着光脚，长发披肩，斗笠反戴，衣裤反穿，神出鬼没。由于长期隐没在山林中，衣裤早已磨成了破烂碎须，完全是一副野人模样了。他也许真的疯癫了，但他不伤害人。有人发现他随时手握“大刀”，不断地喷唾沫在“大刀”上，用双手使劲地磨，似乎口中念念有词，像是在给天地万物念经作法，诅咒杀尽世间一切妖魔鬼怪似的。没人能听懂他的语言，只有山神才知道了他神秘传奇的一生，也许在那时他才是最幸福的人。

这不由得让人联想到了传说中的“济公和尚”。也许，他就像“济公和尚”一样“蓬头赤足垢面，衣敝衲，佯狂游戏人生”。去无踪，来无影，道法高深莫测，法力无边，逍遥于浩宇之间罢了。后来，再也没有人遇见过他了，他像在人间蒸发了似的离奇地消失在了那莽莽的木萨山中。

传说他已成仙成道了，他随风雨雷电念经作法，常乘着一朵白云飞到云杉之巅摇动法铃歌吟；抑或在深山老林里，在风光无限的山峰，在高高的云杉之巅，仿佛都有他的影子和声音。从那以后，群山沟里的人们把他给神话了，他的一切都成了一个永远解不开的谜。

现在每当木萨山上山岚弥漫的时候，牧人们在木萨山上仿佛还能依稀能听见他的铜铃声声，阴魂袅袅……

神秘的木萨山啊！你如此雄浑而高贵，部族人的美酒与山歌在山顶朝神中闪光。你驮着祖先的神灵追赶太阳，在太阳升起的地方，你千万年虔诚地祈祷，瞭望远古祖先迁徙的路，让每一个山沟里的魂灵升上天堂。高高的木萨山啊！你在毕摩震撼人心的歌咏中如火山喷发，光芒万丈，照耀着善良的部族人。

四

久居木萨山中的部族人，大多过着半农半牧的生活。山寨里有几家是猎户，猎人世代以狩猎为生。他们攀援如猿猴，勇猛无比，百步穿杨，渴饮兽血，也是彝家男儿英武的象征。

多少年以前，山中有一个猎人叫克色依果，养有两条名犬一条叫克巴达叶，一条叫克莫阿青。只要这两条猎犬一进山，就从未空手而归，山上的许多猎物都被打光了。有一次，他去木萨山中打猎就没有这么幸运了。听老猎人讲，年轻的猎人克色依果触怒了山神，其公猎犬克巴大叶，被狗熊撕成两半，身首异处；母猎犬克莫阿青被山牛锋利的尖角刺穿心脏。而他自己却被一只受伤的公岩羊引诱到绝壁时不幸坠崖身亡。从此以后，许多猎人都纷纷丢盔弃甲，刀枪入库，休养生息。雄伟的木萨山又恢复了往日的平静，群山中的神灵又回到了人们的心中。

巍巍的木萨山啊！你抓住太阳的手，掠过幽深的苍穹，在那泛黄的毕摩经书里长歌吟诵，在那绵绵的山脉里像雄鹰般自由地飞翔，在那泉水流淌的山谷里永不休止地轮回。从彝人祖先丘布惹索创世纪的那一天，也许是你将他托上木船的吧！那开天辟地的诸神啊！刀光剑影般以破而立，崛起天地有序的木萨山。多么壮丽的河山啊！部族人在你的怀抱里衍生，你铭刻着群山的博大和坚毅，祖先的神灵在天堂闪烁，悲壮的故事在这里流传。

五

壮丽而神奇的木萨山中不仅生长着各种珍奇诱人的动植物，而且给生活在这大山里的人们留下了悲伤的回忆。

记得有一年，野贝母却偏偏喜欢长在那些最陡峭最危险的山岩缝里。山寨里有个帅气的小伙子叫措莎木野，他是我的好兄弟。有一天，他也加入到了挖野贝母的行列之中。当他正在用双手攀援岩石准备去挖一棵美丽的野贝母时，不料，抓手的岩石一松，连石带人翻滚下山崖。到山脚时，人已经全身血肉模糊，奄奄一息了，同路人连夜把他背回家做迷信抢救无望。第二天清晨，一个鲜活的生命就这样消失在那峥嵘的木萨山中。听下铺子的人说，措莎木野临出事前一天还给村落里的人讲过自己被鬼火缠身的真实故事：在前夜回家的路上，他亲眼看见了三把鬼火在他的眼前跳来跳去的无法躲开，怎么吐口水念咒语都赶不走鬼火。寨子里的人听了后都感到十分诡异和不祥，劝他凡事要当心，可他不太在意，果然真的出事儿了。从那以后，羊房沟里再也没有人往木萨山中冒险采草药了。然而，草药年复一年长得更茂盛，却只有鸟兽问津了。

一抹斜阳照关山，美丽的余晖沐浴着崔巍的木萨山，像父亲的目光那样坚定和深邃。山脉里高亢悠长的民歌久久回荡在茫茫苍苍的木萨山间，像电闪雷鸣般震撼着气势磅礴的横断山脉。雄伟壮丽的木萨山啊！你吸日月之精华，纳天地之灵气，是人间的仙山琼阁。美丽神奇的木萨山啊，请让我再喝一勺故乡的野菜汤吧！还有那圣洁的雪茶和美丽的雪莲花，那是我生命的皈依。

故乡的瓦板房

故乡的瓦板房是我温暖的家，是我无法忘却的爱。

在故乡的高原山地上，在丛林深谷中，在荒原山坡上，只要能修一小座低矮黑黑的瓦板房，部族人就能随遇而安。高山村落里的每户人家都有这样一座大小不等的简陋的瓦板房，他们都心安理得地在这里居住过不知多少代，这是他们幸福而安宁的家。在苍茫的群山中远远望去，参差错落的瓦板房静卧在山地的襁褓里，呈现出几分原始与古朴的美感，显得宁静而温馨。

当早晨的第一列曙光和傍晚的最后一道霞光映照时，瓦板房的影子被拉得很长很长，有某种幽闭而荒诞的感觉，找不到它影射的尽头，像层叠的峰峦绵延而去，也如同山里人的性格起伏不定，激越热烈，折射出生命的光辉。

瓦板房四周各家整齐堆放的柴垛自然形成了一堵围墙，这样既能有个遮拦，可以避风保暖，又是一家人必备的生活燃料。只要有人户的地方那些自然生长出来的野山桃、野酸梅、野花椒树等与人亲近的植物就稀稀疏疏地充当了重要的角色，早已长过了瓦板屋顶，那些落叶残花沉积在瓦板房的狭缝里成了自然的标本，袅袅的炊烟让它变了颜色，与瓦板房浑然一体。正午太阳正辣的时候，村落里的鸡群簇拥在树下乘凉，遇到飞鸟从高空飞过，它们也机警地发出长时间的警报声，其实对它们也没有构成任何威胁，只是习惯性地相互交流罢了。人们和牧群每天都沿着村落里男人们架设的简朴的篱笆墙而日出日落。有一群流着天菩萨的男童在房檐下嬉闹着，个个活蹦乱跳，烂漫纯真，像童子面桃花开了！他们快乐地用母语谈笑风生，无忧无虑地生活着，抑或他们就是瓦板房里未来的守护者。

故乡的瓦板房大多坐北向南或坐东向西，依山而建，面山而居，与山共生共存，不知这里面蕴含了多少有关彝族人风水和信仰的东西。其建筑形式都是土墙房上置栋梁成房架，双斜面人字形屋顶盖上杉木板，用石块平压横条，俗称为“瓦板房”，也称为“木板房”，彝语称“平依”。其建筑风格简约而紧凑，具有浓厚的彝家原始古村落民居的特色，虽然外观与内部表面上看来显得有些粗糙简陋，然而其设计理念却富有一定的创意。一般为一列三间，房内结构设计分为上下两层，上层储藏柴火、粮食等，下层用竹篱笆分隔成简单的功能用房，用以住人、畜圈等，过去彝区大多是人畜共居。室内陈设极为简单，家具、什物、生活器具很少，除堂屋正中有祖先令牌和三块石头支成的“锅庄”（即火塘）之外，家里几乎没有一样值钱的东西。以“三锅庄”火塘为中心，分上下方和左右方，以别宾主，长幼尊卑各就其位，不得乱坐。

彝人的瓦板房是彝人工匠们的创意结晶，其创作灵感来源于自然的启迪，来源于神的点化。据彝族民间传说记载，相传远古时候，人们只会住树洞，住山洞，不会修造房屋，是彝人最古老的建筑师阿普阿萨[(1)]开创和建造了最早的瓦板房，从此，彝族人开始建造房屋，安居乐业，同时他传播了火文化，彝人视火为生命。

这一传说在一定程度上反映了彝族先民用勤劳和智慧创造了自己美好的生活。

记得小时候，夜晚总是与家里的牛羊共住在瓦板房里，听惯了牛羊反刍与咳嗽的声音，也总是闻惯了从畜圈里散发出来的各种熟悉的味道，这些温顺的朋友也就自然地成为家庭的重要成

(1) 阿普阿萨：传说中瓦板房的创始人。

员，一家人觉得不寂寞。

让人特别苦恼的是故乡的瓦板房因为没有设计开窗而被烟子熏呛得呼吸不畅，泪流满面，咳嗽不止的日子。整座屋子几乎没有通风和采光的设备设施，完全凭借着盖的瓦板间的那一丝一缝来勉强充当。难怪满屋子都充塞着一股浓烈的烟熏味儿，连人的身上也是这股味道。瓦板房里的每一样东西都被熏黑了，就是人的面部也被熏得黑不溜秋的，找不到一点儿干净的地方。假如不点松明的话，根本就找不到一丝亮光处。不过，故乡的人们世世代代都是这么过的；住惯了，人们对它的理解和感情也就更深了。

有趣的是，有两个禁忌特别值得一提：一是室内三锅庄火塘上是千万不能跨越的；二是女人是不能上瓦板房顶的。抑或这两个地方都是神圣的，于是我们都很在意，从来没有犯过忌。

走近故乡的瓦板房，升起袅袅的炊烟，常常想起母亲煮熟的香香甜甜的圆根坨坨和开花打朵的瓦布洋芋；常常想起母亲在瓦板房前总是双膝跪在篾席上，腰系纺织机，娴熟地织着擦尔瓦，身旁偎依着鸡犬，尤其是刚孵出来不久的那窝鸡仔一刻也不离自己的妈妈，其乐融融，适时应答着妈妈呼唤的声音；常常想起，在我出生的夜晚，母亲剪断了我长长的肚脐带，用块破旧的布裙包裹着我赤裸的身躯，把我抱进温暖的怀里，口含着苦荞汤养活我长大的情景；常常想起父亲在瓦板房后的院坝里用弹毛弓弹羊毛擀毡的情景。那是相传远古时候阿月阿西(2)发明创造的技艺。父亲弹弓发出优雅而细腻的声音，随着工序的进展逐渐变得轻盈而柔美。父亲口含凉水喷洒到毡席上薄薄的羊毛层里，形成一道道美丽的彩虹，让我产生许多的幻想；他光着脚哼着小调在毡席上弹压着、梳理着、踩蹂着，一床美丽的毡子神奇地制成了。

如今许多彝乡的自然村落国家实施了“三房”（木板房、茅草房、石板房）改造，启动了彝家新寨建设工程。那些破旧、低

(2) 阿月阿西：传说中彝人擀毡技艺的发明者。

矮、潮湿的“三房”已被绿树掩映，粉墙砖瓦，彩梁画栋，檐吊牛头、羊头等图腾壁画取而代之。许多部族人都住进了新房新居，过上了新生活。故乡的人们大多也通过自由移民或举家外出务工的方式远离了自己的瓦板房，一座座孤零零的瓦板房休沐盘桓于荒野间颓败不堪，残落一地。现在纯粹的瓦板房在彝区也很难见着了，偶尔只能在偏远的高寒山区还能见到几户零星破败衰朽的瓦板房在荒野蔓荆中战栗着，抑或被人遗弃，抑或暂且安身。

古老的瓦板房已经成为远去的记忆，然而，我对故乡的瓦板房始终是抹不掉的记忆。它像写在故乡山地里的一行行古老的彝文字残留在部族人的记忆里，记录在毕摩的经书里；它像一首首古老的音乐流淌在高寒山区彝家村落里；它像一幅幅古老的图案时时浮现在彝人工匠师的梦里。

故乡的瓦板房是我成长的记录者和见证者，它是我们心灵的归宿，也是曾经寄放我们灵魂的地方，我永远忘不了——故乡的瓦板房！

故乡的棠梨树

在故乡的瞭望台前长着一棵百年的老棠梨树，它是故乡的风景，也是部族人的守护神。

一

比起寨子里那些高大古老而又价值连城的原始森林来说，棠梨树算不得什么，但它却算是铺子上野果树里的寿星了。

故乡的棠梨树，腰身粗大，四人合围，高二十余米，树冠庞大葱茏，像一把巨伞覆盖下来。周身密布着疙疙瘩瘩的树瘤，面貌极其丑陋。树皮粗糙皴裂，年轮层层，鸟粪布满全身，像一辈子泡在地里干农活的彝乡人，满脸皱深，老茧铁石深厚。树根中空腐朽不堪，根部发育畸形，像一个佝偻的老人努力地向上挣扎着。

树洞里可容两个小孩躲藏其中，堆积了一层厚厚的耗子屎，发出刺鼻的味儿，肮脏极了。人们常坐在它的脚上、腿上，而且这些部位早已被磨蹭得像老马背脊一样累累伤痕，油滑发亮。有的枝丫已经干枯垂落到了地面上，整个树体朝西北倾斜。小孩们随时爬到它的身上骑着玩，羊羔和阿猫阿狗的也都跟着瞎蹦起来，它们肆无忌惮地在那儿便便和交配。偶尔也有人在此躲着大小便，甚至把那些死猪、死蛇以及做迷信的时候那些所谓的“死鬼”也朝这里丢弃。它成了寨子里司空见惯的“丑八怪”，人和动物都在觊觎和亵渎着这棵可怜的老树，完全没有人在意它的存在。

二

其实，故乡的这棵棠梨树不同于其他的野梨树。

它的叶腹，花，果实都是白色的，因而这里的部族人都称它为“斯当拉曲”，意思是“白棠梨树”。它历经百年，风雨沧桑，却依然树大根深，枝繁叶茂，郁郁葱葱。它的枝叶向周围顽强地生长，直插向天空。它的叶子呈倒卵形，像彝家姑娘的裙裾，多么爱煞人！叶面呈灰绿色而叶腹却是白色的，叶片里外长满了一层薄薄的软软的密绒毛，像白色的羽毛那样柔软而轻飘，像表妹的芳心在清风中摇落爱情的音符。无论是嫩叶还是干叶都是天然的饲料，尤其是冬天饲料匮乏的时候，寨子里的妇人们都在树下搂回一箩箩的干叶喂养猪，猪儿吃了肥又壮。

故乡的棠梨树张开它那硕大的手掌伸向湛蓝的天空，默默地向天祈祷故乡风调雨顺；张开它那温柔的翅膀，以无限的爱心呵护着这个古老的寨子，庇护着那纯朴而善良的部族人。以它花的芬芳沐着山岚，把美洒满人间；以它甜蜜的果实布施众生，把爱献给生命。它那美好的心灵如泉如雪般晶莹圣洁，它那高贵的灵魂如诗如歌般绚烂多彩。

每当寒暑假，当我来到拉布祖得梁子的时候，远远地就望见了那棵亲切的棠梨树高高地凸现在故乡的瞭望台，像母亲一样急匆匆地跑来微笑着迎接我；每次离开它的时候，它满含着热泪关切地目送我。我曾多少次默默地含着热泪渐渐走远。它站在高高的瞭望台前举手长劳劳，久久凝望着远方的群山村落，云拂翠涌，双目凝重，给了村落一道最为美丽的风景。它更像一位饱经风霜的老阿玛（奶奶）承载着无言的诉说，为寨子遮风挡雨，遮阴躲凉，普度众生。它是高原大森林中的思想者，它的深邃的思想卓尔不群；它是高原大森林中的慈善家，那样乐善好施；它是山寨里的一本厚重的史书，让风细细品味，让雨轻轻吻绿。

三

“忽如一夜春风来，千树万树梨花开。”这本来是比喻冬天雪景的，但春天的棠梨花就像雪花儿那样美丽动人，不经意间满树开出了白色和淡粉色相间的小花，在阳光下争芳斗妍，像无数洁白的雪花儿在歌唱，像千万只白蝴蝶在梦游，像无数纯洁的仙子在起舞。

看上去如此庞大的一棵树，怎么却开出这样小家碧玉似的白花儿来呢？觉得有些小气。不过，满树盛开气势就不同了，那么清丽和高洁，那么高贵和淡雅，像漂亮妈妈的酒靥迎接你，拥抱你，抚慰你漂泊的心灵。

棠梨花丛中更少不了各种音乐、各种舞蹈、各种恋情，此消彼长，痴情痴迷。最惹眼的是在洁白的花丛中飞舞的红色、绿色、蓝色、黑色……各有各的情调，各有各的美姿。这是美的花海，这是美的散文。那娇艳和妖媚也纷纷投来欣羡的目光。它俩是这个春天的主角，也是花丛中的精灵。微风过处，余音袅袅，送来缕缕清香，像阿惹妞（幺表妹）的月琴声那样轻柔似水，像情歌王子的歌声那样倾情感人，让人有青涩的冲动和无知的暇想。

夏日是冲动的。故乡的棠梨树以宽阔的绿荫遮蔽着躁动，犹如流过的清泉注一潭诱人的清凉。

秋月皎皎，黑夜薄薄，朗月照亮了蓝天，照亮了棠梨树。小溪倒映着绰约风姿，显露出超凡脱俗之感。四周山影如魅，森森然似欲探手攫人，令人魂悸魄悚。小的时候一个人是不敢独自出来赏月的，须得有人陪伴着。明月照棠梨，流光正徘徊。似乎听到了月光落在棠梨树上的声音，“月出惊山鸟，时鸣春涧中”。那奇特婉转的天籁之音，让你如痴如醉——让你一次次地产生可怕的幻觉。

一到冬天，山上的水果全都没了，唯独白生生红扑扑的棠梨果子还沉甸甸地高高挂在枝头上，看到它好像还闻到了甜味儿来。熟透了的自然掉落在地上成了孩子们与鸟类、小动物们争抢的食物了。惹眼的果子带着飘香引来了天地四方来客，组成了一幅绝妙的童子禽鸟图。树上松鼠喋喋不休；爱唱歌的蓝鹊、松子鸡、山楂、画眉、鹦鹉等呼朋引伴地翔集于棠梨树上不亦乐乎。树下光着脚丫，留着天菩萨，衣不蔽体的彝家男童们也忙碌地拾起干干净净的棠梨果扔进嘴里咀嚼起来，美滋滋的样子特别可爱。果味儿香气扑鼻，果仁儿洒满一地。吃棠梨果既能充饥又能解渴，而且营养丰富，这是困难时期我们最好的救兵粮了。

后来，我上小学后就很少光顾它了。可每年母亲都细心地捡些好的果子晒干后保存在布口袋里，待我们寒假回来的时候就再也不缺香嘴的东西了，至今还回味无穷。

四

棠梨树下的故事像流星般划破夜空闪烁而过，它不单单是一棵树了，而是赋予了彝家村落里百年历史的文化树了。我如朝花夕拾般地从历史故事中走阴[(1)]似的穿过魔镜剪接了几个特写的镜头：

镜头一

故乡的棠梨树生长在海拔3000米左右的村落里，四周都被群山和丛林环抱着，神秘的群山充满了大森林的无限诱惑。世代居住在这高原山地中的部族人与飞禽走兽为伍了。相传这里曾先后生活过两种原始部落：一种叫蒲素人，传说是一种贪睡愚钝的巨人部落，力大无比；一种叫乌武人，传说是一种非常机灵的小矮人部落。相传这两个部落为争夺领地曾发生过一场战争，后乌武部落灭掉了蒲素部落。后来，矮人乌武部落也不知去向。现

(1) 走阴：彝语称“勒古乌”，传说是一种民间的巫术。这种巫术是由彝族苏尼、毕摩或民间道法高深的人给走阴的活人在脖颈上点穴位，让其魔幻般地穿越时光隧道回到过去，与祖先见面了解过去和未来。

在的部族人据老人们说大多是被地方军阀邓秀廷（彝语“丁家阿呷”）追杀而落难于此的彝人后裔。他们异姓较多，居住时间最长的也不过四五代人的历史，过着半耕半牧的贫穷生活。这棵古树就是他们生存的见证人。

镜头二

那赤脚剽悍的部族人组织了整齐的部族武士马队走过这里。他们头缠布帕，肩挎弓箭，身披羊毛毡，胸佩牛皮铠甲，腰佩长刀，手执长矛……曾在这里冤家械斗，战斗结束后，双方在棠梨树下云集谋士韬略和谈判数载。

镜头三

在棠梨树下，满山沟盛开着绚丽多彩的罂粟花曾几度引来成群的牛羊狂奔而至如饥似渴地啃噬着烟叶，旁边坐着几个身躯猥琐，穿着不整，口衔大烟，带着死神一般眼睛的男人。

镜头四

公元1957年，如火如荼的大凉山民主改革剿匪的战火硝烟在这深山幽谷里弥漫……中国人民解放军一个连的全体指战员全部壮烈牺牲在老庄子的山沟里。

故乡的棠梨树经历了百年风雨的侵袭，依然绿树长青，告诉了我一种永恒的精神：这种精神叫坚守和执着。

五

故乡的棠梨树下不仅有像大山一样壮美和英雄的故事，而且也还有像流淌的山泉那样风情万种的浪漫故事。

每逢部族人婚丧嫁娶或逢年过节，它就给部族人青年男女们提供了浪漫天然的谈情说爱的场所，他们会在此寻找到自己的心上人。这是一种自然形成的习俗，在很多彝家村落里都较为普遍存在。故乡的棠梨树就成了月下老人，它就像《天仙配》里槐树精似的成人之美。这里是部族人青年男女浪漫爱情的港湾。小时候，我与瓦尔哥就亲眼看见了风流的一幕。

有一天傍晚，我与瓦尔哥在小溪边玩耍。春天里夕阳的余晖亲吻着挖颉波依山脉，山竹林情意绵绵，春之声拨动着爱情的旋律。“清风无价，花开有情”，多情的山泉水轻佻地挽起了绿色的百褶裙，匆匆地去寻找春天的脚步，沉稳的棠梨树把爱的芬芳献给了世间的爱神。我和瓦尔哥无意中窥见了美丽的妮查谷史表姐手里攥着一样东西急匆匆地朝林子里跑去，有一位英俊潇洒的陌生男子紧随其后。我俩悄悄跑进对面的松坡林中躲藏起来，好奇地注视着这对恋人的行踪。我迫切地伸长脖子正要去瞧瞧稀奇，瓦尔哥一下子按住我的头让我迅速地趴下，吓得我屏住呼吸小声嘀咕。他贴近我的耳朵小声教训道：“你小子逑经不懂，给我老实待着！”他一动不动地半蹲着，双眼却一刻也没有离开过对面棠梨树下山竹林中的那对热恋中的情侣。既好奇又害怕的心态催促着我情不自禁地探出半个脑袋透过竹叶缝隙偷偷地往对面睃。但对面山竹茂密，又不敢轻易走近，啥都没瞧到，只是偶尔看到竹枝在不停地晃动着。

我第一次亲眼看见这等事儿，心里有些负罪感。并且听大人们说过，看了这种事儿会倒霉的！心里十分矛盾，青年人谈情说爱，与小孩儿有啥关系啊？真是多事！我不断地提醒和责备着自己，但我俩的视线却始终舍不得离开一刻。那对恋人的举动始终让人感到神秘与好奇。

过了一阵子，他俩终于才从林子里南北两个不同的方向悄悄地溜出来。俊男似乎已得到了自己想要的东西，头发有些乱但显得十分镇静和自信。妮查谷史表姐在紫辉的沐浴下多了几分温顺和羞涩。她右手整理头巾，左手在料理腰带和裙子，然后慌着扣上领牌，用了一些工夫才扣好。走了几步就驻足停下来，伸长脖子望了望四处没人就迅速地蹲下来撒开裙子小解似的。瓦尔哥叫我闭上眼睛，我就赶快紧紧地闭上了双眼。待我睁开眼时，妮查谷史表姐与帅哥早已无影无踪了。也许他们早已收获了甜蜜的爱情，若无其事地回到了抢婚的场景里。我和瓦尔哥大饱了眼福后也跑步融入到了寨子上沸腾的夜里。

我幻想着：长大后，瓦尔哥和我也会像那帅哥一样，希望逢着一个像棠梨花一样美丽的姑娘。

六

今年春天四妹回来告诉我，棠梨树还是老样子，只是有一年狂风肆虐，向西的那一只粗壮的丫枝被风刮断了。我甚是伤感，仿佛听到了老树伤心而抽泣的声音。彝家有句尔比（格言）："牛老坠崖亡，石老层叠衰，树老中空朽……"这又何尝不是自然规律呢？茫茫宇宙总有地老天荒的时候，更何况是树呢？！即使是八千年的龙血树，也会衰老。树的荣枯是自然的，然而棠梨树的精神是永恒的，它永恒地融入到了部族人的生命里。

故乡的部族人一家一家地从棠梨树旁搬走了，而棠梨树却依然沉默地守望着这个古老的彝家村落。每天都与群山对话，与青天对话，与祖先对话，与自己的灵魂对话……抑或一种无奈，抑或一种坦然，抑或更是一种坚守和幸福。

我有十多年没回故乡了，常常还惦记着这棵棠梨树。常常梦见它在故乡的瞭望台前，满树盛开着洁白的花朵在长风中飘飞撒落，解读着无限轮回的生命本真……

聆听故乡的声音

故乡的声音是回荡在我灵魂里的天籁，是激荡着我生命的旋律。

尼采说：“所谓‘拥有哲学’是我们有固定的态度和见解，然而，这时将自己标准化。与其如此，不如倾听生命中的耳语，只有这样，才能看到生命的本质。”我想，尼采领悟到了哲学的最初意义，他也就像我一样是个热爱生活的人。

我听见了故乡你那熟悉的声音，那是高山森林中跳动的音符拾级而上，登上了“青暝浩荡不见底，日月照耀金银台”的祖界地。我用梦里的竹笛奏出思念来，我用滚烫的脸紧贴着冰冷的岩石，我用亲切的双手触摸着粗糙的劲松。

——重寻一夜梦，回荡着流逝的伤痕和夜色中朦胧的情结。

我曾无数次地叩动过群山的心声，那低沉回环的声音是祖先留下的歌声，“念天地之悠悠，独怆然而涕下……”

故乡的村落里传来鸡鸣犬吠的声音，已过几百年了依然是这样响亮和亲切，充满着彝乡的眷恋。即使是深陷边关的宦游人，也会感到一丝的慰藉，抑或带来更多的愁肠。我曾无数次地爱恋过鸟鸣处处，花香袅袅，那可是游子断肠的天籁，随那蓝空中的白云绿波悠悠我心。

那山坡上羔羊呼唤母亲的声音是我销魂的心声，因为母亲滚烫的话语只有在梦里耳语。

那丛林深谷中的“云水禅心”与“高山流水”在曼妙地流淌，像蒙着黑衫的修女深情地望着连绵的群山，似乎丢失了自己曾经拥有的爱情。

“咿——唠——咿——唠——咿唠咿唠～～……”当牧羊归来的时候，从村落里传来这样长声幺幺的唤猪声，漫过四周的树林，漫过整个彝家山寨。这与母亲的叮咛和哼唱的小曲有着同样的怀念。这是勤劳的女主人与自然放养在山林中的家猪间建立的深厚感情，动听的歌声传进了丛林里，形成条件反射的家猪竖起耳朵，立起鬃毛，卷起尾巴纷纷嚎叫着往家奔来，偶尔随着猪群混进几只可爱的野猪崽来。故乡的声音是感动生灵的音乐，这是通向世界的声音。

“补啊——补！勒施补！尼阿普呐补！尼阿波呐补！……啊喔默克戳！啊日哒哒哒哒……”这是男人们驯服年轻牯子时发出的雄壮的声音，这是拉尔拉达[1]的声音，北风卷地白草折，尘土飞扬过山坡。那粗犷的声音彰显着彝家男子顶天立地的征服者的力与美，这声音穿透了农耕文明的历史。

“噢喔——喂！啊嗬嗬喔——”这样的声音在故乡的群山间久久回荡，冲破游云传到天空。似吼猴间的亲密，似孤独的心声，似山神的预言，这是部族人与群山间进行心灵交流的声音，这是灵魂碰撞的声音，久久回环于群山里。

请君为我倾耳听！美丽的阿硕伊且草坡上时时传来原生态埋藏已久的情歌声：

“哦——啊呀——啊咿——啊呀——啊咿啰——……啊咿——～～啊咿——阿惹嘛苏——俺尼——俄库——阔啰——次嘛——切些古——噢哦喔～～……啊咿——～～啊咿——阿惹萨巫——嘛苏——姆孜——挖托——尕达——姆尔——挖武——则些古——噢哦喔～～……”

——那是一位被高原太阳烤黑了的干瘦的小老头儿，名叫伊觉牛觉，其老伴儿早已离世，自己带着儿女们和一位哑巴妹妹过着贫困的日子。当他每天放羊置身于高原美景中的时候不禁触景生情，有感而发。如今老人早已离开了那片他深爱着的高原草甸，然

(1) 拉尔拉达，传说是彝人古代农耕文明的开创者。

而，他的情歌声却依然飘荡在巴仕高原上，如雨如花，如风如云……这凄苦的声音是对大地的倾诉，对群山倾诉，对灵魂的倾诉。

“啊咿——～～啊咿——妞妞～～妞妞～～尼硕～～尼硕～～勒斯～～勒斯～～莫啊！……”这是故乡人家庆婚之夜主客对歌的音乐，彝语中叫作“阿斯牛牛嘀”(2)。他们的歌声犹如屋内的松明火把与火塘里的光焰一样闪烁无比，他们双双两两一唱一和尽显魅力，震惊四座，博得万般的点赞和青睐，这是来自古老音乐的传承，来自心底庆喜的歌声。

故乡的声音有明朗欢快的高山流水，也有如同暴风骤雨般的慷慨悲凉。

“啊莫喔——啊莫喔——啊莫喔～～啊莫嗒——……”

这是弥漫在亡灵周围的古老的丧歌，有男人的声音，有女人的声音，有老人的声音，也有小孩的声音。沉郁悲凉，震撼灵魂。我不会唱这样特别专业的彝家哀歌，然而，让人经受着一次次生离死别的痛苦与折磨，这些哀歌多少次地萦绕在我童年的时光里，流淌成了故乡的小溪。这样的歌声陪伴着故乡的人们一次又一次，一个又一个地送走了自己心爱的老人和孩子，送走了自己心爱的男人和女人，也送走了最后的自己，这样的哀歌声从来就没有消失过。

“噢～哈哈哈——噢～哈哈啰哈哈——涅俄些格嘞——艾斯纳涅扎——哆嘞——涅格体莫啰～……”这是来自彝人最古老“噌格”(3)赛场上的歌舞声，雄健深沉、慷慨悲凉。这声音又从另一个层面反映出了彝人与众不同的生死观，彝人相信灵魂超脱，生命轮回，面对死亡的威胁保持着乐观畅达的心态，用歌声送走灵魂的新生。

故乡的声音是回荡在我灵魂里的天籁，是激荡着我生命中的旋律。

---

(2)“阿斯牛牛嘀”，彝人婚嫁时主客对歌曲目，多用克哲和尔比尔吉等。

(3)“噌格”，彝人悼念死者的业绩和祝福死者的灵魂安息并降福子孙的主客歌舞赛。

我爱家乡的山泉水

我的家乡在中国四川西南部的大凉山，这是一个美丽而神奇的地方。这里群山连绵，天空更蓝，四季如春，牛羊成群，勤劳善良的彝乡人在这片古老的山地里幸福地生活着。

难怪我们的祖先古侯和曲涅兄弟俩迁徙到这里后再也舍不得离开了，在这里建立了自己的彝族王国，尤其是这里圣洁的山泉水像血液一样流淌在他们的骨子里。

我对家乡的山泉水情有独钟，常怀敬畏之感。

记得小时候，每逢彝历年“阿普波基”（送祖归天）的那天，我常常跟着父亲早早起床，带上自己昨天晚上就备好的一壶清洌的山泉水献在祖灵位上，让祖先们第二天早早地背着上路。因为我曾听到《指路经》中说，去往祖界地，艰难险阻，长路漫漫。我默默地虔诚地祈祷：愿祖先们一路走好！下一年再会！愿祖先们保佑我家乡的山泉水永不枯竭！时间一长，觉得灵验，也就对它愈加珍视而神圣。

在我上小学、初中的时候，家乡的山泉水总是陪伴着我迎来送往，成了我最要好的朋友。每当我沿着雅砻江边长途跋涉的时候，常常走得筋疲力尽，远远地就听到了你那甜美的声音，走进你的身旁，你露出了甜蜜的微笑。我每次都像个婴儿一样，一下就投进你的怀抱里享受着母亲般的抚慰，迫不及待地连掬几捧一饮而尽，顿时润肺提神，神清气爽。跳进泉水中扑腾两下则心旷神怡，洗去了一身的疲劳，充满了活力。每当饥渴难忍的时候，冰澈的山泉水调和着母亲做的燕麦炒面是世间绝配的一道美食，一生难忘。

牛羊马群在家乡的高原草甸、幽谷丛林中悠闲地吮饮着幸福的甘泉，百鸟兽群在泉边机警的啜饮，蜂蝶花叶也来争宠不休，牧童们也忙着采来大片的绿叶卷着木瓢状的舀了一口进嘴里还不过瘾，撇下一节空心的山竹竿索性趴在了清泉边狂饮起来。泉水冰冷冻牙，滋润心田。牧童们解渴了便躺在毛毯似的草甸里像马驹一样随地翻滚，时时挑逗着亲爱的“伙伴们”……

这里的山泉水清澈明亮，甘之如饴，冰如彻骨，温婉恬静。像婴儿的眸子，像璧玉的面庞，像天主的心灵；像野花一样芬芳，像天空一样湛蓝，像少女一样纯情。

你是人们心中瑰丽的神话：山神与泉神在深谷里水乳交融，白云仙姑从沟谷背水到山腰沐浴换裙子，彩虹之君在群山之巅连接天地情缘，太阳雨执着地爱恋着朗润的青山，天外飞来的瀑布光怪陆离，神光浮现，青龙显灵，天上人间尽在其中……

啊，家乡的山泉水！你从雪山之巅冰雪融化而来，你从高山草甸牧人的歌声中流淌而来，你从原始森林山鸟啁啾中叮咚而来，你从神秘的箐谷雾岚昵语中潺潺而来，你从龙岩洞里汩汩而来……似新蝉饮露，似古筝清幽，似钢琴变奏，似情人低语，似母亲小调……每一座山岭，每一条峡谷，每一片原始森林，每一个村落……都有你动情的歌声，都有你熟悉的身影，都有你高贵而圣洁的灵魂……

啊，家乡的山泉水！你流过奇丽的天然牧场，你流过肥沃的草坡山地，你流过浩瀚的原始森里，你流过清门锁浪的一线天，你流过星星点点的彝寨村落，你流过我祖辈父辈的火葬地，你流过我家的门前……只要你流过的地方，到处是青青的野草，到处是浓荫匝地，到处是繁花似锦，到处是野果飘香，到处是绝美景致，到处是一片蓬勃的生机……

啊，家乡的山泉水！你流进奔腾呼啸的雅砻江，你流进浊浪排空的金沙江，你流进汹涌澎湃的大渡河，你流进滚滚东流的万里长江，你流进浪涛万顷的汪洋大海，你化作了一朵小小的浪花，流进我的心海，流进我的梦里……

我曾梦见了古老雄峻的黄毛埂山脉，看见了许多美丽的足迹，深深浅浅地烙在了那古老的石道上、摩崖上、蓝天上……那是我们祖先史诗般迁徙的路，依然回荡着牛羊犬马的声音，依然回荡着雄鹰长啸的声音，依然流淌着黑色的珍珠融化在了涓涓的牧羊泉里，你像一位冰清玉洁的牧羊女用温暖的母语殷勤地接纳了莽撞的我。

我曾梦见登上了美丽的螺髻山，看见了仙云缥缈，掠过索玛花海，在岚光幻彩中静静的沐浴，她肤若凝脂，齿如白雪，吐气如兰，艳若索玛，周身雅洁，不断闪现出深情的目光，我怕惊扰了她，更怕她在清波里看见我那清瘦的面容，于是展开强健的双翼飞越到了冰川岩洞里远远地守候着她。

我曾梦见渴饮灵山圣水，看见了道骨仙风的灵山泉水的尊容，甘洌神圣，树木蓊郁，山势灵秀，袅袅青烟，悠悠文脉。圣洁的道泉之水荡涤了人们心灵的尘垢，变得清澈而善良。

我曾梦见重新踏上了西南丝路与茶马古道，看见了广袤的八百里大凉山日出日落的壮丽景象，听见了毕摩大师苍凉悲壮的诵经声向南褶皱而去。雄关漫道，千里关山，羌笛悠悠断人肠。

古道上的黄昏苍黄而壮丽，一种坚毅而壮美的情怀涌上心头，那些强悍的精瘦的驮铃像零落于山野间的野花，像垂暮的秋叶，像漫天飞舞的冬雪重叠的随那饮马之泉淙淙而去。古老的马蹄声，銮铃声，哨声，歌声，箫声，月光声……却依然不变地在幽静的古道边幽幽流淌。

我曾无数次梦见过掬饮木萨山下羊房沟甘洌的山泉，看见了巍峨雄壮的木萨山和老庄子山，明月松间照，清泉石上流，习习香尘莲步底，少年袅袅天涯恨，长结家乡山泉水。

巴什高原依然如诗如画，故乡的人们依然面容俊俏，身躯清瘦，口齿伶俐，还是那副好嗓音在清清的山泉里哗啦啦地流着，溅起无数晶莹剔透的梦。那里是我孩提时自由快乐地捉蝌蚪打水枪的地方，那里是我曾经隔着树枝窥伺过阿咪阿惹[1]光着身子洗澡的地方，那里是我独自一人去聆听泉水低声絮语的地方……

啊，家乡的山泉水！你是祖先啜饮过的玉液琼浆，你是泉神日夜传诵的经诗，你是一位认识真理的德古[2]娓娓地讲述着八百里大凉山英雄的故事，你是母亲甘甜的乳汁哺育着凉山的儿女，你是我生命与灵感的源泉，我深深地爱着你——家乡的山泉水！

(1) 阿咪阿惹：表姐表妹。

(2) 德古：彝族民间中德高望重的智者。

山野间的过路黄

百花仙子也没有冷落这隐没在山野中的过路黄，它是那么的明亮和娇媚。小家碧玉似的树上长满了俊俏的叶子，乖巧的枝叶像一双双巧手捧着无数金色的花朵。常言道：绿叶配鲜花。然而，让人惊奇的是——过路黄的叶儿比花朵更为暗香盈袖，笑捻一片吻一吻，一缕山野泥土的清香让你沉醉不知归路，莫非是邂逅于山野中静默的香草美人乎？

高原上洒落着点点古朴的瓦板房，袅袅的炊烟牵动着我的心房，我逡巡于山野小径上，梦回故乡的童年。仲夏的村落沐浴在荣华和生机里，青色逼着你的双眼。山间的翠微路旁次第露出一张张清纯的笑脸，格外打眼，让你永难忘怀。不知是谁家早熟的粉子这样逗人喜爱？！它似金菊，似葵花，似金色的太阳……我不大相信自己的眼睛，亲手摸摸，果然是柔软细嫩，清凉可口。无数的金缕花丝像璀璨的睫毛，亮泽了荒原上的野草，灵动而又多情的双眼好像是天上的金星在灼烧着你，情不自禁的内热像篝火一样热烈奔放，想要吞噬你的灵魂。

——“燕燕轻盈，莺莺娇软。”她们笑语盈盈暗香来，争奇斗妍，争献殷勤，没有一丁点儿的生疏和胆怯的感觉。当然，解留我，霎时凝伫，仿佛在梦里相见。尤其在薄暮和露珠的晚凉新浴后平添了几分妖娆和袅娜，仿佛是山野间传来的清爽的音乐，湿润了瘦弱的诗人的梦，如同美人笑靥般的花朵永远是那么靓丽，那么清新自然，那么多情。

然而，它的芳龄？它的爱恋？——谁也猜不透。

小巧玲珑的过路黄，不是名花倾国，也并非香径兰叶。山里人视而不见，城里人莫衷一是，匆匆过客不屑一顾。零落依草木，别梦依依进木屋，含情脉脉于柴扉边，孤独的偏安于山野一隅。“曾行处，绿妒轻裙。”……它似山谷中的清泉如歌如吟，清洗了瘦的诗人浮躁的灵魂；它似栖息在山林中的兰竹卓尔不群，让凉风鞭策着少年去寻觅缺失的信仰，它似幽居山野的佳人抚慰瘦的诗人流浪的心。

抑或它曾几度梦游过吐鲁博俄神山[(1)]上生长的灵芝姐姐的琼楼玉宇，那里崇山峻岭，冷月如霜，风头如刀面如割，颜色一夜变古今，又怎堪经年累月的天籁孤寂？抑或它觉醒了，那山上的荞花依然粲然笑意，那坡上的清芜伸出热情的双手，那火塘边的酥油茶依然温暖如初，那木板屋里的炊烟依然柔情似水，佳期如梦……

有人说，天生女子，貌美无罪。更何况是山野间自然天生的野花呢？美丽本无罪，美丽是上帝赐予的，美丽来自于内心的自信，生命就是最美丽的最神圣的花朵。

隐逸在山野间的过路黄，还是奈何不得蜂蝶的纠缠，奈何不得金风的轻薄，只能用它脆弱的羽翼阻挡着无情的骚扰和亵玩，每天都在惊恐中等待着新的蹂躏，它渐渐地憔悴和麻木了。庆幸的是，它被温柔的山雨解救了。山雨如文弱的白面书生般怜香惜玉，用它那真诚的温情治愈了受伤的过路黄，它们在山野里不断地编织着美丽的童话。

《路边的野花不要采》这首邓丽君女士演唱的歌曲可谓家喻户晓，经久不衰。——要是山野里的野花真的无人采摘了？那不是惟草木之零落兮，恐美人之迟暮啊？！还是秋娘大姐尤解风情啊——“花开堪折直须折，莫待无花空折枝”啊！

我手机上的墙纸正是三朵绽放着的过路黄花，金风玉露般美

(1) 吐鲁博俄神山：彝族神话史诗中人类起源诸神聚会、议事的神山。

好，鲜活的，矜持的，宛如娇小秀美的仙女般悠然而来，送来淡淡的幽香，时刻让你感觉到丝丝缕缕的温柔。那是去年到小妹家过火把节时用手机拍下来的，它是我在路上意外的收获。每当我多烦忧时，它总是生欢心喜，让我开开心，解解闷，饱饱眼福，好不惬意！——不过，酒朋诗侣就常拿我开涮了，说我拈花惹草，寻花问柳，风流情种……把这些过于夸张的标签老是往我身上贴，可我的绣花包里既无风雨也无晴！这只是在百无聊赖之时寻一点开心罢了。过路黄的心里却自然明白，我不是采花大盗，而是护花使者；我是奉了百花仙子之命而来的，想与读者做真诚地交流——“关于世人都有爱恋野花的嗜好问题”。其实，这是一个既古老又年轻的主题，我只单单是一个游荡于草莽间的无涯过客而已，还是多倾听读者的高见吧！

我很想把自己内心的秘密和盘托出，但我没有让－雅克·卢梭式的那种勇气和智慧。不过，我现在已经是坦然地面对读者朋友了。也许，我是个地道的“花痴”，从小就喜欢花，一看见野花，眼睛就发亮了。面对百花盛开，六神无主，心潮澎湃，全身就像触了电似的从头皮麻到脚心，甚至语无伦次，前后矛盾，不能自圆其说。不然，为何却偏偏迷恋上了这滥见的野花呢？可它也无须爱谁恨谁？招惹谁？……

噢，果然是花中的精灵作的美差啊！花之精灵趁伊人不备，把阿佛洛狄忒的魔腰带系在了它的腰上，伊人全然不知那是魅惑人的神物，连希腊众神之父宙斯都曾被迷惑！——那天空中的云朵知道，南归的鸿雁知道，抱着闲叶枯萎的凉蝉知道。昨夜秋雨昨夜风，缠绵的秋雨如泣如诉，伊人轻弄慢捻的月琴声声，胜似浔阳江头的琵琶声嘈嘈切切，如同孤雁离愁三万里；伊人轻轻拨动的口弦哟，像那传说中勇敢而又多情的美女阿石阿比莫[(2)]（彝人口弦鼻祖女神）向心上人倾诉爱情的神话……我是人间惆

(2) 阿石阿比莫：彝族传说中的爱神美女，她发明了彝族口弦乐器，用优美动听的口弦声勇敢而多情地感动自己的心上人，获得了人间美好的爱情。

怅客，知君何事泪纵横。

我何尝不想遁入于山野间尽享山水之乐？我何尝不想红袖添香，花前月下了此残生？我何尝不想与久别的香草美人长相厮守？然而，长恨此生非我有，何时忘却营营？！无奈被些名利缚，无奈被他情耽搁，可惜风流总闲却。

金花金屋锁玉颜，我只能常常徘徊于伊人的门前，常在我的梦中浮现玲珑娇小的你，回眸一笑百媚生的你，那朵朵金色的过路黄如璀璨的星光照亮了我的心房。

高原野花十样锦

每年金秋时节，当你走进盐源这片古老的高原盆地时，有一种美丽的野花开得漫山遍野，公路两旁竞相娇艳，绚丽多姿，一股清凉的空气含着淡淡的清香扑面而来，这就是高原野花——十样锦。

十样锦是盐源人的叫法，有的还称它为“英英花”。其实它系菊科植物，学名叫“波斯菊”。据说，这种野花很早以前是由法国的传教士带进来的。他们坚信自己所信奉的天主教像自由之花十样锦一样开遍整个山山水水。于是不知什么时候，这种野花就悄悄地爱恋上了盐源这块高原明珠。

十样锦属一年生草本植物，野生，高约 25~60 厘米。它的叶对生，披针而繁密，像孔雀的羽毛那样翠绿耀眼；它的茎直立，纤细而柔弱，如蜂腰似鹤腿；它的枝似螳螂之爪，仿佛在试探着什么。秋季开花，聚伞花序密集成头状顶生，每朵花八瓣，花蕊呈菊黄色。花期较长，每年八月至十月次第开放三个月。花开起来五颜六色，蛮漂亮的，像高原山地上的野姑娘好奇地打量着你，它的绽放使得古老的润盐大地增添了不少美景。也许别的地方也会盛开得如此艳丽而多情吧，只是很少有人留意它罢了。

十样锦在盐源是极其平凡的一种野花。没有谁来呵护，任凭自生自灭。这种野生的高原野花在我们这里是如此这般滥见。当它一旦长到庄稼里就难以根除了，十分霸道，只要它生长的地方，其他的花草就很难插足。我和一位同事谈到十样锦侵占别的花草领地之事，他有趣地说："这是一种植物的侵略！"我想，这是物种的优胜劣汰，未必不是一件好事。

然而，对于庄稼人来说可不是一件好事。他们非常讨厌它、怨恨它，因为它全身没有宝，反过来严重地影响了农作物的生长。它的种子是靠风媒传播，一阵风来，就是一大片。它的根须串起来真凶，土地肥沃的地方长势特别好，有一人多高，老是整不绝。农人锄草时把它连根拔起来，抖尽根须上的泥土，然后把它摔到墙上，任凭风吹日晒，只要是它的茎触到一点有湿气的泥土，它就能随意长出无数的须根来，令人匪夷所思。我从未见过如此具有顽强生命力的一种野花，只要有阳光有水的地方，它们就能生长，就会绽放出鲜艳的花朵。

要是你看到园子里，水沟边开着稀疏的一朵或两朵是不起眼的。然而，当你一不小心误入十样锦花海时，那就别有一番风味了。你瞧：在路边，在田边地角，在荒野上……一簇簇的，一笼笼的，一串串的，一大片一大片……这才叫姹紫嫣红，五彩缤纷，蔚为壮观。粉的是回忆，白的是真诚，红的是深情，紫的是幽静……形成了一片最浪漫的花海。

它虽然是极其普通的一种野花，然而，毫不在乎周围别的花怎么看待它，依然绽放出了生命的精彩。许多摄影爱好者和乡土作家常来光顾，尤其倍受小孩、女人和游客的青睐。每当十样锦花开得正旺的时候，他们纷纷簇拥进十样锦花丛中，争先恐后地赶着采摘、嬉闹、拍摄、屏息凝神、驻足欣赏，不亦乐乎！……有的甚至索性躺到了十样锦花丛中，陶然其间。笑脸与野花相映成趣，美不胜收。人们爱不释手，流连忘返……

说到这里，让我回想起自己与十样锦花之间有过三次相遇的经历。

记得有一年，我们学校举行表彰优秀教师大会，师生的表演精彩纷呈，节目的高潮迭起。有一个细节特别引起了我的注意：给全校优秀教师献花这个细节，大家本以为送什么名贵的鲜花，可不知是编导老师有意安排，还是学生们自发组织，只见台下由十样锦花组成的方队，像海浪一样涌动。有许许多多扎得十分整齐的一束束美丽的十样锦花，汹涌到老师们的胸前绽放。于是，掌声笑声欢呼声响彻整个会场。这是否是学生们表达了对老师的最为朴实的奖赏与祝福？我认为应该是。虽然事隔多年了，但我时时难以忘怀，在我的心里它是一种朴实无华的野花。

今年暑假，我去浏览A城市的花卉博览园。的确，在此地看到了熟悉的十样锦花，感到格外亲切和有些吃惊。因为我在异地他乡发现了咱们的高原野花。然而，它却蜷缩在草坪一隅，许多茎叶腐烂枯黄，即便是园丁正在紧张地给它作细心地照料，可与野生的原生态十样锦花相比，却判若两人。它与花圃里别的花也极不协调，这让人甚为怜之，增添几分惆怅。谁又知道花也有恋乡情结的呢？看来，它不太习惯舒适安逸的生活，还是徜徉宽广的高原山地，那里才是它成就梦想的地方，它是一种向往自由的野花。

有一个周末，我和同事阿萨去家访，路过双河五洞桥。桥两边满是怒放着的十样锦花。适逢一群村姑和打工回来的姑娘在河边浣洗。她们有说有笑，追逐嬉戏，晒衣晾裙。其中有一位姑娘特别引起了我们的注意。我们不认识她，她们也没有给我们打招呼。那姑娘头上插了一朵鲜嫩的十样锦花，人面十样锦花相映红，宛如一朵向着秋阳盛开的十样锦花似的热辣与滚烫，又像是城里的潮女一样另类和潮爆。如此招蜂引蝶，遮不住美丽的青春，女神级的姑娘从何而来？我们一无所知。野花在律动，激情在燃烧，魅力在绽放。它是一种时尚非主流的野花。此时此刻，让我联想到升地三郎博士的诗：

清凉的空气含着淡淡的清香，
生活得清清爽爽，
何惧无常，
优美温柔的波斯菊，
愿你常留芳香，
弱茎托着花朵，

你高高开放，
深知秋意的波斯菊呀，
总是擎着轻轻的粉红，
仰头望着秋阳。

它没有牡丹的富贵，没有菊花的隐逸，没有莲花的高洁，没有玫瑰的浓烈，没有桂花的飘香，也没有苹果花的智慧，更没有桃花的娇艳……它只有淡淡的清香，它始终心安理得地陪伴着这个神奇的高原盆地，热情大方地迎接四方来客，让短暂的生命绽放出异彩。

它是一种极不平凡的野花。它的热辣与野性，它的大气与豪放，不就是风姿绰约的高原美女的形象吗？它的吃苦耐劳、脚踏实地、坚忍不拔的精神不就是象征了今天在润盐大地上勤劳致富和干事创业的润盐人吗？

是的，十样锦无论在贫瘠的高原山地上，还是在恶劣的自然环境里，它的弱茎托着花朵，总是擎着轻轻地粉红，仰头望着秋阳，高高地开放！

泸沽湖畔的秋叶黄了

一片，两片，三四片；五片，六片，七八片……

格姆女神从自己的香囊里把童话中的金蝴蝶从狮子山上次第放飞了下来，化作一只只金色的梦与轻风一道轻盈地飞舞到湖面上，如同鸳鸯戏水般成双成对地扑腾而来。

那些瓜熟蒂落的，抑或是半青的秋的使者急着纷纷走出自己的“花楼”[(1)]远走高飞了，像是理查德·克莱德曼的“秋日私语”[(2)]在美丽的泸沽湖畔萧萧而下，像猪槽船上飘来的摩梭人的情歌一样让人迷恋其中。

它轻轻地，轻轻地歇息在马路边傻傻地等待着爱情的邂逅，自由的恋情飘落在满山的金菊花丛中百般的娇媚婀娜，美丽的身影戏水在蓝盈盈的湖水里像仙女般柔美地游弋着。秋风徐徐，微波荡漾，猪槽船拨动着阿肖[(3)]优美的笛声向亮海的最深处悠扬而去。

两三片心形的霜叶殷勤地贴在我的车窗上不忍心惊扰它们，似乎舍不得离去，于是只好把爱车停泊在路边，用心地把它们收集在我随身携带的书籍里细细品读，就算是这片风景馈赠的礼物吧！

---

(1) “花楼”：摩梭姑娘的爱情屋。

(2) “秋日私语”：是法国著名的钢琴家理查德·克莱德曼的经典曲目，描述秋天里的童话，秋天里的温馨烂漫。

(3) 阿肖：摩梭语，译为“情郎”。

狮子山上的风景抹上了绚丽而柔和的秋色，其容颜日渐消瘦，那是因为秋霜的缘故。狮子山是女儿湖最为浪漫忠实的守护神，它的坚贞感动着世间的有情人。

秋晨的女儿湖被一层薄烟笼罩着，像一层轻纱似的梦，又像一首天籁般的情歌在湖面上悠然而来。湖面洁净，湖水清澈，一群自由的水鸟穿过烟雾降落在湖中央，泛起层层涟漪，像五线谱上的音符不停地梳理着、戏水着、热恋着。白烟渐渐腾升，晨曦也微微露出笑脸，湖面上忽然出现了梦幻般地海市蜃楼——美丽的格姆女神仿佛身着女儿国摩梭人的服饰，乘着一朵绽放的莲花，从天上飘逸而来停泊在女儿湖的上空，若隐若现，光彩照人。她多情地洒下爱情的金风玉露，顷刻间，她又乘上一朵彩云从湖心白雾中缓缓地升上了天空。她是那么圣洁，那么动人，那么似真似幻……

在摩梭人的传说中，女儿湖是格姆女神爱的眼泪汇成的爱情湖，她把浪漫的母系走婚习俗捎给了这片神秘的爱情谷，捎给了幸福的摩梭人。

我不是陌生的客人，我家离这儿不远，不过一百多公里。然而，以前从未听说过这里有个神秘的女儿国，女儿国里有一个如此美丽的高原淡水湖泊——泸沽湖。直到十年前才知晓这里有个蜚声海内外的母亲湖，实在有点相见恨晚的感觉。

我来过泸沽湖已经不止一次了，这片美丽的风景应该属于所有热爱泸沽湖的人们。然而，我与这里湛蓝的天空，碧绿的湖水，幽幽的白云，巍巍的狮子山和多情的摩梭人不是很熟，甚至还有些陌生。因为我不像约瑟夫·洛克教授那样对植物学的痴迷和敢于冒险，只身一人徒步来到泸沽湖这块神秘的母系王国里能够住上十年、二十年甚至一辈子，那该有多好啊！如果能够这样，常年还能亲近这里的自然和生命，能够聆听到这里动人的天籁知音，能够走进神秘的摩梭人的世界，能够领略到女儿国里最为浪漫而多情的阿肖生活，能够接受喇嘛寺里袅袅香雾的沐浴，能够像风一样信步于山林间日夜传诵着经幡，那是一种不灭的信仰。

泸沽湖的秋风是柔美的亲切的。袅袅婷婷的风果真是阴柔而自然，平凡而普通，她像摩梭姑娘的长辫抚慰着你的心窝，她像勤劳善良的老阿妈陶冶你的性情。她们或农耕，或渔业，或饲养，或从商……各有归属，自得其乐。

不过，能歌善舞，热情豪放是属于他们的。

一到傍晚，摩梭青年男女各执一块柴火不约而同地聚在广场里举行篝火晚会。围着熊熊燃烧的篝火，吹着竹笛，唱起民歌，手牵手地跳起了摩梭人的锅庄舞、甲搓舞、弦子舞、打跳舞等节奏欢快优美的民间舞蹈。它表现了马背上的民族所特有的能歌善舞、热情奔放的性格；也表达了他们热爱生活、追求自由幸福的浪漫爱情。游客们也因而被感染纷纷跑进他们当中跟着跳起了不太熟练的舞步，唱起了有些走调的民歌，但欢乐的歌舞晚会是属于他们共同拥有的精神美餐。

我曾经读过几本有关介绍泸沽湖摩梭文化方面的书，很有意思。然而，能够真正走进摩梭人的心灵世界并非易事，那得需要用时间和精力，需要用真心和真情。对于我来说，至今还没入门，但我会永远记住他们。因为他们是这个世界上最后一个人类母系氏族社会的活化石，与现代人相比，他们的婚俗实在独特而有趣。

我时常想：与其被那些古老而玄乎的东西所困惑，还不如以平静的心态去阅读与欣赏眼前这片神秘的自然美景。

有一回，我与几位同事驱车来到了鸟觉路景点游览，那里的风景一看就知道不需要太多人文的打造与修饰，它本身就是纯正的人间天堂，一幅天然唯美的湖光山色图。鸟觉路曲径通幽，原始古朴的摩梭村落，镶嵌于山水与森林合围之中，宛如一轮明月钻进薄云里。那里的人对于如织的游人并不感到陌生和好奇。天然的植被与圣洁的女儿湖融为一体，形神兼备，天然合一。

我是一个自然主义者，喜欢法国作家左拉式的创作流派，一切都是顺其自然。穿过摩梭原始村落，沿着湖畔往里钻就寻找到了一处幽僻的湖湾，这一隅很少有女人来此地光顾，于是我们就大胆地脱掉了自己身上所有的累赘物，像刚刚从母腹中落地的时候一样，一切都是自然属性的人，这是我们一行人返璞归真的理想之地。我们像湖里的野鸭一样，快活地蹦入温柔的湖水里自由地遨游；与湖里的鱼虾、水鸟、开彻的海藻花、簌簌的木叶一同相依相伴、轻松自如地畅游，不分彼此，和谐而闲适，认同而自在。我们都忘记了自己，把所有的私心杂念、所有的心浮气躁都交给了自然，交给了美丽的母亲湖。

当我们陶醉于仙境中时，忽闻岸上踏歌声："朋友，朋友，你不要走，不要走。绿水牵衣，青山低头。泸沽湖处处把你挽留，玛达咪……"(4)如情似梦的歌声，让你依依不舍，流连忘返。这时同路的老李在岸上催促了，我们只好怀着依恋的心情离开了鸟觉湾。

里格半岛的霜叶是羞怯的，匆匆的扇过你的身旁，仿佛是摩梭少女的百褶裙柔和的窸窣声，从水上人间纤纤走过，她低着头没有看清脸庞，只是修长的背影和迷人的身段留存于我们的记忆里。

沿着曲曲折折的小路，走过古老的民房，绕了转山包一圈后离开了，湖水载着湖畔的历史与人文风情流进我的思绪里。里格半岛在晨雾里犹如仙境般若隐若现，显出几分神秘来。远处又飘来了优美的花楼恋歌声，火辣辣的情歌融进火辣辣的情，不断地敲开了摩梭人浪漫的爱情故事。一抹夕阳下，摩梭人的"诺亚方舟"满载着希望与歌声走进了自己的梦里。

傍晚的草海是一片多情的绿洲，宛如一位仙女伫立于黄昏满天的秋意里等候着心爱的阿肖，我希望自己就是那个幸运地阿肖，希望逢着一个像蒹葭一样的摩梭女郎。"小阿哥，小阿哥，有缘千里来相会，河水湖水都是水，冷水烧茶慢慢热……"(5)

---

(4) 泸沽湖情歌《送别歌》。

(5) 泸沽湖情歌。

优美的泸沽湖情歌激荡着爱情的潮水，无数生命的爱巢在走婚桥下的草海里火热地酝酿着，情满这片神奇的湿地绿洲。

我们漫步于古老而浪漫的走婚桥上，抚摸着温柔的爱情护栏，那金黄的柳叶和斑斓的野白杨叶在风中舞蹈，热情地靠近你，头上，肩上，脚下，路旁，满是的。像滴落的音乐，像秋天的诗歌，像成熟的爱情，走进摩梭人家。

这时多情的雨点像情侣暧昧的话语湿润了游人狂野的心，像是纷纷坠落的“阿注喂，阿注喂……”[(6)]！

如果还有下一回，我将要放飞自己的心灵，独自一人划着猪槽船悄悄来到王妃岛上聆听母亲湖的倾诉，聆听秋的歌声。

---

(6) 泸沽湖情歌《阿注喂》。

山桃花为谁而开

一

我的故乡像一本面朝大山打开着的书卷，而生长在山地上的山桃花像似精美的插图，高山上的风如饥似渴地阅读着，我的思绪像一粒粒黑色的文字在林子里漫无边际地畅游，舒坦极了。

自然生长在这里的山桃树彝语称“斯歪”，而一般普通的桃树叫“斯俄”，它们都属于桃科植物。它们的干、枝、叶、花、果形状上没有什么两样，只是大小略有不同，斯歪比斯俄小得多；成熟的斯歪果子味道也比斯俄酸涩而略带苦味儿；斯歪喜欢生长在海拔三千米以上的高寒山区，而一般斯俄大多适应生长在二半山区或矮山地带；成熟期也比斯俄晚，春末夏初开花，晚秋初冬才成熟。这满山沟的野山桃，没有一棵是人工栽种的，它们都是自然生长的，这是事实。也从来没人看管，也无须谁来管理。因为它们自然长得枝繁叶茂，花开花落，果实累累，不屈不挠地生长在高山上，无怨无悔。

每当故乡的山桃花盛开的时候，整个羊房沟就成了桃花沟，桃花嫣红，柳枝碧绿，充满诗情画意。一派雪白粉嫩的山桃花充盈着山路边，水沟里，丝丝甜甜的风捎来数不清的问候。牧童天真地折来几株山桃花随意地放在瓦板屋前的柴垛上，不料全被大人们蛮不讲理地扔进了沟里，孩子们感到有些惊愕。后来才听到大人们的解释，采摘桃花会惹上桃精柳鬼的，彝语称“斯尔斯里则”。于是山桃花三番五次地在我们的意识里成了一种邪恶之花便敬而远之了。看到它十分美丽，但也只能望着那些蜂鸟蝶虫忙乱地争抢着，有时无由地觉得它们这些精灵会被这邪恶之花所吞噬掉的吧，可它们还是这样美丽地活着，于是我对大人们的告诫有些迟疑起来。

美丽的山桃花渐渐枯萎了，村落里的人们不解花开花谢，不解绿的繁荫稀疏，也不解果的酸甜苦辣。花谢一地，我把它们埋葬在泥土里好让来年盛开时节再来悄悄幽会，而却在另一端枝头上却又发现满是青涩的桃粒了。

果实成熟的时候，山里人无人问津，只见牧童捡些石头打落下来一地黄橙橙的山桃子往身上一擦桃毛就送进自己的嘴里满口的咀嚼起来，酸酸甜甜味道好极了，不过，要当心，吃多了会胀肚子的！

当冬季来临时，正是山桃花惨遭厄运的时候。它面临风霜雨雪的摧残和折磨，叶儿落光了，只留下孤单的树干和枝丫，怪可怜的。可寨子上的人们也的确对它有些不公，他们常常把地里收来的庄稼用篾条扎成一串串的挂在它的脖子、肩膀以及身上，十分沉重；偶尔也把夭折的羊羔弃挂在它的身上腐烂发臭，任凭乌鹊啄食，它承受着太多的蔑视与冷遇。

二

在中国文化里，人们对桃花的认识却是赞美有加，可不像故乡村落里的人们那样忽略它的存在，甚至有些亵渎。人们把它喻为美好的事物来讴歌和赞美，尤其是它最具完美的女性气质与魅力。比如，在《诗经·周南·桃夭》里的“桃之夭夭，灼灼其华”，那红灿灿的桃花，比喻的是貌美如花的新娘的形象。又如，男人们爱听的交上了“桃花运”，我想就是有幸遇上了“人面桃花相映红”的异性朋友之缘罢了。而我在前面提到的“桃红柳绿”则用来形容美好的风景。又比如，“桃李不言，下自成蹊”则比喻肚里有真货，功到自然成。再比如，“投我以桃，报之以李”就是指“予人玫瑰，手有余香”的感恩之情；而“桃花潭水深千尺”则指友情之深厚。诸如此类，在中国古典诗词歌赋中信手拈来，举不胜举。总之，桃树幸运地成为植物王国里的一个美丽家族，它是一种福寿吉祥的象征，而桃花更是人见人爱了。

三

后来读小学了，有一天，我从书包底角翻出了两颗平滑小巧的桃核儿，我随意地把它埋在母校园子内墙角里。既没浇水，也没施肥，可一年后，果然冒出了一株小小的绿绿的苗子，我感到十分惊喜。一有空就悄悄地跑去看看它，有时偶尔给它浇点水什么的。小学毕业了，小山桃树已长成一人多高了，大家也都不去折腾它了，可始终不见它开花也不见它结果。大概高山上生长的东西不太适合长在矮山里吧，抑或是还不到开花结果的时候，不过，它的确已经成为校园一角最美的风景了。

四

花自飘零水自流，流光如水，人生如梦，弹指一挥间就到了20世纪90年代初。我被调到了初中时代的母校任教，在这里我有幸认识了一位四川内地刚分配来支教的年轻的汉族女教师，她的笔名叫“山桃花”。她十八出头，内地人，皮肤白里透红，胜似群山中一株绽放的山桃花。与她的笔名一样单纯，阳光，文采好，说一口标准流利的普通话。性格开朗，为人真诚善良，生活节俭有规律。我们一起共事一年的光景，工作有激情和热情，语文教得好，特别敬业，学生和家长都喜欢她。

山桃花和我都是文学爱好者，她尊重我，亲切地称我为“蔡大哥”，我也一直把她当作远方来的亲妹妹看待。她经常帮我矫正汉语普通话，我教她一些简单的彝语日常用语，我们共同主持过学校的文艺节目。大山里的生活确实有些单调，课余时间，我们这群年轻人就常常聚在一起聊天，畅谈人生，设想未来，偶尔也喝点小酒来解解闷。大星期晚上还经常提着收录机自行举办一些简单的烛光舞会、露天舞会等来打发年轻时的躁动和生活中的空虚与寂寞。

有一年农历的腊月初八，我们大家都不知道这是一个什么节气，山桃花姑娘邀请我们几位彝族老师吃饭。她自己单独开伙，我以为要吃四只脚的或是两只脚的，可这一下午，我们到了她的寝室后，她早早地把特别有意思的晚餐都摆上桌了：每人一碗“腊八粥”和一杯老白干儿。我们才知道汉族有个“腊八节”的传统习俗。这是我平生第一次过腊八节，特别新鲜，特别有兴致。她给我们山里的彝族人带来了许多新的东西，不断启迪着我产生了许多新的思考。那一晚，我们过得很开心，大家都喝得微醉了。

没过多久，她就调到县城了。走出山以后，我们都在忙碌于各自的工作和家庭就再也没有联系了。几年后，听说她又调回内地老家了，从那以后就杳无音讯了。我记得那年冬天她曾给我打过一条长长的雪白的围巾，挂在我的脖子上时时觉得纯洁与温暖。

二十多年过去了，当我再次独自面对“桃花乱落如红雨”的时候，不禁想起了故乡的山桃花，因为有它才使那条穷山沟变得多情而美好；也因为有了像她一样一拨又一拨无私奉献自己美好青春年华的“山桃花”，才使一个又一个边远贫困山区的孩子走出了穷山沟。

灵魂倾诉

linghun qingsu

大山的脊梁

一

晓光催角，启明星深邃的目光注视着沉默的山地，大山的脊梁起伏跌宕，倔强挺立，傲然长风。睹物思人，勾起了我对父亲深深地怀念。

父亲离我远去已有六年了，他是一个铁骨铮铮的硬汉。一提起他，我就不由得联想到圣地亚哥、奥德修斯和阿俄说博[(1)]的典型形象。也许，过于神化了父亲，然而，他在我的心中是个伟大的人。

当代哲学家周国平曾说：“一个历经坎坷而仍然热爱人生的人，他的胸中一定藏着许多从痛苦中提炼的珍宝。”我拾掇着记忆中父亲曾留下的一串串珍宝永藏在心里。

父亲的一生值得我用一辈子来叙写，他是上天赐给我的一本教科书。然而，我的拙笔无法把他写完整，只能用自己的心灵来感悟父亲生前的点点滴滴，以告慰父亲九泉之下的英灵。

二

我们家族曾是彝族最古老的世袭兹莫，是彝族著名土司兹莫斯基的后裔，家族名望几度显赫，文韬武略，布施教化，家业兴盛，名噪部落。后因先祖的某一代误娶百姓佳人为妾，名望有

(1) 阿俄说博：彝族古典神话中掌管南方的神，办事果断，有谋略，是彝人传说中开天辟地诸神之一。

损，日趋没落。然而世代沃野千里，牛羊成群，英雄辈出，富甲一方。到了爷爷这一代，历经战乱，从兹兹普乌到鸠图木谷到吉达沽又到哈冬洛，辗转迁徙。爷爷本人生性轻生好斗，一味推崇尚武忠勇，不太注重家业经营和顾惜身体，年仅 47 岁就病逝了，家道由此中落。

命运如此捉弄人，临近凉山民主改革前夕，奶奶转房，无情地遗弃下了十二岁的父亲和六岁的叔叔、三岁的小姑。固执自尊的父亲自立门户，拉扯着自己的弟弟妹妹过起了无依无靠的孤儿生活。年幼的他开始独立学会使牛耕地做重活，挑起了家庭的重担。对于一个十二三岁的小男孩来说，命运是如此的残酷，他叫天天不应，叫地地不灵！面对无助与绝望，他恨起了老天爷，恨起了自己的父亲：既然如此狠心地抛下年幼的儿女而去，又何必生下他们。面对无情的现实，他不得不拖着稚嫩的翅膀独自担当起了家长的角色。春夏秋冬，傲霜斗雪，饱尝了世间的冷暖，从而练就了他自立自强和傲骨十足的个性。在绝望中，带着年幼无知的弟弟和妹妹离开哈冬洛来到了特勒莫。

父亲一生娶过七个老婆，花了祖父的许多银两。前六个由于父亲不如意而相继离去，在他二十出头时，终于在他姨爹和姨妈的介绍下找到了生命中的另一半——我的母亲。那时，大凉山已经进行民主改革了，家中的一切财产皆化为乌有，剩下的就是三个孤儿。听幺婶说，我的父母结婚之时，只烧了一锅土豆丝加酸菜汤就算是不错的婚礼了，我有幸成了他们的孩子。

父亲从小天资聪颖，资质过人，记忆力超强，深得爷爷的器重。听他讲述过爷爷是个集“德古”（德高望重、见多识广、善于辞令的彝族“民间律师”）与“惹括”（英雄）于一身的人，博古通今，精通彝学。父亲从四岁师从爷爷，通过口耳相传、文字相传，传承了古老的彝族传统文化（包括彝族民间古老的神话传说故事、民歌、习俗、宗教信仰、谋略纵横之术、习惯法等），又请来专门的彝族先生到家里，给父亲系统传授彝族土司兹莫木尼（汉名：冷光电）组织编写的彝文教材，系统学习了古彝文和彝族古籍经典：《勒俄特依》、《玛木特依》、《克智尔比尔吉》、《木莫哈玛》以及部分毕摩经书等。这期间父亲如痴如醉地记诵，许多经典倒背如流、一字不漏。

他从小受到了良好的家庭教育和系统的彝族传统文化的熏陶，后来成为山内山外部族人德高望重的德古和耆老。我从父亲的身上看到了爷爷的影子，领略了些爷爷的风骨，也许我的祖先们也是那样的人。

法国思想家帕斯卡尔曾说过："人是一支有思想的芦苇。"父亲像一支柔弱的芦苇，但内心是强大的。他的思想来自于其先辈们的智慧，来自于肥沃的彝学土壤，来自于自己的生产生活实践。

中年后的父亲更加成熟了，山内山外那些莫名而来的彝族年轻人前来拜师学艺，虚心求教彝学。他把自己一生习得的彝学通过口耳相传，毫不保守地传授给了他们。

虽然，父亲已经走了，然而，他的声音似乎还在某一个角落里回荡着。可惜，我作为家里的长子没有继承他的衣钵，将彝学发扬光大，实在遗憾。父亲生前曾对我说："彝族的这些东西懂得再多又有何用？孩子，你的父亲从小就跟着你爷爷学了不少彝学，但又能怎样呢？！最重要的还是一定要学好汉文化！"他的这番肺腑之言也许对他来说是正确的。

解放前大凉山僻、陋、险、远，彝汉之间缺乏沟通而形成隔膜，父亲未能系统地接受汉文化的熏陶，大大限制了他日后的发展。所以，后来他一直强调我们三个儿子要致力于汉文化的学习，却淡化了彝文化的传承。其实，我们本民族许多优秀的传统文化也是值得我们用一生去探究的。于是，我从小读书就一门心思地专攻于汉文化而忽略了对彝族文化的钻研。不过，现在我们才知道彝汉双语是相互交融，相互促进，共同发展的。尤其从小就在母语中耳濡目染的我们，从头再来，为时不晚。而且我们正在做着父辈们没有完成的事儿。

三

父亲长得并不彪悍，总是一副病怏怏的模样，总是那样清瘦而虚弱。中年后的他耳轮逐渐有些枯萎和黯淡，显得饱经风霜，顿生怜悯。他头大耳大身子瘦小，额头方正，眉清目秀，轮廓鲜明，面部黧黑而粗糙。右手腕正上方凸起一颗玉米粒大小的黑痣，上面长有一小撮毛，让人难忘。听幺婶说，父亲年轻的时候皮肤白皙，相貌英俊，是个帅气的彝家小伙儿。后因出了天花留下一些麻子，困难时期又给奶奶输了两次血，严重缺少营养和生活的煎熬才使他后来变得如此沧桑。

他性格内向，沉稳睿智，为人正直朴实，亲和包容，一贯慎言慎行，是个谦谦君子。对家人、邻里和亲友从不说句重话，凡事轻言细语，以理服人，更不用说动怒动粗。遇事沉着冷静，泰然处之。

在他担任的三十多年的村长、村支书生涯里，足见其超群的智慧和过人的胆识，将其智慧和谋略发挥得淋漓尽致。他一贯遵循彝族尔比（谚语）“春天长出什么新草，绵羊就得吃什么。”在我看来，这应该叫作“与时俱进”，既要尊重客观规律，又要推陈出新。别看他平时有些城府，沉默寡言。但一到办正事儿，他的头路就多起来，点子多，办法多，措施多。做事深思熟虑，说一不二，说到做到。村内村外大事小事，小到鸡毛蒜皮的事儿，大到人命关天的大事都请教他解决。他身体力行，抑或按彝族古老的习惯法，抑或运用彝家的谋略纵横之术，抑或是只言片语，就能把许多尖锐的矛盾冲突和复杂的纠纷化解在最基层，得心应手，游刃有余。

无论是乡上的干部，还是村里的群众，谁遇到了麻烦，他都是积极地释放出正能量，真诚和坦诚地去帮助他们，使之化险为夷，走出困境。全村民风淳朴，其乐融融，从来没听说过什么“打官司”、“上访”等这样的词汇。他带领群众兴办村小，兴修长坪大堰，开垦新房子和干沟两个农田水利基本建设示范基地发展农业生产，大力发展高山畜牧业带动群众脱贫致富，至今有许多群众还在怀念他，在我心中树起了一座大山一样的丰碑。

尤其是对那些孤寡老人、残疾人、特困户等，父亲视他们为自己的亲人，常怀仁爱之心，时刻牵挂着他们。经常组织村民及时帮扶改善他们的衣食住行医等，切实解决他们生产生活中的实际困难和问题。记得每到彝族年，我家就给他们每家备一块过年肉，一小袋炒面，几个鸡蛋和一块砖茶等之类的年货，父亲就叫我们七姊妹分头给他们拜年，像孝敬自己的亲人一样一一看望。有的我们亲切地称他“舅舅”，有的叫她“婆婆”——那些无依无靠的可怜人，有的会说话，有的是不会说话的哑巴，然而，我们都觉得很亲切。从他们窘迫的脸上看到了一丝幸福和感激的微笑。有位“舅舅”说话真有趣，他主动地与我们聊起天来。在谈话中他把父亲信奉为“天上的星星”！（父亲的尊称叫“木基”，在彝语中天上的星星也称作“木基”。）我们觉得有些夸张。不过，父亲这种周穷恤匮、扶危济困、关爱弱势群体的高尚品格却深深地影响着我们。

四

父亲教子有方，重视培养子女。小时候，虽然家里一贫如洗，但父亲没有放弃对我的教育。早晚他就耐心地给我们讲故事、传家谱，这两项成了我的启蒙课程，也是那时候父母和孩子们沟通交流的最好方式。也因此而拉近了我与他们的距离。

我最爱听大人们讲述的故事，我不知道我的父亲和母亲怎么就知道这么多精彩的民间故事。而且还不重复，好像拿他们的一生来讲述也讲不完似的，我的思想和满脑子的故事很多都是他们那里得来的。直到现在我也能把他们讲述的某些故事清楚地讲给我的孩子和学生们听。母亲讲述的大多是一些具有浓烈悲剧色彩的反映女性悲惨遭遇的民间故事和妖魔鬼怪之类的鬼故事；而父亲讲述的主要是彝人远古神话传说、英雄史诗、历史故事和祖先们的传奇人生故事等。涉及天地自然万物各类鬼神、英雄人物数百位，这些大大小小的鬼神英雄，个个身怀绝技，有着通天的本领，深深地吸引了我，让我敬慕，冲动，幻想。从小筑起了我心中朦胧的图腾和信仰。

我有些偏爱父亲，常常喜欢同他住在楼上。许多时候，一到晚上，父亲就给我讲故事直到入睡；黎明时分，父亲就叫醒我开始口授家谱。父亲常讲：“尔狄啊，你要知道，你是彝族人，不管你将来走到哪里，你只要能够理出自己的家谱，就能找到自己的族人，别人也才认可你！”我记住了父亲的话，以为能记诵家谱是件了不起的事儿。我们家族的谱系较长，但背诵起来饶有兴致，像一首四言古诗，朗朗上口：“……兹莫斯基，斯基尔波，尔波吉日，吉日杰惹，杰惹赫尼，赫尼阿格，阿格阿俄，阿俄尔皮，尔皮日史，日史俄洛，俄洛俄迪，俄迪阿米，阿米杰戈，杰戈嘉伟，嘉伟吉俄，吉俄日杰，日杰阿伽，阿伽绨曲，绨曲哈达，哈达尼哈，尼哈杰克，杰克尔狄……”跟随父亲不满五岁，我就可以把自己的、母亲的、远亲的以及隔壁邻舍的家谱都能倒背如流，父亲因此而特别高兴。

村落里的人们聚在一起的时候，大人们爱拿小男孩儿比试文武两项活动。文的比试背诵各自家谱以比聪慧程度，武的比试彝族式摔跤赛以比身体素质。在我们男孩心目中这两项夺冠者是最荣耀的，在同龄人中这两项赛事，每次我都夺冠，给父亲长了脸。骄傲与自豪也随之而来，希望有更多的场合来表现自己，我的虚荣心也得到了大大的满足。

授完家谱，父亲就立马教我起床，他总是风趣幽默地对我说：“尔狄啊，站起来革命！站起来革命了！”于是我就迅速爬起来急忙穿衣裤、滔滔不绝地背诵着家谱。父亲听后乐呵呵地点头称是——“噢，对了！”以后，每天清晨只要父亲说声“站起来革命！”我就形成了条件反射，赶紧起来快速穿好衣裤、背谱系这等事儿了。至于“革命”是什么东西，当时对于我来说是对牛弹琴！不过，“革命”一词应该在父亲的脑海中是很深刻的。

从小学念完大学，父亲从来没给过我任何压力，也从未提过有关读书方面枯燥的说教；相反，从我读书的第一天起，父亲就信任我，鼓励我，我是被他夸出来的。在我读书生涯中遇到一些困难时，他总是在肯定我、勉励我，给了我更多的自信和勇气。从小到大，从没听过他唠叨，更没有对我们过分的溺爱和放任。他对我们的教育是言传身教，用彝族的尔比尔吉（格言谚语），用生动的故事，让我们从中获得教诲。

他的包容和海纳百川的胸怀是我们做子女的一生的宝贵财富。有时候，我们七姊妹中要是哪一个任性儿不懂事，常犯毛病屡教不改的时候，他可能有些感慨，但他总是轻言细语地对我们讲："我们在养你的身啊，而你却仗着自己的心哪！"一句不经意的格言如沐春风，滋润着我们的心田。

父亲用他人生中两次错失良机的故事来教育我珍惜今天美好的一切。第一次是：他年轻的时候，作为孤儿的他有幸被选为乡里的贫协会主席，已经被推荐到雷波民干校去读书学习，党要培养彝族优秀青年参加革命工作，这是一次千载难逢的大好机遇，也是一次改变他人生命运的好机会。当一切准备就绪，正赶往学习的半路上时，被依循守旧的奶奶误导，强拉了回来，无奈与良机失之交臂，遗憾地失去了展露人生舞台的机会。在我的记忆中，他很少提过奶奶，也没有责备过奶奶。但在我的意识里，奶奶是个自私、狭隘、保守的人。

第二次是：20 世纪 80 年代初，有一批村干部转干的名额下来了，父亲因为长期担任村支书，并且工作成绩突出，乡上推荐了他。可他那时人到中年，已经是七个孩子的父亲了。他再三考虑到一家九口人，沉重的家庭负担，微薄的工资收入，只能养家糊口，无力培养孩子读书。于是父亲断然决定放弃了，把转干的指标主动让给了别人，他又一次放弃了自己参加工作的机会。我知道父亲为了家庭为了子女倾尽所能，甘愿牺牲一切，用生命来抚育孩子，家庭和子女就是他的一切。

每逢放假回来，当我们一家人围着火塘边聊天的时候，他曾多次不厌其烦地给我们讲述爷爷生前给他讲过的金子般的话语：

"孩子啊，只有跟着这家汉族人走，才可能有希望啊！"只可惜，爷爷在凉山民改前夜还没来得及跟汉人接上头就英年早逝。父亲用心良苦，我明白他给我们转述爷爷留下的话的寓意，他是教育我们向往光明，怎样正确选择自己人生道路的道理。

20世纪80年代初，土地下户了。村落里每家都缺人手，许多人家都接连二三地把自己正在读小学、初中的孩子生拉硬扯地拖回家中务农了，整个乡里能够支持孩子读书的人家寥寥无几。我是家里的老大，正在读初中，能干些活了，家里的六个弟妹尚小。我家土地宽，牛羊多，缺人手。父母都被磨成瘦猴了，我心里也不好过。一回来就边看书边拼命地帮着父母干活儿。父亲一点也不含糊，依然坚决支持我读书。那时我们全乡能够坚持读到初中的也就只有我和另一位同学。

后来，我当老师了，四个妹妹由于家里困难都没有读成书，父亲又把两个弟弟托付给我并且再三吩咐道："我们家里的老人，平时不需要你尽什么孝道，我们家现在也不缺吃穿，只要你能把你的两个弟弟带出来就是对我们双老最大的孝敬了！"我牢记着父亲的嘱托，把两个弟弟从小就带在身边读书。一个弟弟带到高中毕业就去创业了；一个弟弟带到大学毕业工作了。我们彝家就是这样互相拉链着一个带一个的就出来了。

五

父亲一生坎坷的经历和无依无靠的孤儿生活让他养成了克勤克俭的美德。

父亲一生节衣缩食，勤俭持家。他从不讲究吃穿住行用，一辈子克勤克俭，甚至已经达到吝啬的程度。他总是布衣蔬食，从没进过一次馆子。每天上午两个烧洋芋，一开砖茶，外加一碗炒面就算是一餐了；晚饭也是草草了事。有一段时间，他连一点油盐都不想沾，母亲经常给他弄点好吃的，可他硬是不碰，我们都为他的健康有些担忧，只是离不得兰花烟和辣椒。

兰花烟是他生命中最好的伴侣，甚至超过了我的母亲。我家屋后有一个小园子是他的烟地，每年他都要自己亲手细心打理。母亲时常提醒他少抽点，可他回答说："叫我三天不吃饭可以，但叫我一天不抽烟那就不行喔！"后来，他身体不太好了，抽了几十年的烟说戒也就戒掉了。

辣椒是住在雅砻江边的我的汉族杨保爷每年给他捎一些来，父亲甚是喜悦，每年挖土豆的时候他也欣然邀请杨保爷上山用马或骡驮几驮回去做菜。我们那里彝汉间就是这样亲如兄弟，礼尚往来。

有人说，彝族是酒的民族，可父亲就不爱喝酒；即使要喝，不管什么场合都喝得适量，从没喝醉过。偶尔有点醉意，也不吵不闹，自己静悄悄地就睡了。

后来家里有点宽裕了，母亲一向过于大方，每年都有一些亲友陆续来到家中要点燕麦和苦荞什么的，她从柜子里大把大把地往外撮出去。父亲在一旁看不下去了，当着客人的面就连忙发出感叹并提醒道："啊甭甭喔——嘛啰，嘛啰……"那"喔"子的音拖得很长，那发出的"嘛啰"（行了）这一感叹词时，我们听得出来他对母亲甚是一种责备和无奈的感慨，留给我的记忆是最深的。

家里的居住条件十分简陋，一家九口人的大家庭还拥挤在三十多年前建的一小座破旧低矮的瓦板房，客人来了有些难为情。

在我的记忆中，他从来没穿过一件像样的衣服，总是披着那件短小残穗的擦尔瓦，总是拣那些打了多少补丁的东西穿，舍不得换掉。在家里大多时间都打着光脚做活，只有外出时才穿上那双洗得发白了的黄胶鞋。寒冬时脚上起了一条条冰口，我随时看到母亲拿烤化后的牛羊油滴入脚冰口里敷浸的情景，我多想长大了要给父亲买好多好多的保暖鞋。我读师范校了，换下来一件半新旧的草绿色军干服，他挺喜欢的，足足穿了十几年。后来他当了村干部每次出门之前，母亲和大妹都把那件军干服提前洗好让他换上。他常说道："我要穿我尔狄给我的那件军干服，其他哪一件有它好喔！”似乎蛮有感情的。他喜欢戴冬棉帽，我特意给他买了一顶，他特别满意，戴了不下二十年。后来，我参加工作了，每年都要给他买一些衣服和鞋子，但他始终都推口说，“买这么多干啥喔！我有穿的，以后穿，以后再穿……”他去世以后，我们才从他的箱子里翻出足足两大箱从未穿过的新衣物。我们只好择些合适的送给亲友，剩下的东西与他一并火葬了，也只能算是尽一种心愿罢了。

父亲当了三十多年的村干部，走村串户，出门办事儿，来回徒步几十年不知走了多少路，从没骑过一天的马。

家里舍不得添置任何新的东西，连最起码的炊具都残缺不全，甚至有些寒碜。想起家里的那把菜刀都用了几十年已经磨成一把小刀了还仍在使用，那把火钳也何尝不是这样呢？！

父亲这一辈子虽然过得十分寒酸，但透露出的却是一种朴素的美，一种灵魂的高贵。

六

每当夕阳西坠的时候，我站在高高的勒迦埃孜山梁，极目眺望，向南绵延而去的木萨山傲骨嶙嶙，豪迈壮烈，直上九霄；滚滚滔滔的雅砻江，一泻千里，日夜奔流不复还……我又想起了最敬爱的父亲！

在长河落日与山林霞光中，我依稀望见父亲骑着木倮才惹[(2)]归来了，衣袂猎猎，灵动飘逸；在夕阳余晖里，我仿佛听见了他天籁般的口弦声；在山岭上，我好像看见父亲在平时他爱坐的丛林边烤着温暖的太阳，悠闲地放牧着成群的牛羊，抽着他心爱的兰花烟，多么安详；在山地里，我依然看见父亲举着锄头在自己的包产地边开垦荒地，大汗挥洒，满身泥土……

父亲离我远去了，他只是一个极其普通的彝家农人，所做的事也是极其平凡的。但在我的心中，他永远是一个真正的硬汉，

(2) 木倮才惹：彝族传说中的骏马名，译作“黑骏马才惹”。

也是世界上最伟大的父亲。如果真的有来世，我恳求他下辈子还能再做我的父亲！他是上苍赐给我的一本珍贵的教科书，我努力地从他的身上学着怎样做人，怎样做事……从他的身上一直解读着一座座飞舞的群山，一道道大山的脊梁，一首首动人的歌谣……

父亲的葬礼

母亲刚去世半年，父亲又紧跟着去了，真是祸不单行。听寨子里的人说，父亲得的是鸡窝寒，有的人说是“二号病”，病重前后只是短暂的三天竟溘然长逝，那年他才五十八岁。由于山里路途遥远，缺医少药，病情又来得突然，来不及送医院就撒手人寰了。那场鸡窝寒寨子里一连死了好几个人。我接到噩耗，感到十分难过，连夜马不停蹄地赶车回老家奔丧。长期在外忙碌于工作，多年没回家看望父亲，作为长子心生永久的遗憾。

那年老家又遇上了一场百年不遇的雪灾，大雪封山，道路受阻。通公路的地方到老家要步行两天的路程，我和小弟木甲赶路两天才到老家羊房沟。走进寨子，大雪覆盖着整条山沟，积雪压弯了树枝，篱笆墙两旁都挤满了熟悉和陌生的人群。一进院坝，就看见了父亲的“叶布”（灵床）搭设在我家矮小简陋的木板屋檐下，上面搭起了青色和蓝色的丧罩。从头到脚都换上了崭新的彝族老人的寿衣，一床崭新的羊毛毡寿衣盖在他的身上，与他平常朴素的汉装形成巨大的反差，觉得很陌生。我和木甲快步上前劈开人群一下子扑倒在父亲的身上放声恸哭和抽泣了许久。我的脸贴着父亲冰冷的脸，泪水滴落在他冰冷的脸上，我轻轻地拭去他脸上的泪，抚摸着父亲安静和慈祥的面庞端详着，他很安详。许多亲友都含着泪投来惋惜和同情的目光。他皮包骨头，消瘦得可怜，头上还找不着一根银发，依然十分英俊。

我知道父亲是个十分坚强的人，平时病痛从来就没吭过一声。我再一次用手揩干了落在父亲脸上的泪滴，再一次把脸贴在父亲冰冷的脸上，一阵阵生离死别的酸楚又涌上来……于是弟妹们把我扶了起来。

按毕摩推算，父亲的遗体放置了五天后才火葬。我把父亲的火葬地选在了我家那块向阳的地里，因为那块土地是他自己一人一锄锄亲手拓宽出来的，他平常闲暇时也最爱在那里晒太阳，抽兰花烟。也许“这片向阳的山地瞬间就可以触摸到神灵的翅膀”，让他走得安稳些。

出殡那天，雪花还在飘落，像雪白的野梨花一样覆盖着山林村落，清脆的鞭炮声敲碎了宁静的山沟。父亲的葬礼十分隆重，按彝族人古老的丧葬习俗实行火葬。虽然山里地广人稀，但送丧的队伍从家门口一直排到火葬地，像一条黑色的长龙蜿蜒游动。熊熊的火把在前面开道，全村的男女老少，四面八方的亲友，乡上的干部，还有医生和老师，大多整齐地穿着彝族服饰，跟随前行，纷纷挥泪送别。

其中哭得特别伤心的要数两个人：一个是村上的五保户大木呷，另一个是爷爷的私生子，父亲同父异母的兄长，我的大伯伯阿基鹏古。他俩和我一样的悲伤和难过，舍不得父亲走，都跟随父亲的“叶布”在湿滑的雪地上踉跄地小跑着，都想看看最后一眼，怕落在后了。

他们一边走一边哭，喉头不由得发颤，泪流在积雪路上，悲怆的哭丧歌一路同行，回荡在山沟里，强烈地震撼着人们的心灵，惊天地，泣鬼神。

许多人都在纷纷发出感叹，父亲德高望重，是族人的长老，为山内山外的民众操劳一生，在他们心中父亲是个大圣人。听乡上的干部说，临终前一天他还带着重病坚持给大家开会呢！他一生当过生产队长、村长、村支书，其中村支书一职一直挑在肩上到死的那一天。

父亲被送到了火葬地，抬上了高高的柴垛顶，他们用火把引燃了早已备好架设好的生木柴，送葬亲友离开了现场，只留下七八个人看火。我不忍心亲眼看到父亲被熊熊的烈火所吞噬，一些亲友陪着我在离不远的山桃树下烧起一堆火守候着。看到滚滚的浓烟直上青天，我的心在震颤着，因为父亲他一生所习得的宝贵的彝族文化全化作了一股青烟而去了。失去了自己最敬爱的父亲，就像天崩地裂了一样，从此父亲与我们阴阳相隔，只能在心中默默地凭吊和怀念。我努力地克制着自己内心的悲伤，克制着自己的眼泪，怕它又一次次地感染身边的亲友。

太阳转西，烟云渐散，祭司派人来了，知道一切都已结束了。我领着弟妹们来到父亲的火葬地，眼前只剩下一堆黑木炭，在黑木炭中夹杂着父亲散乱的白骨，我用双手细心地寻找着父亲温暖的骨殖，一点一点地拾进布口袋里，我的手在颤抖，我的心在流泪。火葬地来年就会长出绿油油的庄稼，不会看到一丝的坟迹了。

我们把父亲所有的骨灰都装进了口袋里，按我们彝族人的宗教习俗不埋于地下，而把它背到大山深处撒在风景优美的青山绿水旁，树林和竹林中。雪停了，我背着父亲如花的骨殖往山上爬行，厚厚的积雪没过我的膝盖，步履蹒跚，仿佛背负着一座沉重的大山一样。我想起了小时候父亲背着我爬坡上坎去看病时的情景，那时的父亲还年轻，气宇轩昂，光彩照人，他是我心目中的希望之神。如今的父亲却化成了我背上的一把骨灰。

冬天的晚霞斜照在银白色的大山沟，反射出夺目的光芒，湿润了双眼。突然，从灌丛和箭竹林里惊起一阵翅膀腾空而起，积雪飞溅，青青的箭竹点头示意，原来是一只美丽的白腹雄锦鸡，吓了我一跳，镇静后心中又庆幸。传说，路途遇上白腹锦鸡，是吉祥的兆头；抑或，这是父亲的神灵。这里或许就是老人们常说的风水宝地吧！四周山清水秀，灵气四溢，圣洁肃穆，日月朗照，想必父亲也喜欢在这里。

我从肩上卸下装着父亲骨殖的口袋，用手刨开厚厚的积雪露出一块干净的树叶堆积成的地面，下面是厚厚的万年肥，软绵绵的，暖烘烘的，想必父亲走得安心，睡得安稳。我小心地打开布口袋，遵照毕摩的嘱咐把父亲的骨殖根据人体结构从头到脚的顺序放置于这神圣的地方。有些细小的骨灰只能随心愿而放置了。父亲静静地躺在洁净的树叶上，清幽的山林是他长眠钟情的地方，他的影子走过这片祖先撒播的浩瀚森林，走向虚无，走向祖居地。

我供上祭品后从心底里默默地凭吊着父亲，用我们彝人最古老的母语向父亲做最后的道别。我的诉说像树枝上洁白而沉重的积雪纷纷坠落于父亲的骨殖里，像一朵朵晶莹璀璨的冰花在幽深的密林间绽放，我的心是冰凉而热烈的。其实，我已经没有任何语言来表达自己悲伤而复杂的内心情感了，这里留存的只是父亲脱下的一件美丽的外衣罢了，也许青山绿水锁不住父亲美丽的翅膀。明天，我将要盛邀毕摩来为父母进行庄重的“尼木措毕”（超度送灵或送灵归祖）仪式，把供在神位上的祖灵牌取下来举行超度仪式后送到棺岩间，远送父亲与母亲圣洁的灵魂，沿着祖先迁徙的路上，早日回到祖先的身旁与他们团聚，让他们在什姆额哈（天界或神界）得到永生。

当我返回到森林边被积雪覆盖的尔洛阿莫岩石时，耳边仿佛传来彝族著名诗人吉狄马加的声音——“我听见远古的风，在这土地上最后消失，我听见一支古老的歌曲，从人的血液里流出后，在这块土地上凝成神奇的岩石……”父亲仿佛就是大山里这块坚毅而稳重的岩石，它像一只腾飞的岩鹰，傲视蓝天，挺起刚强的脊梁翱翔高原草地，翱翔群山，翱翔太清。

夜幕降临了，我踏着厚厚的积雪，迈着沉重的脚步，带着一代人梦想的结束和另一代人梦想的开始回到了温暖的瓦板屋。

搁浅在心底的倾诉

一次偶然的机会，我才发现了父亲一个不为人知的辣手绝活儿。

那是我读师范校的时候，寒假回来，给大妹二妹各买来两幅口弦：一副铜制三片的，一副竹制两片的，她俩十分高兴。那天晚饭后，全家人围着火塘边谈笑风生，其乐融融。大妹二妹都激动地拿起自己的新口弦愉快地拨弄着，大妹有点入门了，而二妹却显得生疏。母亲主动地给她们指点，边讲边用自己的那幅旧口弦做着示范。母亲娴熟地吹拨着，优美动听的口弦声正如“间关莺语花底滑，幽咽泉流水下滩”的韵味，深深地吸引着我们。

我从二妹手中拿了一副铜口弦跟着学起来。母亲拨了一曲后停了下来对我们说：“我不敢在你们父亲面前班门弄斧啊！还是听你们父亲的吧！”母亲原本就是口弦高手了，还如此谦虚？！——我以为母亲是在开玩笑，我们从来没听说过父亲会弹拨口弦？！说完，母亲就从大妹手里把两副新口弦递过去，父亲摆着手说：“哎呀，这是你们女人的玩意儿！我吹啥哟！——许多年都没摸过了！”父亲依然像往常一样静静地靠着主位方墙上半躺着，少言寡语，好像思考着什么，聆听着什么……有时，偶尔插上一句，与健谈的我们大相径庭。

火塘里的火光映红了我们的脸，那些飘飘悠悠的火灰不断地落在父亲一动不动蓬乱的头上堆积成了一层霜。我们和母亲都一直赖着他好一阵子，他才勉强地从母亲手中接过去两副口弦，轻轻调试了一下，感觉不错。于是，父亲坐直了，先拿着铜口弦轻轻地吹拨起来。父亲的神情一下就变得凝重，他的呼吸，他的指法，他的节奏，他的旋律……“宛如通神明，深送窃听来妖精。”“昆山玉碎凤凰叫，芙蓉泣露香兰笑。”祖先古老的乐器在父亲的手中显灵了，多么扣人心弦。

当我们陶醉在他美妙的音乐幻想之中时，口弦声却戛然而止，大家都有意犹未尽之感。接着，他又沉重地拨动起了竹口弦，声若洪钟，低沉回环，震撼心灵！“长飙风中自来往，枯桑老柏寒飕飕，九雏鸣凤乱啾啾。龙吟虎啸一时发，万籁百泉相与秋。”一曲又一曲……似乎竹口弦更使他得心应手，达到了一种弦人合一的境界。

父亲在倾诉着自己一生的坎坷经历，倾诉着自己心底的秘密，倾诉着不堪回首的往事……终于停住了，我们劝他再来一曲，他平静而谦逊地说：“多年没接触了，不熟了。”其实，一点也不生疏。一拨完，他把两副口弦都递给了母亲，母亲叫他教教我们，但他挥挥手就上楼休息了。

虽然，我无法感受父亲的内心情感，但他的口弦声是那样动人心魄，让人从心灵深处为之震撼，为之感叹！口弦是爱神传给彝人的最美礼物。

从此以后，无论什么场合，怎样劝他，父亲都不肯弹拨了。我再也听不到他那优美的口弦声了，他的口弦一绝也失传了。抑或，口弦常勾起他苦难的人生；抑或，他把所有的痛苦与悲哀永远搁浅在自己一个人的心底，远离孩子们快乐的世界。然而，他那精妙绝伦的口弦声却永远留在我的记忆里……

断了缨穗的擦尔瓦

这件断了缨穗的擦尔瓦伴随着父亲走过凄苦的年代。

在我幼小的时候，我家还居住在喜德的特勒莫。20世纪70年代初，食物极度匮乏，朝不保夕，整个村落似乎都处在饥荒的阴影里。农闲时，一路上到处遇见背着竹篓或怀揣一根麻布口袋走亲戚乞讨粮食的男人和女人们。他们个个面容憔悴，眉峰碧聚，衣着破旧，步履拘谨而卑微。父亲就是其中一个。

那时家里虽然还只是我一个孩子，但三口之家的日子仍过得十分艰难。每天早晚都听见母亲在父亲的耳边咕哝着："尔狄家爸，弄啥吃啊？！"他常常保持沉默。其实，家里许多时候都是空空如也，母亲总是巧妇难为无米之炊。我从他沉思的脸上似乎看到了要改变些什么？！

不到十天半月，他腰间随时揣上一根麻布口袋，身上裹着这件破旧断残缨穗的擦尔瓦尽量把它遮掩起来，但擦尔瓦有些短小，口袋时常露出外来。他时时用手往里塞着，以致腰间的擦尔瓦时常翘起，好像长出了一个尾巴似的令他难堪。但他还是厚着脸翻山越岭到亲戚家乞讨一点粮食度过荒年。

有时到舅公家讨回几升燕麦、苦荞，抑或是一口袋小颗的土豆和一点干圆根酸菜什么的，勉强熬过一些日子；要是走到小姑家讨回一点大米或玉米面，那便是了不起了，留到逢年过节时才吃得上。平常只能捧一把和着母亲从山上采回来的各种野菜，就是我们最好的食物了。我呢，从小就有些娇生惯养，即使是那窘迫的年代也从来没挨过饿，相反，还有些糟蹋粮食，更不知道体贴父母，现在想来的确是一种罪过，实在是不可饶恕。其实，父母不应该这样过于迁就溺爱自己的子女，以致我长大后形成了大手大脚，缺乏计划的毛病，现在改起来就有些不自然。

那时候，父亲和母亲虽然都还年轻，但都面黄肌瘦，手和脚都很细，不像做农活的人。特别是他们的腰就更不用说了，连裤带和裙带都要勒进肉里去了，不难看出每天都处于半饥饿状态。

父亲每次外出讨粮一般都需要两三天才能返回，我和母亲在家中盼着，他从不空手而归。有一回，他满头大汗地背回来两口袋卸在院坝里，母亲连忙同他一起抬进屋打开一看——一袋青稞，一袋苦荞，靠它我们度过了年关。每次他把粮食交给母亲后，满面笑容地从屋里走出来，一看到活蹦乱跳的我，就顾不得一身的疲惫，把我搂到肩膀上骑着满院子地转，然后把我放下来抱在怀里亲得我咯咯地笑。他那凸起的肩胛骨直抵我的腿，冒出的胡须戳着我的小脸蛋，一股呛人的兰花烟味儿让我挣脱了下来，一骨碌跑到母亲的怀里去了。父亲露出了欣慰的笑容，犹如山野里盛开的索玛花那样灿烂。

母亲从木桶里舀了一瓢清凉可口的水给他喝，然后，他就躺在屋檐下干松毛堆里休憩。我在他的身上跳来跳去的，他常常叫我给他拔胡须，挤痘痘。他从来不刮胡须，有事没事就经常拿手指或夹子一根根地拔掉，好像习惯了就不觉得疼痛，以致毛孔粗大，胡须长得稀稀疏疏的。瘦削而发黄的脸上偶尔也冒出几颗痘痘来，我的小手在他油油的脸上摩挲着，力小而挤不出任何痘痘，也拔不出一根胡须来。不过催促了他艰辛而疲惫的鼾声，像天空中的云朵一样舒卷自如。我感觉到他前胸贴着后背，全身突起的骨骼抵得人刺痛。我从父亲的身上爬下来，跑进屋里，连忙把擦尔瓦拿来轻轻地盖在他的身上，我发现父亲真的累了。

那些年，这件断了缨穗的擦尔瓦是父亲最亲密的伴侣，陪伴着他走过饥荒的年代，它成了我一生最深情的怀念。

不速之客

特勒莫的秋天好像比往年来得更早，一大早就起风了，树叶儿从瓦板屋狭缝里落进来，看见门早开着，以为父亲出门了。

从楼上伸长脖子往下看，火塘里没有生火，他的烟斗在火塘主位方忽明忽暗的，兰花烟的味道弥漫整个瓦板屋，不太看清他的脸部。我迅速爬起来走出门外尿尿，刚跨出门，的确有些阴冷，黄叶坠落满地，树上婉转的鸟儿声也没有了，天空灰蒙蒙的一片。我偷偷溜到屋后转一圈，忽然透出一个人影来，顿感诧异——抬头一望，果真在我家后院打荞场里站着一个穿着一身军装，背着一支步枪的陌生男子，很威风。怕是来割小孩儿耳朵的？！他在这儿踱来踱去的似乎在等待着谁？看来有一阵子了，莫非是来……他离我有二三十米远，面朝西，看不清长相。时时向四处张望，那派头简直就是一副盛气凌人、咄咄逼人的情势。看样子，这是一位不速之客，来者不善，我慌忙提着裤兜往回就是一趟。

平时我的胆子够大的，可今天不一样喽！心里却产生一种莫名的恐惧，上气不接下气地跑进屋，慌忙把这事儿告诉了父亲，只见他不动声色，只管在火塘边抽他的兰花烟，毫不在乎的样子。

忽然，从屋背后传来叫嚣的声音，仿佛听到那人在喊叫着我父亲的名字。听得出来那人分明是在挑衅和威慑，而且出言不逊，还夹杂有一些叽里咕噜的谩骂之辞。父亲还是面无惧色，从容淡定。过了一阵，好像那人沉不住气了，也不敢冲进来，突然，听到屋顶上“呀——咖——”一声，我清楚这是乱石撞击瓦板屋顶的声音，我很害怕，很紧张，躲在屋里不敢出门。

听大人们说，彝族人忌讳别人用石头打自己的房子，我看那不速之客是疯了！看看父亲，仍然叼着石烟斗，显得异常冷静。

我心想：父亲是不是被吓着了，害怕那背枪的男人呢？那人为什么会对父亲这般凶狠？再三威胁恐吓我家呢？难道父亲在外面做错了什么事吗？或是结上什么冤家了？！……但我看来看去，父亲始终临危不乱，镇定自如，显得十分平静。

我本来在寨子里就是个有名的小捣蛋鬼，今天遇上这等事儿，咽不下这口气！那人也实在太猖狂，欺人太甚！有父亲壮胆，我就再也按捺不住了！于是，冒起胆子，冲了出去。捡了几个石头连续朝那家伙摔打过去，只见那坏蛋把枪从肩上放下来握在手上把子弹推上膛威胁道：“兔崽子，不要命啦，快滚开！快叫你老头子滚出来见我！不然，我就打死你！”说着就朝我家屋顶上空放了一枪，震耳欲聋，吓得我捂着两只耳朵慌忙躲进屋里。

我以为大难临头了，不速之客将要烧杀抢掠了，于是我爬到楼上迅速躲藏起来。过了一会儿，好像也没什么动静，我又迅速下楼跑到父亲的身旁，见父亲面带微笑，摸了摸我的头觉得有些满意。

又过了好一阵，紧张的空气忽然缓和了下来，一切又趋于平静。那不速之客像疯狗一样撒野一番后，似乎灰溜溜地拖着尾巴走开了，我又悄悄地溜到屋后看个究竟，荞场坝里无影无踪了，这就是所谓的不战而屈人之兵吧。

事后，我没去追问过父亲究竟是为什么。他也没有告诉过我，但那不速之客让我有惊无险，记忆犹新。

陌生的伯伯

父亲出远门一个多月了，我和母亲天天都在数着日子盼他早点回来，好几晚上母亲梦见了他，梦见他穿着破破烂烂的就回来了。我想，父亲一路上一定吃了不少苦头。

有一个春天的早晨，有几只有趣的花喜鹊飞到屋前高高的白杨树上欢乐地歌唱，似乎来报喜了。

据说，喜鹊是报喜鸟，是好运与福气的象征，于是人们听到它嘹亮的歌声时就激动不已。果然，真的神了！那天下午父亲真的回来了！我和母亲高兴极了。他喜笑颜开地带回来好多从来我没见过的野核桃和大大的土豆，我兴奋地把这个好消息告诉了村落里的同伴们，他们稀奇地蜂拥而至，一下子就聚到我家小院里。

更让我异外惊喜的是父亲还带来了一位陌生的汉子。他披着一件藏青色的擦尔瓦，身材魁梧，高个儿，浓眉大眼，双眼皮，双目镇定有神。头戴一顶青丝头帕，缠裹得十分严整，上身一件黑色的手工呢子衣服套着一件手工精细的白衬衫；下身穿一条天蓝色彝族中裤脚，脚穿一双高帮解放鞋，绑腿一直缠到膝盖。穿着得体、庄重，举止自然、稳重，似乎很有内涵，像大富人家出来的一副大富大贵的模样，我从来没见过如此讲究，气度不凡的男子。

这位彪悍的陌生中年男子沉稳地跟在父亲的身后，我猜想：一定是父亲常提到的我远方的伯伯吧？但愿是他。也许我的伯娘是个心灵手巧的女子，伯伯家一定会很富有，他们那里一定会是富庶之地，家里从来没有来过像他这样的贵客，同伴们都以一种异样的目光望着我。

这时候，他们来到了屋前院坝里，父亲赶忙把我带到这位陌生男子的身边面对着他教我喊——“阿基！”（伯伯之意），同时也把我介绍给了阿基。我又惊又喜地喊了一声——“阿基！”他微笑着答应了我并摸摸我的头说：“噢，是尔狄啊！”顺便从他里边斜挎着的黄布包里抓了一把花生软糖放到我的手里，我高兴地用双手去捧，捧不下掉落了几颗在地上，急忙上前边散边捡给伙伴们。大家等不及剥开糖果纸就连同一起塞进嘴里咀嚼起来并很快地吞了下去，好香好甜喔！从来没见过。平常爸妈和舅舅赶场回来给我带来三四颗水果糖都高兴得跳起来。看来阿基家的确富有，大方，我非常向往他们那里。小伙伴们也很激动，十分羡慕我有这样一个好伯伯。

这位陌生的伯伯叫木基鹏古，是我爷爷早年的私生子，父亲同父异母的哥哥。从小因战乱而失散多年，长到十五六岁的时候才被爷爷知晓。按族人的习惯也该认作弟弟，但爷爷生前曾给家人留下遗嘱，一定认作哥哥并千方百计地跟随他走。父亲也经常把他挂在嘴边铭记在心里，成了我们全家人的希望，所以在我的脑海里并不陌生，只是从来没见过他本人而已，他是叔叔我们两家日夜盼望着的救星。

晚上，叔叔我们两家共同在邻居家赊了一个胖猪儿在我家接待阿基。邻居亲友也都来了，小木屋里挤满了人。我和同伴们兴奋地跳进跳出，大人们与阿基有着倾诉不完的话题，被山水阻隔的亲情一言难尽。老人们都说，阿基很有爷爷的范儿，我好奇地仔细打量着眼前这位陌生的伯伯。他心慈面善，沉稳坦然，话不太多，显得十分平静。

父亲和阿基把他俩带回来的核桃和土豆特意拿出来让特勒莫人瞧瞧，大家都感到很惊讶！——从未见过如此好的野核桃和这么大的土豆，他们稀奇而激动地传看着。听父亲讲，这些东西在阿基他们那里很平常，满山都是。大家听后面面相觑，甚是向往。

到了深夜，人们都陆续散去了，小木屋里只剩下叔叔我们两家人和阿基。他们兄弟三人血浓于水，生死相聚，满含热泪，彻夜长谈。我从他们的交谈中清楚地听到了父亲和阿基已经看好了理想中的乐土，叔叔也非常赞同他俩的意见。兄弟三人商定好了这一年的冬天就要把叔叔我们两家举家搬迁到阿基他们那里去。我既兴奋又留恋，更是舍不得离开我的同伴们，况且学校老师在挨家挨户地统计着适龄儿童入学情况了，我很想读书。

深夜，大家都先后睡去了。母亲用热盐水给父亲泡脚时，才吓了一大跳。他的胶鞋磨破了，双脚走肿了，满是血泡。有的破了，血凝在了破鞋上好不容易才忍着伤痛脱下来，伤口还在不断地流血、流脓；有的凸起玉米粒大的黑泡和亮晶晶的水泡儿。父亲强忍着把双脚放入盐水中浸泡，看得出他痛苦的表情，我和母亲都十分同情他，让我深深地敬佩。而他却轻描淡写地对母亲说："找到了木基（阿基的尊称），找到了我们子孙后代的归宿，这点苦算得了什么喔？！"他从未叫苦，相反，还流露出了一种凯旋的喜悦。

第二天听阿基讲，父亲此行，为了寻找到他，寻找到我们迁徙的理想之地，千里迢迢，孤身一人徒步穿越四川、云南两省，辛苦辗转了四十九天，终于如愿以偿。第三天阿基就返回了，我有些失落，期盼着冬天的到来。

这年的冬天，阿基果然没有辜负全家人的期望，把叔叔我们两家终于从饥寒交迫的特勒莫顺利搬迁到了山清水秀、美丽富饶的羊房沟，开启了新的家业。

青青的混交林

在我的第二故乡羊房沟，有一片青青的混交林，我永远忘不了它。

太阳每天从木萨山上升起来最早照到这片天然的林子，显得几分温蕤而灵气。寒冷的冬天，特别想变成林子里的一只山雀在阳光的沐浴下自由的歌唱。松树和杉树长得高大挺拔，像壮年的汉子威武剽悍；栎树的树冠则宽阔而繁茂，像彝家妇女的罗锅帽遮盖着整个脸；山白杨抱着秋天的月琴最先弹拨着斑驳的琴声飘落在林子的心上；索玛和山竹也从它们中间露露甜美的微笑和骨感美的身姿，让人不可轻易忽视。温暖的阳光抚慰着苍郁的山林，圣洁的山泉水诉说着生命的轮回，美丽的山茶花在那青山绿水间幽幽地绽放，花瓣上的露珠迸射出慈爱的光芒，山鸟的啁啾声一次次地滴落在人迹罕至的深谷里。

小时候，我跟随母亲在这片林子里拾柴，积肥，或者采摘各种野生菌什么的；有时我也独自一个人走进这里掏鸟窝，捉嫩鸟，给我带来了许多无限的乐趣。我常常看见母亲背水走过这里的身影，木桶里飘满了许多花瓣和树叶儿。清澈的山泉水和草尖上的露珠，常常吻湿了她的落地裙。林子边上是我家的土地，母亲常在这里哼着小曲儿，用衣袖揩揩额际间的汗渍又开始胼手胝足地劳作。每当牧人们放牧归来时，总是带着“松月生夜凉，风泉满清听”的意境穿过林子回到自己的瓦板屋里。

谁知二十多年后，这里竟成了我母亲的火葬地，那样仁慈和悲悯。母亲是患肺心病晚期医治无效而病逝的，病重的时候，只有父亲和阿几阿支两个妹妹在家照料，我们出来工作的，或在外读书的，抑或已经出嫁了的都没尽孝道，心里感到无比的愧疚。这十几年来一直都在难过，母亲把无法弥补的痛，永远的遗憾和无限的思念留给了我们，拖着自己骨瘦如柴的身躯永远地离开了她所深爱的这片绿林和家人。她的骨灰撒在了这片青青的混交林中，她的神灵却沿着《指路经》中邈远的祖灵之路早已升上了天堂，那里有神圣而又美丽的祖先在等候着她的归去。

然而，在我的梦境里母亲总是在那片青青的混交林中两泪涟涟，不断地倾诉着自己一生的辛酸和悲苦。在梦境里母亲还是那副高挑的身子，那张熟悉的面庞，那身朴素的衣着和她那茕茕孑立的身影。曾有多少个梦惊醒了我沉睡中的思念，泪水不觉打湿了我的头枕。每当寒冷和焦虑袭来的时候，我总是把母亲织的那件擦尔瓦披在身上，时常回味着慈母的温暖，相信母亲的神灵会给我带来一生的好运。

母亲去世两个月后，我趁暑假携着小弟木甲返回故乡到母亲的火葬地祭奠，以尽慎终追远，以解悲伤之情。其实这只能安慰自己的良心而已，这次回家祭奠母亲是最为沉痛的。当我来到拉布作德梁子遥望上铺子时，只见瓦板屋前那棵高大挺拔的云杉忧伤地望着我，树下不见了母亲忙碌的身影。我的脚步变得有些沉重起来，我的泪水夺眶而出，一切悲痛和失落随之而来。正如老舍所言："失了慈母便像花插在瓶子里，虽然还有色有香，却失去了根。有母亲的人，心里是安定的。"而我却是空空荡荡的。

回到家后，父亲带着我和木甲，还有阿几阿支两个妹妹一同前往母亲的火葬地祭奠。我们带着锄头和撮箕，冒着蒙蒙的细雨来到了青青的混交林边一块小小的轮息地里，眼前是用泥土隆起来的一座小土丘，已经长满了各种野草，开满了各种野菜花。它们在绵绵的秋雨中流着悲伤的眼泪，泪水顺着它们的面庞轻轻地滴落到土丘里。好些野菜是小时候母亲常摘来供我们充饥的食物，它们似乎正用痛惜的眼神凝望着我们，想要诉说着什么？！

——这是我母亲的火葬地。

父亲按我们彝家祭奠习俗一一地做了，我特意倒了一些酒洒到土丘的周围，点上一支烟插在上面，以表对母亲的敬意！也给自己的内心得到一丝的宽慰，如果这次再不亲眼看看母亲的火葬地就永远不能原谅自己的良心了。然而，看到后更加悲伤和难过。

我们四姊妹在秋雨中拥抱着那小小的土丘抽泣和恸哭成一团，心中纵有千言万语也无从诉说。母亲化作了一小座可怜的土丘，化作了一把灰，化作了一股青烟。母亲像老庄子山峰一样沉默，被所爱怜的山花野草和森林树木簇拥着，掩映着，似乎不让我们去看她。我们的情感又一次次地被感染，也感动了在旁的父亲，很少流过泪的他也开始啜泣起来了。我知道父亲忍受了太多常人不能忍受的折磨，内心深处最痛苦的还是我的老父亲，我怕他伤了身体劝他歇一歇。

我和弟妹们用双手和板锄轻轻地刨开母亲的火葬地，那冰冷的凄凉的散乱的骨灰和木炭灰烬仿佛烧透了我们的心，只能把它撒遍了母亲所爱恋着的这片青青的混交林里，那泪水和雨水是我们与母亲告别的语言。

撒完母亲的骨灰，我怀着十分沉痛和愧疚的心情一步步挪回家，不由得一次次回头凝望，只见母亲的火葬地沉没在那一片烟雨蒙蒙的混交林中。

记得初中毕业那年，我考上了凉山民族师范学校，父亲费了几番周折后拿到了我的录取通知书，母亲和四个妹妹格外高兴。虽然她们不知道我将来是干什么的，但她们都知道我考上了！母亲热泪盈眶，她知道儿子第一次离开家出远门读书了，心里总有一种无限的牵挂。

一向心急的她，一边忙着给我凑路费和零用钱，一边忙着到地里去掐把新燕麦让我尝尝。她打着光脚，硬要穿过那片林子掐来了一把还没成熟的燕麦穗，在火塘边烤干后搓揉出几粒嫩嫩的墨绿的燕麦颗粒，用她那双粗糙的手喂进我的嘴里，我慢慢地咀嚼着连同汗水和泪水磨成的爱吞到了心里。她踏实地用袖口轻轻擦拭了额际间的汗水后又拿起了布剪刀给我理发。一会儿的工夫，就给我剪了个漂亮的马桶盖，母亲这才很轻松地歇了下来。

晚上，母亲宰了两只鸡，把幺爸家也请来。我们围着火塘边谈笑风生，十分热闹。火光映红了一张张质朴和喜悦的脸，那是鼓励我一往无前的亲情和真诚地祝福。

第二天一早，母亲便把家里辛苦积攒的一百五十元钱装进我的贴身内裤包里，小心翼翼地用针线给我缝实，然后，亲手帮我穿好外套，扣好封紧扣，系好麻绳裤袋并再三叮嘱我："孩子啊，出门要细心点噢！这些到了学校才拆开用啊！路上用的我给你准备好了。"随即母亲又从怀里摸出十七元钱，悄悄地塞进了我的上衣口袋里，然后急忙用她那布满老茧的双手细心地为我扣好纽扣，她才放心地看看我后抿笑了一下，拍拍我的腰说道："哦——呷呷，走吧！"这是我第一次离开母亲出远门的时候听到母亲这样叫我的乳名，我又看到母亲的热泪又在眼眶里转了。

我说道："阿莫，别送了！"但她不肯，又急忙跑进了屋里。当我正要准备走的时候，母亲又急匆匆地跑出来往我的背包里塞进一个小布口袋——原来是煮好的几个鸡蛋、一圈香肠和一小袋炒面，鸡蛋和香肠还是热的，我的眼泪也来了。

那天，母亲一直把我送到混交林边才放心了。她仍再三嘱咐道："尔狄啊，你在家里脾气有些暴躁，到了学校一定要改！要跟同学和老师处好啊！"我点头答应了她。还没走几步，母亲又大声地喊道："尔狄吔，路上要小心啊！……"

秋风阵阵，儿行千里母担忧，泪水模糊了我的视野，擦干了眼泪，我快步上前。走了一程，又回望母亲，她久久地矗立在那云烟弥漫的山梁上目送着我，像故乡的那一棵郁郁葱葱的栎树矗立在我的心间。走远了，我又回望母亲，看见她边走边拭泪，左手压着罗锅帽，右手握着背柴的绳索，她那高挑微驼的背影渐渐地消失在那青青的混交林中。

今天是母亲节，我从柏林山上摘来了一枝粉红色的索玛花插在花瓶里献给早已魂归祖界地的母亲，在心里默默地用母语祭奠！

在我晶莹的泪光中，又仿佛看见了那片青青的混交林，看见她戴着高耸的罗锅帽，穿着宽大的圣扎衣，拖着落地裙，在青青的混交林边忙碌着；仿佛看见她那高挑微驼的背影渐渐隐没在那郁郁葱葱的林子里。在我耳畔又仿佛萦绕着她那浅吟低唱的民歌声，亲切的唠叨声，忧伤的口弦声……那是微风吹动树叶的诗歌，那是山泉日夜倾诉群山生命的回响，那是洛托戈布[(1)]月夜声声悲啼的歌声……

2011年5月8日于盐源

(1) 洛托戈布：一种候鸟，杜鹃科，别名杜鹃鸟、布谷鸟、子规、鸠等。

母亲

收到母亲病逝的来信已是一个多月后的事了，我拆开一看，字迹很熟，分明是父亲托我一位同乡同学代写的。我噙着泪水读完了这封家书，心痛不已。

母亲是在 1999 年 5 月 19 日患肺心病去世的，享年 54 岁。后来我和小弟木甲回乡祭奠母亲的时候父亲才告诉了我们一切。

母亲长期积劳成疾，当医院诊断出她患肺心病的时候已经是晚期了，我们只好把她带回家进行保守治疗。在最后的时间里，母亲饮食起居不便，只靠父亲和阿几阿支两个尚未出阁的妹妹抱进抱出，褥疮严重溃烂，目不忍视，当年的一副好身板变得只剩下一把骨头了，不到半年母亲就匆匆地走了。

母亲病逝的时候，正是夏暑，日子紧，父亲考虑到一来我隔家甚远，身边还一直带着木甲读书，拖累大，怕耽误我的工作；二来父亲又相信生辰八字，在我出生的时候，他曾找毕摩算过命，说是我和母亲八字相冲要避讳，他一贯如此固执，因而不忍相告。

母亲病重期间她还老是惦记着我二弟阿惹，二弟从小跟随我辗转读书，高中毕业落榜后独自在外闯荡。当得知母亲病重时，我和他在中医丁先生处抓了几服中药叫他速速带回给母亲及时服药，可他抛之脑后，几个月在外漂流，杳无音信。母亲临终前还天天盼着他，甚为挂念。直到母亲走的时候，他也没赶上，同我一样极为沉痛。

在我孤独的内心里总有一种强大的母爱时刻在感召着我，不觉让我打开了对母亲尘封已久的前尘往事……

母亲出身于毕摩世家阿约家族，曾居住在一个叫德布觉的彝家村落里，这里几乎都是本家，常年大毕摩带着小毕摩游走于彝乡村落进行宗教活动，以祭祀馈赠品来添补家用。其余的都是些本分人，过着半农半牧自给自足的生活，这些都是我幼年时候母亲告诉我的，直到现在我也没去过那个地方。

母亲叫阿约格格，嫁给父亲后就妇随夫姓了，人们都叫她兹莫嘉伟阿玛。虽然彝族毕摩传男不传女，但她从就小受到了毕摩文化的耳濡目染，懂得的东西并不比出色的男人少。母亲的娘家过去家境较为殷实，后来被划成了地主成分，没收了一切财产，家境逐渐破落，她也跟着戴上了地主子女的帽子，不同程度地受到了一些不公正的待遇。家谱对于母亲来说似乎非常重要，小时候她就教会了我，至今还能隐约记得一些。母亲娘家的事儿，我所知道的就仅此而已。

母亲一生多灾多难，命运坎坷悲苦，幼女亡父，少女丧母，中年亡弟，悲伤的泪常陪伴着她一生的苦难。

少女的她领着两个幼小的弟弟成了无依无靠的孤儿，辗转于普格、宁南、西昌、喜德等地，过着颠沛流离的生活。后来通过亲友的介绍，遇到了同病相怜的父亲，最终走到了一起，他们的相逢是一首含泪的悲歌，只有夜空中的繁星才是他们每天最熟悉的亲人。母亲在特勒莫低矮破败的茅草屋里生下了第一个孩子我的哥哥，可惜不到半岁就夭折了，这给年轻的母亲快愈合的伤口又抹上了一把盐。母亲常提起这个长得漂亮的男婴，直到有了我才勉强填补了她心里的空白。

刚生下我母亲就特别忌讳取男孩的名字，于是就给我取了彝家女孩儿的名字——“尔狄莫”，这个名字对于我来说有些别扭，一直叫到我小学毕业后才渐渐去掉了后面的“莫”字。

我给母亲带来了不幸：刚生下我三天母亲便下地干活了，不久她患上了乳腺炎，村落里缺医少药，左乳房红肿化脓，忍受着痛苦的折磨。邻居好心人沙马奶奶主动过来帮忙，削尖了竹签从母亲左乳房里挑出了很多脓水和黑血，母亲强忍剧痛，不吭一声。接着又严重感染险些送了命。几个月后，虽然好了，但两只乳房极不对称，左乳房逐渐萎缩，再也流不出奶水了，我们就只靠着吃母亲的一只右奶长大。不过，在母亲看来得到儿子比自己的生命更为重要，她的内心是甜蜜和喜悦的。

母爱是世界上任何药方都不能替代的良药，它可以拯救世间的一切苦难和绝望，只要有母爱温存的地方就会有生命的亮光。

当我在婴儿的时候，有一个修长而又年轻漂亮的彝家少妇每天都把蒸熟的苦荞糕嚼细后哺进我的口中，有时她把哺出来的荞浆用食指喂进我的嘴里，那些苦荞汁随着我的哭声溢出我的下巴和脖子，温柔的她轻轻地用袖口擦干净后亲亲我、抱抱我……她那满意的神色像母羊亲吻羊羔跪乳后恬谧的草甸，像雌鸟哺育雏鸟后美妙的林子，像母狼反刍养育狼崽后兴奋的山冈，她就是我最美的母亲。

在我幼年的时候，我们家还居住在喜德特勒莫，记得那时整个村落里都处于极端的贫穷状态，孩子们都长得头大身子小，人们都为填饱肚子而奔波着，肉食就更不用提了。母亲为了给我补充一点营养，她亲手做了一个捕鼠的木盒子，放上一些诱饵，到了夜深人静的时候，迷迷糊糊地听到那木盒子咕咚咕咚地响，就知道关住老鼠了。随即蒙眬中看到母亲在煤油灯下把木盒子装进一根麻布口袋里，扎好口子，放出老鼠到口袋里乱窜，用她大光脚将老鼠踩死在口袋里。同时关住两只老鼠的时候，那口袋变得神奇起来，像魔术师的经口袋一般让人捉摸不定，母亲好不容易才踩死它，连夜把鼠皮剥了，开膛破肚，半夜三更叫醒我吃鼠肉烧烤。母亲看着我吃下鼠肉的时候，她那满足的微笑令人难忘，这是我记忆中最美的珍馐佳肴。

有些时候，母亲也把那些落进粪坑里淹死的鸡，或病死的乳猪，或早夭的羊羔弄干净后悄悄地煮给我吃。现在想来也许吃进了许多病菌，可那时这些都是用母爱给孩子的最好营养，也才有了我今天强健的体魄。

我和弟妹们得眼翳，每天清晨母亲都用自己的舌头细心地舔了又舔，舔亮了我们的双眼。我们身上生脓疮了，她轻轻地用竹签挑破疮头，用手轻轻地挤出脓水，我们忍不住疼痛，她用自己的嘴吮干脓水，泪便从她的鼻梁上滑落下来。

童年的时候，我患了哮喘病，母亲听说红嘴蓝鹊、蝙蝠、燕子可医治。她到深山老林中捉来一只红嘴蓝鹊雏鸟，又冒着生命危险在毒蛇岩洞里，独自一个人点着松明火把掳来几只蝙蝠和山燕子烘干剁碎后让我慢慢服用，后来我的哮喘病当真渐渐有了好转。母亲就是这样倾尽所能无私地用生命来爱着自己的孩子。

后来我在外面读书了，遇上逢年过节回不了家，她就把亲手做的血香肠、腊猪肚、腌猪肝、腌猪舌、腌猪心和一些山珍，好好地挂在瓦板屋顶上待我放假回来时亲口尝尝，她才舒坦。平时家里只要吃点好的都想到我，慈母的恩情无以报答。

母亲性子急，嘴巴厉辣，脾气不太好，对我们管教十分严格。

小时候，我是个十分粗野、贪玩成性的孩子，经常闯祸，给她带来了不少麻烦，常常挨揍。有一次我放猪时，不慎把邻居家一头母猪的一条后腿打折了，逼得我家赔偿了一头猪。母亲很伤心，借此出气，把我从房侧一丈多深的高坎上推下去，摔得鼻青脸肿，鼻血止不住，身上被荨麻刺得全身发麻，疼痛难忍，几乎昏厥。后来我工作了，母亲给我讲起这件事还懊悔不已。

很多时候，只要我们和别家孩子闹架，母亲就不分青红皂白，首先当着别人的面把我们痛骂暴打一顿再说。有时母亲忙不过来，弟妹们不太听她使唤，她情急之下会大发雷霆，不分轻重，不管手里拿着什么东西都朝我们砸过来，吓得鸡飞狗跳，她嘴里还不断地唠叨着狠话："你们这些孩子再不听话，我就死给你们看！我想悄悄地吊死在那深山老林里，让你们一辈子都找不到妈妈！"母亲痛骂的话让我们毛骨悚然，愧疚不已。气消了，母亲又说道："你们这些孩子倒是有福气噢，我有你们这年纪就没有了父母！”于是泪又挂在她腮边了。我从母亲的脸上看到了怒火、悲伤和无奈。

不过，孩子贪玩的本性始终改不了。有一两次，我和大妹二妹做错了事儿都知道母亲的厉害，就悄悄地跑到树林里躲藏起来，害得母亲含着泪找半天。这招果然灵验，也是我们最初萌生对母亲反抗的形式。可惜，我们当时不懂事，没能体会到母亲的用心良苦。事实上，母亲家教严厉，教会了我们许多皮肉哲学，终生受用。

母亲并不识字，只认得几个阿拉伯数字，但她会心算而且算账分文不差。我的“10”以内的阿拉伯数字是她用小木棍在火塘边子母灰中亲手教会的，她知书识礼，懂得许多彝族文化和彝家农村生产生活方面的学问。尤其是“家谱”、“故事”、“民歌”这三件法宝都是从父母那里学到的，并且启发了后来我对文学的兴趣和爱好，她把性格也不同程度地传给了我，她是我的慈母严师。

有一年的冬天，大伯领着叔叔我们两家从喜德的特勒莫迁往盐源的羊房沟，途中露宿冕宁街头。当早上母亲看到那些年纪跟我一样大小的小孩儿一个个兴高采烈地背着书包和算盘上学的时候，母亲内心十分欣羡，她多么渴望自己的孩子也能像城里的孩子一样有学上。按理说，穷人连眼前的衣食都顾不上，哪还能顾得上孩子的教育？但母亲在当时依然没有忘记送子入学的念头。果然，搬迁到羊房沟的第二年，母亲就送我上新和小学了，实现了她心中的夙愿，也是我从小的心愿。后来，我当中学校长了，母亲还在我面前常常提起这件事儿，她满面的笑容有些舒展开来。

母亲年轻时有一副好身板，又是一个好劳力，她和大多数彝家农村妇女一样勤劳善良，吃苦耐劳和忍辱负重。

母亲一共生了九个孩子，养活了七个。我们七兄妹，三男四女。母亲为全家人的衣食操劳一生，整日劳碌着，从没享过一天的清福。她没法细心照顾孩子，很多时候孩子们都在地里爬着。

我们常常抓起地上的泥土往嘴里塞，满嘴是泥，让她哭笑不得。彝族人常说，小孩儿一下地若能首先抓起泥土就是吉祥的象征，要是抓起木炭则是不吉利。因为泥土和母亲都是孕育生命的源泉，而烧尽的木炭则意味着生命的毁灭。于是大家在地头做活时都把孩子带到地里去爬着，这也是处于一种无奈罢了。

母亲让我们七兄妹大的背小的这样互相拉扯长大，孩子们常常光着屁股，光着脚丫，在风霜雨雪中无忧无虑地打玩着，野蛮了身体，练就了一身适应各种恶劣环境下生存的能力。尽管当时生活清苦，但在母亲的呵护下能够健康快乐地成长，我得感谢母亲。

母亲背水拾柴，推磨做饭，扫地积肥，养鸡养猪，养牛养羊，种庄稼，种蔬菜，缝补裁缝，捻羊毛线，织擦尔瓦等都无一不精，样样从不落在人后。

母亲的针线活儿很好，家人穿的全是她亲手做的，一套衣服，一件擦尔瓦大的穿过了，小的又接着穿始终舍不得放下。“慈母手中线，游子身上衣。”一旦有空，她就忙着缝补衣裳，忙着捻羊毛线，忙着织擦尔瓦，一针一线缝来的衣服穿在身上是那样的温暖和亲切。孩子们在她的周围幸福地游玩着，她的织板穿梭来往，目不暇接。她心灵手巧，细长的手指变得粗糙开裂，捻的羊毛线连绵不断，像生命的河流永不枯竭；那旋转的羊毛梭棰好似岁月在母亲的手中转动着人生的沧桑和变化；那梭轮上一圈圈裹缠的毛线卷，像千山万壑写下苍凉的悲歌。

大多时候，我看到村落里的男人们成天聚在一堆闲聊或娱乐，而地里忙碌着的尽是妇女和儿童。母亲和四个妹妹也都是这样撑持着家里主要的农活，巫呷阿且出阁了，阿几阿支又接班。我放假回来主动帮母亲干一些农活，但她一直不肯让我做粗活，只叫我到高山草甸去放牛羊，以致许多高山农活我都不会做，甚是遗憾。

家里男人们议事时，偶尔母亲插嘴，常被父亲大呼小叫的：“你们这些女人也有说的？你们懂啥啊！”于是我经常看到母亲总是无奈地低下头沉默了。吃饭的时候，她们一般不同我们一桌吃，先得让火塘上方的客人或者男人们吃了，才把剩下的移给母亲和四个妹妹凑合着吃。时间一长，她们也就习惯了，这种男尊女卑的习惯我感到愤愤不平。

由于家境贫困和有些重男轻女，所以我们三个男孩都读了书，而四个女孩就只能留在农村给母亲做帮手，供养我们三兄弟念书。每当我们三兄弟考起学校或者参加工作了，她们感到无上光荣。如果有机会读书，也许她们的命运也会改变。然而，她们心安理得的默默地承受着家庭和生活的重担，这就是彝家妇女最伟大的牺牲精神，让我感动，令我钦佩！

叔叔我们两家刚搬到了羊房沟的时候，住在牛棚里，好心人施舍了一些洋芋给我们，日子过得十分艰难。母亲常常找来各种能吃的野菜、野生菌、野果子给我们充饥。一旦有空，母亲和幺婶顾不得颜面，扛着挖锄，挎着小背篓复收漏剩的洋芋渣渣，或者锄草时抠来一些洋芋母子添补着度日，即使是最粗劣的食物，也在母亲的巧手中变得味美可口。那时候寨子里的人们经常这样嘲笑和挖苦她们：“噢！你们看——对面山地上有两条母野猪在那儿拱地呐！”欺生和冷遇严重地刺伤了母亲的自尊，激发了要强的母亲勤劳致富的信念，后来在父母和四个妹妹的精心操持和经营下家境比世代居住在那里的人们有了一定的宽裕。母亲大方地送一些燕麦、苦荞和洋芋给有困难的亲友和村里的残疾人、孤寡老人，他们无一不受到她细心地关爱和照顾。

彝族人历来注重婚丧嫁娶，集中体现彝族的传统文化。母亲是村落里的妇联主任，遇到这些给亲友邻居帮忙的大凡小事儿，她总跑在最前面。每次她都穿着全套崭新的彝族服饰，有气质有女人味，而且显得端庄典雅，凡是涉及该女人们做的事儿她都组织得有条不紊，凡是该女人们唱跳的歌舞她样样精通，谚语格言也不在话下。她乐意助人，能说会道，虽是个良家妇女，却更像个出色的男人；没有一个女人能比得上她，在村落女人们中威望极高。

我家一向父亲主外，母亲主内。家里有客人来了，不管手里怎么窘，她都把家里最好的东西拿出来热情款待。整个四里八村都知道母亲的为人，如今我的热情好客也是这样形成的。

幺爸和幺婶也是一对孤儿组成的家庭，从小缺乏一定的教养，为人处世欠妥，成家后两人不和经常打闹。有了一帮孩子了，两人还常常撕扯在一起，吓得孩子们哭喊着躲到我家来。母亲善待他们，每次都留在家中吃饭或留宿，待大人消气后带他们回家并好言相劝幺爸和幺婶，但他们始终听不进哥嫂的教诲。经常为一些鸡毛蒜皮的事儿与邻居发生口角，搅得四邻鸡犬不宁，关系紧张。而平时与我家也有一些不必要的口嘴，但父亲和母亲都经常教育我们弟兄姊妹间要多宽容和谦让，要和睦邻里。后来，幺爸和幺婶逐渐依仗自己的能耐目无兄嫂了。有一年，不知什么缘故，幺爸和父亲闹僵了，有好几年互不说话，互不往来，闹得不像样。亲友们再三劝说也无济于事，我放假回来时也分别同他俩沟通过几次，但收效甚微。父亲是个犟牛脾气，他想定的事情任何人都说不动，而幺叔也碍于面子难以开口。母亲觉得兄弟之间闹别扭叫人笑话，不成样子。于是在这期间，她主动带着孩子们跟幺爸家来往，教我们大人间的事儿小孩儿别掺和。她坚持主动与幺婶和孩子们说话，打招呼，经常走动，彼此亲近。后来孩子们也逐渐长大懂事了，母亲也反复地做旁敲侧击和耐心劝说，他俩才渐渐地认识到各自的不是，终于相互说话了，手足之情重归于好。

母亲豁达，识大体，总能吃得亏，是维系家族关系的纽带，她的这些品格品德直接影响着我们。

母亲多愁善感，善于倾诉自己一生的遭遇。在我记忆中她似乎有太多诉不完的苦，流不尽的泪。遇到雨雪天，不能外出劳作，她就坐在门槛旁借着门外的光不停地忙碌着手里的活儿。她望着门外牵连不断的雨雪，思绪万千，一面做事，一面低声浅吟哀怨的《阿莫尼惹》、凄惨的《阿依洛姆》、悲苦的《阿依阿支》、凄美的《古嫫阿芝》等这些家喻户晓的彝族民歌，独自泪流满面，很是伤感。许多时候，只要一有机会，就在亲友和邻居妇人们、甚至第一次见面的陌生人面前不断地倾诉着自己一生的遭遇。她似乎永远生活在自己苦难的阴影里，始终无法从过去悲伤中摆脱出来，亦因此而无数次地感染着周围的人们。她听到别人的倾诉也感同身受而潸然泪下，母亲的这种情感态度也深深地感染了我。

小舅是做生意的，虽不识几个大字，但在母亲他们三姊妹中最为精明，也是母亲的骄傲。二舅是本分人，种点不十分肥美的几亩田地，能够养家糊口。小舅一向为人慷慨大方，重义轻财，只求名气，不善理财，生意有名无实，嗜酒如命，常常早晚空腹饮酒，生活毫无规律和节制，不爱惜父母给予的身体，不到四十四岁就患肝硬化英年早逝。这给母亲又是一次致命地打击，母亲的精神支柱彻底垮了，小舅重演了外公的悲剧命运，无情地遗下了孤儿寡母四口人。可怜的母亲千里迢迢流着血泪给自己心爱的小弟奔丧，料理后事，她的泪哭干了，心也撕裂了。

从那以后，人到中年的母亲开始抽起了兰花烟，有时还沾上了一点酒。她本来就患有慢性支气管炎和轻微的哮喘病，大家都劝她不要抽烟喝酒，注意饮食习惯和按时服药。然而，生活的折磨使她任性和蛮横起来，脾气也更加暴躁了，为一点琐事儿就念叨不停，动辄就向父亲和孩子们发火。我看到她从没高兴过一天，身体每况愈下，遗憾的是母亲的一反常态当时没引起我们的警觉。

后来，母亲不幸得了肺心病而去世了，我十分后悔当初就应该抽一点时间送她到大医院做个全面检查的，我的心很痛！很痛！谁知道母亲的命运竟和外婆一样，离开故居后再也没有回去，把自己的火葬地留在了大山深处。

母亲离我远去了，这是无法弥补的哀痛。她不是一个完美的人，她只是一个极其平凡的彝家农村妇女，但她苦难的一生教给我的是生命的教育，她的许多可贵的品质和品德是我一生宝贵的财富。如果我没有这样一位母亲，就没有我的生命和今天的幸福，我要努力地工作来报答母亲的深恩。

愿母亲在祖界地幸福地生活！

外婆的眼泪

“爷爷奶奶”、“外公外婆”这些美好的称呼，对于我来说是极其陌生的，因为，我的父母从小就是孤儿。

小时候，听到别家的小孩幸福地呼喊着自己的爷爷奶奶、外公外婆的时候，我只能傻呆呆地站在一旁，想象着他们的一切。

母亲没有告诉过我外婆的姓氏，也不知道她长什么样，只知道人们都叫她阿约阿玛（阿约婆婆），这是跟着外公姓的。外婆知道自己是依附于阿约家族的女人，很久以后，没有人再会提及自己的姓氏，因为自己是个女人。她的生活几乎被土地、牛羊和家务占去了，尤其是外公的毡笠、法铃、乌曲洛博等通神之器的祈福和保管，这些都是从母亲口中得到的一点有关外婆的隐约碎片。

外公从前的优裕生活被野菜粗食所替代，没熬几年，他就得水肿病撒手人寰了，遗弃下了孤儿寡母四口人在人间磨难。母亲说，外婆是个外柔内刚的女人，一个很坚强的女人。她把外公火葬后，毅然怀揣着神灵牌，连夜带着三个年幼无知的孩子离开了故居德布觉，远走异地他乡，去寻找甜蜜的地方。

外公早已乘仙鹤而去，登上山岗上空的游云之河，越过油菜花盛开的地方，穿过古岩隧洞，游走在神鬼之间，禳灾除病，祈福神灵。膝下的妻儿，被世间的苦难所淹没，他们像花鸟草虫一样卑微地活着，明天将会怎样？她也无从知晓。不过，外婆心里总是埋藏着毕摩的神圣，深知虔诚和敬重：在她的眼前一幕幕地浮现出波澜壮阔的画卷，乌烟瘴气的经书焚烧，一切财产的化为乌有，一落千丈的命运交响，一夜搬走后颠沛流离的辛酸苦辣……

她领着三个孩子从德布觉来到陌生的哈足拉达，不知道要寻找什么。更无法预料到等待他们的命运又是怎样，她把三个年幼无知的孩子带往何方？何处才是他们的安居之所？这里究竟是否就是甜蜜的地方？……这让她更加迷惘和无限的担忧。

从圣扎彝区来到所地彝区，初来乍到，语言不通，人生地不熟，上无片瓦，下无立锥之地，异地他乡，缕缕乡愁涌上心头。她带着孩子们寄人篱下，凄凉和陌生的茅草棚里，窘迫和心酸一天天地向她猛烈地袭来。连她自己也说不明白自己为何来此绝境安身？！

一年过去了，她痛苦地在地里挣扎着，身心受到了严酷的折磨。母亲才十二三岁，大舅和小舅也只是五六岁。坚强的外婆积劳成疾，不幸病倒了，但她在孩子们面前从不愿吭一声。

难道老天真的把灾难降临到她的身上吗？

有一天早上，外婆知道自己的大限已到来，可她硬撑着给三个孩子煮好了一锅洋芋后就再也起不来了。在茅草屋里她使出全身最后的一口气，把母亲叫到身旁握着她的手说：“格格啊……妈妈没事的……会好起来的……你要坚强地带好你的两个弟弟喔！……他俩还不懂事儿……我躺一会儿……”话音刚落，外婆静静地躺着了，好好地合上了双眼，紧紧地闭上了嘴，就像平时睡熟了一样，眼角湿润了，再也没有醒来。

岩洞里的彝族老人

新陈代谢、优胜劣汰是自然界和人类社会生存的法则，住在岩洞里的彝族老人也许就是这样的命运。

那是我上初中的时候，有一天下午放大星期回家，走到半路上天就黑了。前不着村后不着店的，平常要是走运还能遇上过往的马帮扎窝子借上一宿，而这夜可就没这么幸运了，我和同伴学友张永贵无奈只能逼着投宿到了路坎上那不知姓氏的彝族老人的岩洞里。

岩洞有一人多高，空间大约只有五六个平方米，岩层重叠活像一个石窟记录着岩石的年轮，顶上和四周都已被经年累月的明火熏得黑夜一般。洞口用不大的石块随意垒砌成简单的石坎，勉强能够背一丝寒风，走进岩洞似乎就像进入了黑洞一样，这就是老人的家。

岩洞下行十几米远就能走到崎岖狭窄的马帮路上，路坎下就是老人维持生计的两小块玉米地，已经接近成熟。再下行五十米左右就是小金河冲击而成的险滩河床，波涛如怒，异常凶险，不敢走近。一天到晚，老人就是在这河滩声与蝉声中打发掉自己孤独的日子。

我俩拖着无奈与疲惫的脚步在岩洞口的石板上坐了下来，借着微光看见一位黢黑而瘦小的彝族老头儿盘腿而坐在火塘边，看到我俩走进来，光着漆黑的双脚挪动了一下，然后双手撑着地上慢慢起来。头发蓬乱，衣不蔽体，双眼无神，满目沧桑。没有明显的特征，已经记不清他长得啥模样了。整个岩洞弥漫着一股污垢混杂着烟子的熏味儿，看来老人是从来不习惯洗漱打理的。放在草堆上的那半截破烂的瓦壳子披毡和简易的三锅庄上皱巴巴的破罗锅是他全部的家当。我俩客气地同他打招呼，可他有些冷漠，似乎已经习惯了孤独沉默的生活，只问了我们一句："你们是路过的学生娃儿吧？"我俩点了头。

那半开着的破罗锅里好像冒出来一点玉米粥的味道，他发现我们的视线后便把盖子合上，然后，往火塘里添了两根水打柴。虽然满屋有些龌龊，但我们的食欲还是上来了。我琢磨着很可能要饿上一夜了，只要能找到一个遮风挡雨的地方落脚也是算不错的了。腿脚酸痛，又困又饿，一坐在火塘边就紧挨着打起瞌睡来。

没过多久，只见小老头就乘着黑夜掰了五个很饱满的嫩玉米棒回到岩洞，慢腾腾地撕开后全烧在火塘里，用两根短木棍当作火钳翻来覆去地烤熟后，给自己留了一个，递给我俩每人两个烧玉米棒。烧玉米棒真的很好吃，比什么都香甜，甜到了我们的心里。那一夜虽然如此唐突，如此窘迫，但我俩还是在彝家老人的岩洞里依偎着美美地过上了一宿。

那一夜的潮声、蛙声、蝉声、促织声和老人的鼾声交织成了岩洞夜晚优美的奏鸣曲，让我们进入了恬美的梦乡。其实，老人的家是热闹的幸福的，他的生活不再是孤单与寂寞。我为我的求学经历感到难忘与苦涩，更是为这位沉默的彝族老人困守于这狭小而漆黑的岩洞里悲苦一生而倍感心酸。

次日黎明时分，我俩怕惊动老人就悄悄地起身走出了岩洞上路了，当我俩走到马路上的时候，老人早已在河边弓腰驼背地拾着水打柴了。我们只好远远地面向他大声地打了一声招呼："阿普噢——我们走了！"看来老人没听到我们的招呼声，仍然平静地只管做着他的事儿，没搭理我们。我们继续赶路，他矮小的背影渐渐消失在我们的视线里。

时隔三十多年了，我时时想起那位岩洞里的彝族老人。如今想起来，他果真是个性情有些古怪的老人——麻木，冷漠，悲哀。

我常想：他为何沦落到如此境地呢？！也许他的一生中有着太多说不尽的故事，然而，人们谁也不知道他是谁。抑或是被亲人遗弃了，抑或带有劫难的遭遇，抑或是无依无靠的孤寡老人，无法掌控自己的命运，只能无奈地接受悲苦的现实罢了。

我实在难以想象他至今是否还会健在，如果过去的某一天，老人离世了，是否有人能为他火葬？但愿上帝能保佑他的灵魂能够平静地回到祖界地去吧！也许他能把自己在人世间的一切遭遇和磨难向其祖先们倾诉——两块玉米地，一捆打水柴，一个属于自己的小岩洞……

大木呷

一

羊房沟里的人每天都看腻了五保户大木呷，他是一个独守大山一隅的孤寡老人。

如果你从蒂波希路过，或许忽然从破旧的瓦板屋里冒出来一个蓬头垢面，衣衫褴褛，满脸皱纹堆积得像干圆根烧焦了似的五短身材的老人，他就是巴迪（独人）大木呷。当你看到他的第一眼一定会被吓着，因为他的模样活像一只垂暮的大猩猩，根本不像人，完全是山林中的一只野兽，有时你会觉得他很像一个古埃及的木乃伊。卷曲而毡裹的头发，像阉绵羊尾部留了多年的尾毛一般，遮不住他那衰老而木炭似的脸，让人对其五官长相难以刻画。双眼深陷于上下皱纹的缝隙里，无光无神。

“诺—卡—波—哦（你们去哪儿）？”

只有当他面带微笑站在路口旁慢吞吞地对过路人打着招呼时，才知道他是个活人而不是一只野兽。

他的穿着倒彝不汉的，上衣常年是一件破旧单薄的深蓝色和尚领短衣，已经被多年的汗垢油渍浸烂了，变得黑亮而发臭；下身却穿着一条短而黑的彝家大裤脚，小腿常年露在外而变得像烧焦了的柴疙兜似的粗糙而漆黑；外出时常披那件破烂不堪的瓦壳子羊毛毡，遮住这身肮脏破旧的衣裤。

他这身遮羞的东西全是村落里的爱心人士帮他做的，分明就是一副乞丐模样，浑身上下弥散着一股刺鼻的酸腐汗腥味儿，令人难受。他常常被烟熏火燎，常常被风吹日晒，常常被尘垢裹缠……凡是身体外露的部分都是黑黢黢的，成天只见他两个细眼珠子在转，比非洲黑人还要入骨，双手比荨麻还要刺人，一双光脚胜似狗熊掌一般敦实，再锋利的刺都杀不进肉里去的。

二

“大木呷”这个名字，在羊房沟是身份卑微、肮脏不堪、无依无靠的代名词了，不知哪一位智者给他取了这样一个十分贴切的名字。彝人取名为“木呷”者甚多，往往带有一定的褒义，前面再加上一个“大”字就更夸张了，彝汉混合来取名显然带有一种嘲否和蔑视之意，诸如鲁迅先生作品中的“阿Q”、“阿长”之类的称呼罢了。

大木呷其人，原本是汉族，小时候被彝族抢去当了奴隶娃子，没人知道他的姓氏、年龄和来历等。只是听他自己提过，当初他被抢走时隐约记得他家姓刘，同时被抢走的还有一个妹妹，不知去向，这是否属实只有他自己知道了，反正，他是被人抢来当了彝族的奴隶娃子这是真实的。他没法确认自己的身世，也没有人告诉过他。自己从哪里来，亲人在哪儿，他为什么会成为这样，他将要去何方……也许他永远没有想过这样的问题，或许是完全没有思考过，大概习惯了这样无奈的生活了吧。

据说，大木呷十岁左右的时候就被梁子客[1]抢来卖给了彝族奴隶主家当娃子。新中国成立前，先后被转卖过三次。最先卖给果基家，后转卖给了麻卡家，最后才卖了到了罗洪家直到凉山民主改革。民改后，彝族奴隶社会一步跨越千年，广大彝族奴隶娃子得到了彻底的翻身解放，获得了人身自由。按理说大木呷应该可以寻找到自己的亲人了，可他家早已家破人亡，无处可寻，无奈只能接受悲苦的现实。从此，队里的社员们就是他唯一的亲人，中年的他被大凉山彝族奴隶社会欺凌成了半憨半痴的孤家寡

(1) 梁子客：四川地方土语，指土匪、强盗、胡子、草寇之类。

人，也就自然成了山寨里的五保户。

三

冬天的蒂波希还是这样暖和，山上的雪花飘到这里很快就融化了。相传蒂波希早些时候曾经是汉、藏、蒙等族居住过的地方，合作社的时候，队上组织专业队在这里改土挖出来过人的骨骸，当地人才知道这里曾是早先居民的坟山地，蒂波希因此而得名。“蒂波希”是彝语，直译为汉语就是“坟山脚下”的意思。

大木呷与蒂波希这一深谷似乎有些缘分，队里给他搭了个狗熊棚，让他就此看守玉米，给他分了一小块自留地，种一点自己喜欢的东西。每年分配的时候也同样少不了他的那份。后来包产到户了，他也分到了自己的包产地，而且比以前的自留地更宽了。可是，他人老了，劳力差，大家都帮他。每年村里都组织义务工，帮他春播夏薅秋收冬储这等农事，给了他许多的温暖和关爱。不过，人们看见他仍然每天起早贪黑地一头就扎进土地里，从不停息过一天。他除了种好自己的包产地以外，还在棚子周围扩开了一些生地，每年不仅能自给自足，甚至还留有结余。他用结余的玉米、黄豆、核桃等调换上铺子的燕麦、苦荞、洋芋等换换胃口。虽然他是个年老体弱的孤寡老人，但粮食的温饱问题完全能够自己解决，这是他一贯不失的勤劳本色。

后来，队里给他改善了居住条件，他从狗熊棚搬进了蒂波希矮小破旧的羊圈就是大木呷的家。一年四季都烧着大青杠树疙兜，从早到晚一直冒着缕缕青烟，从没熄灭过。这既能保暖，又能保留火种，还可提醒人和动物们在此路过时知道这里有人烟。他没有床，吃住都在火塘边，自己割一些马尾草来铺在寝卧的地方，上面再垫着他心爱的一两张狗皮就是冬暖夏凉的窝。常年盖的是那一床破旧的救济棉被与队上给他擀制的那床破烂不堪的羊毛毡，几十年从不离身，这也是大木呷最亲爱的东西。

当牧童们一进大木呷的窝时，一个个都捂住鼻子，我觉得有些过分，可后来当我们大家一起走进他的窝时才感觉到满屋子的怪气味儿，真让人受不了。

大木呷是羊房沟彝家山寨里唯一喜欢吃狗肉的人。每年过冬，他都要想尽一切办法弄一两条狗来宰杀，他的墙上挂满了各种不同颜色的狗皮，把它用来垫铺或者盖在身上甚是暖和，狗皮成了他过冬最好的保暖衣被。许多人都不愿进他的窝歇歇，连村落里最温顺的狗一见到他也追咬个不停，狗的嗅觉是最灵敏的，它们早已觉察到了这位野兽般的克星。

一提起吃狗肉，村落里的人最为反感，因为彝族人有禁忌吃狗肉的风俗和渊源。狗并非是彝族的祖先，不过，彝人在长期的生产生活和放牧狩猎中，狗成了彝人最忠实最亲密的朋友。在彝人的史诗与神话传说中，有许多动人的故事：狗与人类同属有掌十二雪子的神话，狗尾巴里带来了稻谷种子的传说，狗能驱邪避害的传说……狗是能通人性，非常具有灵性的一种动物，我对它们也是充满了一种深深的敬畏。村落里只有那些专门伤害人畜家禽的恶狗，才无奈地送给了大木呷。

他的肉食是非常丰富的，除了每年能吃上狗肉外，队里打牙祭头蹄肚杂全归他。每年逢年过节，或者遇上红白喜事，少不了他的那份，而且牛的心肺、牛血、牛鞭这一套都归他。每次他都用一个大背篼踉踉跄跄地盘回家，然后慢慢地炖熟了吃上十天半月。

他从不抽烟喝酒，可他喜欢吃茶。砖茶是他的最爱，一天到晚离不得，两个烧土豆，一个玉米膜，一开砖茶就是一顿饱餐。每个季度村上也按时给他送去两块砖茶，让他笑得合不拢嘴。有一次，我回乡路过蒂波希，特意给他买了一盒砖茶，他格外感激。听铺子上的人说，过了几年他还在别人面前常常提起这事儿。

四

小时候，我们爱逗他玩。那时，他只是中年的样子，可他满口的牙早已落光了。有人说，他偷吃了主人家的熊仔胆而自然脱落，也有人说他天生就是一副坏牙齿。没有了牙齿，吃东西就难了。因此，他的东西都炖得特别熟，稍硬点的东西就没办法了。在我们看来，那是一件有趣的事情：他把食物包在嘴里，然后用舌头把食物使劲地往上下牙根上抵，再用上下牙根与食物相斗，双唇与齿龈间自然地嚅动着有些怕人，好不容易才把食物吞进肚里，像个没冒牙的婴儿濡沫东西似的滑稽可笑。尤其他笑的时候，原形毕露，更是难堪。

“缺牙巴汉呷阿普！缺牙巴汉呷阿普……”牧童们经常这样讥讽和嘲笑他。

他手里攥着竹鞭，嘴里不停地骂道：“这些莫家莫教的小东西，你们的爸妈都尊我为舅舅哩！我认得你们，我要到你们父母那里告你们去！看怎么收拾你们！”说话吞吞吐吐的，双唇都要缩进嘴里去了，走起路来真像一只南极企鹅，始终追不上我们。有时，我们觉得他挺可怜的。

阿伊哲尔常常放牧在大木呷棚子对面的山坡上，差不多每天都与他相处，经常拿他开涮，也自然成了他的小伙伴。连大木呷用麻绳系着死结作裤腰带和脱光衣服找虱子的这等丑事儿，他都一清二楚。逼急的时候，大木呷那副笨拙的狼狈相令人啼笑皆非。他全身上下长满虱子，大胆的虱子随意地从他的脖子上爬下来，果真虱多不咬了。中午太阳当顶时，哲尔看见他，总是在僻静的屋后包谷秆堆里不知羞耻地脱下衣裤光着身子很专注地找起虱子来，酷似一只年迈的大猩猩。他埋着头像动物一样本能地想用牙齿咬破虱子与虱子蛋，可惜没了牙，只好用笨拙粗糙的两个大拇指使劲地掐爆它们，每次他都花上大半天的工夫来找身上的虱子。他本能地随时伸出长长的舌头在嘴外，龌龊的口水自然地流到手上和腿部，令人恶心，但他自己感觉很开心。

阿伊哲尔和摘野果的少年们确是十分讨厌。只要一有机会，大木呷就成了他们最好的玩偶。他们就像玩儿一只会说话的动物一样拿他来寻开心，大木呷也把自己当成了小顽童喜欢同他们毫无顾忌地乱开玩笑起来，说笑也十分荒唐。

"木呷啊，呐克尼库喔？"（木呷啊，你多少岁了？）他们经常都用彝话故意刁难大木呷。他原本也想知道自己的年龄却又无法知道，可他又不想在孩子们眼前丢面子，于是信口扯谎搪塞他们，一看到铺子上与自己面相相仿的小伙子就胡说是自己的同龄人。

"木呷啊，呐汉呷话吙斯斯噢？"（木呷啊，你会说汉语吗？）他们又追问道。他面带愧色，只是略微一笑。其实，阿伊哲尔知道，很少有人听到他在众人面前说汉语，但他的确会说汉话而且说得好。平常大家交谈全用彝语，大家都以为他不会说汉语了？但偶尔骂放牛娃时冒出来一句汉话，还挺流利的，这也不奇怪，汉语本来就是他的母语。

"木呷啊，呐媳莫觉觉喔？"（木呷啊，你有老婆吗？）他们又继续羞辱他。他平常不高兴的时候懒得理人，有兴致的时候就大胆轻狂了。他还敢指名点姓地说，村里某某寡妇曾喜欢过他，还与她有着亲密的关系。这些话在别人听来完全笑掉牙，只是满足他一时的虚荣而已，没有人知道也没有人相信他的话。

大木呷是被侮辱和被损害者，他成了众人的笑料，他给羊房沟里的人们带来了欢声笑语。然而，他本人似乎也喜欢这样让别人取乐来打发日子，因为他习惯了人们对他身心的嘲笑和鄙夷。说实在的，羊房沟里的人们也是非常善良的富有同情心的，对他这样一位离群索居的孤家寡人没有什么恶意，更多的是施舍、同情和怜悯。

开心一天后，阿伊哲尔向往日一样，伴着夕阳，赶着牛羊回家。在牧归的路上一直想着：这大木呷虽说沦为奴隶娃子大半辈子，被折磨成一个没心没肺的傻子了，但他毕竟是个人，连动物都会有喜怒哀乐，七情六欲的吧？！他怎么就不想家人呢？不羡慕牛羊成群？不羡慕家支家族？也许他还是想拥有一个温暖幸福的家吧？他的亲人在哪儿？他还有亲人吗？他的将来……总之，从没见过他有过一天的病痛和忧愁，每次遇见他都是一副乐呵呵的样子。我们无法知晓他隐秘的内心世界，但这些问题对大木呷而言都是多余的，只是一种奢望，一种幻想，抑或压根儿就不复存在，他的这一生注定就是这样的命运。其实，他这样已经不错了，每天自由地做自己想做的事情，可以想也可以不想任何问题，一人吃饱全家饱，还能经常和牧童们取笑中度过愉快的一天；每晚他还能够烤着青杠疙兜，倚着火塘边的锅庄静静地入睡，既温暖又有依靠。然而，大木呷的心思只有他自己才明白了……

这一夜，大木呷披着心爱的狗皮入睡了。他梦见自己回到小时候的某一天夜晚，有一帮头裹青布帕，身披羊毛毡，手握黑铁枪的梁子客，抢劫了他家。杀死了他的父母，抢走了他和妹妹，把猪也打死在圈里，然后放了一把火，家园一夜间便化为灰烬。那天夜里，铺子上的狗叫得特别凶，在混乱中他仿佛听到了梁子客中有一个熟悉的声音。这伙人是从墙上挖洞冲进来的，十分狡猾，怕屋里汉人用弯刀砍伤他们的脖子，于是早有防备。他们悄悄地挖好墙洞后，不急于冲进来，事先解下自己的青布帕子把自己的颈部特意缠得粗厚严实，然后点燃香火伸进来试探屋内的虚实，看了没动静后才一伙冲进屋里下了黑手，发生了血腥而恐怖的这一幕。他和妹妹被抢走后，用黑布缠紧眼睛，什么也看不见。他的妹妹不知去向，而自己却被以两个大锭的身价卖给了果基家当锅庄娃子，食不果腹，衣不蔽体，吃猪狗食，住猪狗圈，而且梦见主子任意用竹鞭使劲地抽打他……于是，把他抽出了一身冷汗。醒来后这才知道原来是一场噩梦，他的双手紧紧地还抱住一块漆黑的锅庄。

五

大木呷是孤独和寂寞的，他是被侮辱和被损害的小人物。他从小沦为彝族奴隶娃子，壮年以后虽然成了一个自由人，但的确无奈又成了举目无亲的一个独人，一个独守庄稼地的五保户老人，这是无法回避的痛苦和残酷的现实。

他一年到头一个人独居在蒂波希破旧的羊圈里，只有白天的时候，偶尔有路人和牧人在此歇歇脚，与他聊聊天，取取笑，短暂地消除片刻的孤独与寂寞。不知从什么时候起，大木呷呢呢喃喃地独自对着一天到晚冒着青烟的大青杠疙兜念着谁也听不懂的祈福咒语，抑或是给身边的大石堡递着悄悄话，抑或是对周围骚扰他的动物们发出警告，抑或是对自己的苦难历程和苦闷的内心一种宣泄……有时也会哼出些倒彝不汉的山歌，谁也听不懂，人们估计他这是轻松的心情。

也许他这一辈子是被这大山沟大山脉给震得麻木不仁了吧！他的确是汉人，但他已经变成了地地道道的彝乡人。他形影孤单，在这大山深处，像所有的动植物一样自生自灭。他与蒂波希似乎很有缘，与这里的生物与非生物相依相伴，成为这片山地最后的守望者。

他从不喂养家禽家畜，小猫小狗之类的动物。他养的全是些活跃在林中众多的飞禽走兽。看他屋顶上和园坝里晒的玉米、黄豆、核桃、野果等都是它们最好的食物。它们一拨一拨地飞来，一群一群地被赶跑，一个接一个地溜来，一帮一群地吃饱了离开……

不信，你瞧！山鸟在他的屋檐下筑巢，老鼠在他的屋里安家，那些鼠辈贼头贼脑地在屋里站立着东张西望，进而翻箱倒柜，一帮一群地溜进屋里犹如无人之境，大闹天宫，其实，这里也没什么可翻动的东西。偶尔，冰冷的蛇也缩到他的枕边住上一宿。

最惹他生气的要数松鼠和猕猴了。庄稼成熟的季节，它们成群结队地来再三羞辱他，故意调戏他老态龙钟的模样。松鼠尾巴老是翘得高高的在成熟的核桃树上故意挑衅滋事，站立着伸长脖子望着他嚷个不停，那尖声尖气的叫声令他生厌，它们在核桃树上肆意追逐嬉戏，把核桃果糟蹋一地。他一转身，它们便飞到树下享受盛宴去了。

而猕猴呢，居然学起他的吆喝声在玉米地和核桃树上群起而欢呼，玉米棒掰落一地，摘起核桃果朝他打过来，并且不断地用力摇落成熟的核桃果大量落入茂密的草笼里无法掇拾，成为其他动物的储粮。有时故意跑到山上朝石头滚下来欺负人，十分危险。

刺猬和獾猪也慢条斯理地来凑热闹来了，它们把庄稼糟蹋得一塌糊涂，让他常常恼羞成怒，只能乱骂一通也就算了。

夏夜，森林中不时传来各种动物千奇百怪的叫声，猫头鹰也时常飞到屋上方的山桃树上哀叫，令人毛骨悚然。异样的蝉声最让他心烦与忧伤，一只领唱，数百只同声合唱；一只稍歇，数百只又悄然无声。最和谐的是子夜的蛐蛐儿与小溪里牛蛙的合奏了，和谐的旋律犹如一首首山涧夜曲陪着木呷夜夜沉入梦乡。

这些常客向来如此招惹他，亲近他……也许在它们的群体中早已认同并接纳了他吧！他虽然是个孤苦伶仃的老人，但有如此众多的朋友来光顾，实在难得；还有蒂波希沉默的大石堡和门前屋后亨唱着彝家山歌的那两条日夜不知疲倦的小溪，让他永远不会感到孤独与寂寞。相反，因为过于喧闹而为之烦恼。

他的一生在这里能守住孤独，守住寂寞，守住卑微而糊里糊涂地渐渐老去，这是幸福的也是悲哀的。

六

大木呷是我亲眼见到过的最后一个彝族奴隶娃子，他成了两千多年大凉山彝族奴隶社会的活化石。在大小凉山像他这样从小沦为彝族奴隶娃子的汉人或其他族人不计其数，他们都遭遇了共同的苦难命运。

他是一种生命的存在方式，一种地球上人类最为普通的生存方式，一种以最简单最原始最为现实的方式而存活着。人们都知道，他从苦难深重的彝族奴隶社会中被解放了出来，获得了人身自由。他从一个“会说话的工具”变成了一个自由的人，成为一个人民公社的社员，成为一个合法的公民，成为一个国家的主人。不过，无论在村落里彝人的眼里还是河边汉人的心目中，他毕竟都是倍受歧视和冷漠的。他除了像动物一样本能地生存以外，从来就没有洗过一次脸脚，洗过一次澡，洗过一次衣服，……尽管有两条清亮圣洁的山泉水一年到头，每分每秒不停地淌过他的门前屋后。

他作为一个生命的个体生存在这风景秀美、自然生态环境优美的蒂波希是何等的惬意和自由。他这辈子没有更多的想法，痛苦也就自然少了；没有更多的选择与忧虑也就是幸福。他不必更多地忧虑自己的衣食、身世和生死；也不必忧虑自己曾经的亲人。他给人当了大半辈子的奴隶娃子，最终能够存活了下来就是一种莫大的幸运。他这一辈子没有其他任何的拖累了，只要他的生命还在，他的世界就是美好的。

如果有一天，他在这大山沟里忽然消失了，那也是自然的事儿，他与这里的山水自然融为一体，这应该是最好的归宿，也是最为幸福的，因为他苦难的灵魂在这里可以得到安息。

七

后来，听阿伊哲尔说，有一年，他从蒂波希搬到了洛哈山谷。有一天，从山坡上滚来一飞石不幸砸折了他的右腿，结果没人医治，无法站立起来。每天只能靠一块破毡子用麻绳裹着右腿勉强跪着爬行，这样艰难地过了几年才离开人世的。那年他大约八十多岁，有人说，他很有可能九十至一百岁了，算是高寿了，寨子里的人按彝家习俗火葬了他。听阿伊哲尔讲，如果不是那块巨石飞来的横祸，他很有可能还能活更长的时间。事实上，他已经是灵长类的一个寿星了，应该感到满足了。他曾经遭遇的苦难早已尘封于凉山奴隶社会的历史长河之中，曾经欺压过他的人大概也只活到了他一半的光景，他们早已成为一丘坟土了，但他还是这样有幸地活到这般高龄。

大木呷走了，他一生的苦难也随之而解脱。他与羊房沟这片郁郁葱葱的原始森林，与美丽的山谷，与干净的泉水和新鲜的空气融为一体，不再孤独与寂寞，不被冷漠与蔑视，他是幸福的。他的眼里没有泪水，没有仇恨，没有悲哀，微笑着面对高耸的大山，茂密的森林，深深的沟壑，沉默的石头，破败的瓦板屋，还有走过他门前屋后的清澈的山泉水……

我的老师

莫言先生在《我的老师》这篇文章的开头有这样一段话："这是一个千万人写过还被千万人写下去的题目。用这个题目做文章一般地都抱着感恩戴德的心情，当然我也不愿例外。"确乎如此，我又何尝不是这样？

20 世纪 70 年代中期，作为一个高山上的彝家放羊娃，我能有机会走进学校读书那是三生有幸，再遇上一位好老师那好比是在故乡羊房沟的蝙蝠岩洞里找到了一束不灭的火把，照亮了我行进的路。

他个子不高，大约四十五六。上唇总是盖不住长而暴突的上门牙，走起路来脸上的肌肉与双下巴随着步伐的节奏而自然抖动，分明显出有些微胖来，但精神抖擞，表情一贯自信、坚定。爱穿一件洗得发了白的蓝色军干服和一件黑色半旧的中长呢子外套，上衣口袋里少不了插一支黑色旋盖的"英雄"牌钢笔，脚上的解放鞋始终洗得干干净净的。穿着朴素、整洁、得体，身上散发着一股特别香的干部味儿。平常打篮球等通过剧烈运动之后，他的右眼部往往会出现微微的浮肿状态，于是我们有些担心着。大家都爱称他为"罗阿莫"（彝语，"罗老"之意），他就是我小学时候的恩师罗正云先生。

在我们彝族人的心中，老师是最神圣最受人尊重的人。我的父母虽然直到我小学毕业都很少见过他，但从内心深处他们是特别敬仰罗老师的。

记得每年“库施”（彝语，“过年”）时，学校都要放彝族年假，让我们回家库施。本来从内心里是想请老师一同到家里库施的，可路远，家中寒碜，不敢请老师，只能过年后给他拜年。每年父亲都先要砍两大块过年猪肉放在一边，还要卷上一筒五六斤重的猪板油，母亲又备一袋四五斤精细的燕麦炒面，外加几个煮熟的鸡蛋一并装进我的小背篓里。上学那天，母亲用一根细长的麻绳反复穿插系紧捆扎好小背篓口子，然后放心地让我背去拜年。

那时，我很腼腆，最怕见老师。当我把东西背到罗老师寝室附近的时候，满脸一下子就通红起来，一见到他更就语无伦次了，两只黝黑的小手紧张地相互搓揉着，不敢正眼看他。然而，他却每次都是那样非常客气地收下东西后还打发我一些“卡巴”（彝语，“礼物”）：一支钢笔，一瓶墨水，几个作业本。当时，我很不好意思接“卡巴”。心头有些纳闷：这是彝家山寨里的习俗，而单位上师生间就不该兴这个？！罗老师看出了我的心思，他就对我说：“你每年都来给我拜年，从老远的家里背来这么重的东西，感谢你的父母，你罗老师没有什么送你的，这点学习用具略表我的一点心意，你用得着的！”于是我拘谨地接过这份真诚的“卡巴”，像儿子接受父亲的一片殷殷之情，心里乐滋滋的。这是一份我们师生间最朴实的尊重，也是一份沉甸甸的最真诚的祝福。每年我们师徒间都是如此来往，直到我小学毕业。

有一学期期末了，我们惊奇地发现罗老师把那些我们给他拜年的东西还完整地挂在自己寝室的墙上，似乎舍不得动一丁点儿东西。后来，我们才从罗木匠的口中得知其缘由。

罗木匠是罗老师的一位本家，名叫尼古洛伙，是我们铺子上的人，常在学校里做木工活，手艺还不错，平时最爱嬉皮笑脸的嘲笑别人，大家都对他熟悉，也爱逗他玩。

一到放假，罗木匠都用马匹送罗老师回冕宁老家，罗老师就把自己平时积攒起来的东西驮了满满的几驮子回家看望妻儿。有一次，罗木匠用骡马送他回乡，当他们途经梅子坪甘家沟时，突遇山洪，有一匹马过木桥时，突然惊了，驮子从马背上掉进了甘家沟河里。罗老师看到瞬时被小河吞没的东西心疼不已，他不停地大声念叨着："哎呀，可惜了！哎哟，可惜了！我的孩子们的猪油猪肉啊……"这在罗老师的心中不仅仅是一点猪油猪肉而已，而是学生和家长的一片深情厚谊。罗老师十分沮丧的心情却在罗木匠的话语中就变成了一番冷嘲热讽和幸灾乐祸的笑料。此事已过许久了，罗木匠还兴致勃勃地给人反复讲起。原来罗老师就是这样克勤克俭，珍惜情谊，拳拳顾家的一位好人。

他是一位让我终生难忘的好老师，遇到他是我人生的幸运。那时，我们深山里特别缺老师，他当班主任，全包了我们班开设的所有课程。他从小学三年级教到我五年级毕业，从来没缺过一节课，认真负责，全身心投入。

语文课，他那一口流利而标准的汉语普通话深深地吸引和影响着我；他那一手漂亮的黑板字是我们现成的字帖；课堂上，他那幽默风趣的彝汉双语教学，既让我们很快构筑了母语的天堂，又走近了汉语的世界。

音乐课，他教我们唱一首首经典的红歌至今耳熟能详，热血沸腾，倍感亲切。尤其是他那浑厚深沉的男中音仿佛还在耳边回荡。

劳动课，他亲自带领我们在校园勤工俭学基地，种庄稼，种蔬菜，挑水担粪……手把手地教我们种辣椒，种番茄，种南瓜……教会了我们许多生产生活知识和劳动技能。他亲自同我们学生一起到山坡上背柴；他亲自带领我们参与学校的建设。他与我们同共甘苦，身教重于言教。

算术课，我还没入门，学习感到有些困惑。可我自尊心强，每天都想得 100 分，然而过于急躁和粗心大意，往往与 100 分擦肩而过。特别是应用题，由于汉语关没过，读不懂题意，完全没办法。他就经常使用彝汉双语给我开小灶，课余时间主动叫我到他寝室里当面做耐心细致的辅导，有时候甚至辅导到深夜。不管再忙，只要我们去请教他，始终都耐心地一一作解答。在他的精心培育下，我的算术成绩勉强跟上了班上的同学。

记得有一个大星期在返校的路上，当我们经过洛哈峡谷的木桥时，我一不留神，右脚滑进了木桥的缝隙里，腿被划破了，鲜血直流，背篓里的东西全倒进了小溪里。我感觉不到自己脚上的疼痛，鲜血任它流着，心疼的也不是落进水里的口粮，而是眼看被水冲走和毁掉的课本和作业本。我猛地爬起来，哭着跳进小溪里顺水四处慌乱地抢捞，同伴们也蜂拥而至，纷纷跳进水里帮忙，可水势湍急，多数被水冲得无影无踪。大家抢捞到的东西也面目全非，损毁殆尽，只见我心爱的课本、作业本、笔记本的残片偶尔被无情的水冲挂在枝丫上流着伤心的泪，显得多么悲伤与无奈。我的算术课本和作业也未能幸免，这给我的学习雪上加霜。一路上我流着泪，同伴们也不断地安慰着我。然而，沮丧、自责、愤懑、痛苦、伤心和酸楚一同袭来。

今后，我拿什么来学习呢？该怎么向罗老师交代？木桥与河水与我有何冤仇？为何自己如此大而化之，马失前蹄呢？难道洛哈峡谷硬要破碎我读书的梦想不成？……我真的有了许多唯心的想法。

这天下午到了学校以后，我的同学木甲和尔伙主动同我一起去见罗老师。我们仨走进他的寝室，只见罗老师在伏案备课，看到我们进来就马上站起来。我的腮帮还挂着泪痕，始终低着头不敢见罗老师。他俩把我白天所发生的事告诉了罗老师，当时我的眼泪不由得流下来。他马上走到我的身边蹲下来用手轻轻的揩了我的眼泪，然后用手抚摸着我的头说：“不要紧，以后过桥、涉水、走路一定要多加小心啊！千万不能马虎啊！眼睛要看到路走，不要一直望着天上走啊！”这是给我的一次深刻的教训，恨自己毛手毛脚的，该吃亏！不过，我只是连连点头，不知所言。

这时罗老师从抽屉里拿出四个崭新的作业本并把办公桌上封面写着“教本”字样、盖有学校公章的一本算术课本用双手递到我的手中，他只说了一句：“拿着！”我才微微抬起头来用双手接过罗老师手中的算术课本和作业本，我的泪禁不住滴到了手中的课本和作业本上，我激动得说不出话来。

“卡莎莎喔，罗老师！卡莎莎啰！……”木甲和尔伙连忙激动地说。

当我离开他的时候，没看清他的表情和神态，只是模糊地觉得他连连点头，一直在鼓励和安慰着我，主动地送我们走出门来。当我转身回望时，只见他在墙角拐弯处双手自然下垂若有所思的一动不动地站在那里目送着我们，我看到他父亲般宽慰和勉励的眼神，内心充满无限的感激与钦佩。

在蒙眬中，他那宽阔的肩膀和敦实的身躯宛如兰布尔山峰那样巍峨和厚重，他的身影如同基纳店山梁上的一棵劲松那样傲然挺立，他的谆谆教诲犹如潺潺的山泉水一样滋润着我的心田。

有一件不光彩的事儿至今回想起来令我羞愧难当，无颜见江东父老。

记得那时三年级的下期，有不少同学爱把家里的小狗小鸡带到学校里来饲养，看到他们带小狗到草坡上、树林中、田野里溜达，带小鸡到地里啄虫虫蚂蚁，还经常捉来一小堆蟋蟀和蚱蜢拿回宿舍里喂小鸡，觉得多有趣。

我从小就喜欢养宠物，从家里把“挖吉”带到学校里玩儿，哪知道没过两天我的小“挖吉”趁我上课不注意就掉进茅厕里淹死了，甚是气恼。这下饲养小狗怕是没希望了，又迫切地想领养一只小鸡，晚上同母亲商量未果，心里有点儿郁闷。

第二天上午，我郁郁寡欢地同堂弟查久和表弟日补上学去了。当我们仨走到乃托寨子时，人们都出工去了，寨子里不见人影。这时候，只见路坎上有家矮爬爬的黑木屋的小院里，正用大花篮竹筐园着几只刚烧过尾巴的小鸡进入了我的视野。甭管主人是谁，我们认定了其中一只小鸡，于是鬼使神差地开始行动了。查久和日补就围着旁边，我左手掀开竹筐，右手伸进去随手抓出来一只黑色的雏鸡装进小背篓里，然后，原封不动地又园好竹筐，神不知鬼不觉地扬长而去。我们仨若无其事地把小鸡当作自己家里带来似的在学校里理直气壮地喂养起来，既新鲜又愉快。

转眼间一个多月过去了，黑色的小鸡头顶上渐渐冒出了一点红红的小冠子，尾巴也长出来了，毛色乌黑发亮，我们仨暗自庆幸，以为高枕无忧了。心里还老是想着：等到期末喂大了，约几个好友来把它宰了吃，享受一下我们自己的胜利果实。正当我们打着如意算盘时，事情并非像我们所想象的那样美好。若要人不知，除非己莫为。况且，我们仨是彻头彻尾地做错了，完全不应该这样做。

有一天中午刚放学，大家都忙着生火做午饭，我们仨也像往日一样在操场一隅生起火来，准备做饭。这时，罗老师背着双手，漫不经心地踱到我的面前问寒问暖。我们仨突然紧张起来，急忙停下手中的活儿赶紧同罗老师打招呼。他显得十分镇定，依然是平常那副慈眉善目的表情。不过，我的脑子里突然闪现了那件蠢事儿。

我全身直打哆嗦，平时中午这时候他是很少来的，难道谁走漏了风声？抑或是后院起火了？学习上的事儿？或者有啥事儿需要我们做都是直接叫我们的？……也许是我自作紧张，或许他只是偶尔走走，究竟来者何意？！万一真的漏馅了，我该如何面对他？如何面对父母？如何面对那家人？……别人知道了，我脸面又朝哪儿放？谁都知道咱们彝家最看不起的就是偷鸡摸狗这等事儿，遭人唾弃的！！于是我对当初鬼迷心窍、顺手牵鸡之事感到追悔莫及。

他沉默了片刻，然后扫视了棚子内外，幸好小鸡到远处啄食去了，给我吓出了一身的冷汗，他没瞅到小鸡。但我已经完全猜测到大难临头了，只好坦然去面对，做好了迎接即将来临的暴风骤雨。果然，来者不善——他终于开口了！但来的不是暴风骤雨，而是春风化雨。他凑近我的耳边小声问道：“听说，你们把木基家的小鸡抱来了？”话音刚落，那只该死的小鸡正精神抖擞地跑到他的面前。原来我们这才知道捉来的是可怜的木基家的鸡，我们仨无法抵赖，只好低头认罪。

“是的，罗老师，我们错了！”我连忙回答道。

我的脸霎时红一阵白一阵的，恨不得找个地缝钻进去。他紧接着蹲了下来，和蔼可亲地对我们仨说："木基母子俩既是孤儿寡母，又是半痴半呆的病残之人，你们这样不明不白地把人家的小鸡拿走了，实在不应该啊！你们是学生，不仅要学好文化知识，而且更重要的是要学会做人！"罗老师的这番语重心长的话语如沐春风，触动了我的灵魂深处，受益无穷。

大星期了，我们仨一同把喂养了一个多月的小鸡如实奉还给了罗氏母子俩并当面向他家认错道歉。父母知道后也狠狠地痛骂了我一顿。这是我读小学的时候上过的一堂难以启齿的一课。

后来当我读到"鸡鸣狗盗"和"顺手牵羊"这两个成语以及课文中杨二嫂往裤腰里塞手套的细节时，自然就会联想到小时候曾做过的这一不光彩的事儿，实在羞耻之极，感谢罗正云先生教会了我做人的正确道理。

罗老师啊！"您是我心中永远不灭的火把，黑夜里我不会迷失方向。"您那严父慈母般可亲可敬的高达形象永远定格在我的心中。

罗老师，您可曾还记得您带我们全班 13 位小学五年级毕业生前往瓜别区中学去参加升学考试的那一天吗？当我们走到长坪子那棵大杉树下时，您走到我的身边用彝语对我说："蔡明贵呀，这次考试必须得像毒蛇一样把所有的毒液全都集中在头部上攻击噢！否则，这一生就只能回家扛犁头背枷档了啊！"这两句简短的话语，虽风趣而幽默，却让我刻骨铭心；也因为有了这两句激励的话语，我才有了后来能够进入中学和大学的机会。

罗老师把我们送毕业后调回了冕宁老家。从此，我就再也没见过他了。如今 30 多年过去了，罗老应该是耄耋之年了，也没专程去看过他老人家，内心甚是对不住！

乡亲们曾告诉过我，多年以前，在冕宁街上曾遇见过他，知道他老人家早已退休在家了，常常到街上去闲逛。看到他满头鹤发，精神矍铄，对人还是那么和蔼可亲。他老人家还特别关心我和我的学友张永贵的近况，我们俩可算是他的关门弟子，是他改变了我们的命运。初三毕业那年，他得知我俩都同时考上了师范校，他当是百感交集，老泪纵横，欣喜不已。一日为师，终身为父。我听到后感激涕零，难以言表……

有一首歌这样唱到：“……长大后我就成了你，才知道那支粉笔，画出的是彩虹，洒下的是泪滴。”罗老先生——我们非常想念您！我们真想成为您！

吉都阿普的传说

（彝族民间传说故事，阿嘎约古口述，作者整理编写而成。）献给我的叔叔阿嘎约古！

一、引子

我曾经拥有过一个无拘无束、逍遥自在的童年，我的叔叔阿嘎约古通过口耳相传给我讲过许多非常好听的故事，其中广为流传于彝族民间的关于“吉都阿普的故事”是个美丽的传说，至今让我记忆犹新，我把这个故事整理而成献给我的叔叔阿嘎约古，以表养育和教诲之恩。

二、娶媳

相传古时候有一个叫吉都阿普的彝族老人，家景殷实，时代居住在深山里，膝下唯有一根独苗，而这根独苗却成天不务正业，不守家业，常年独自漂流在外过着狩猎的生活。

吉都阿普老人眼看自己年逾古稀，独子又常年流浪在外很久不归家，老大不成家，老人一生苦心经营的家业无人承继，这成了他一桩沉重的心事，很是苦恼。于是，老人狠下心来，开始筹备金银财宝，拄着拐杖出远门为儿子说媒娶媳。

话说吉都阿普是个智慧的老人。有一天，他把金银财宝全藏在自己的竹拐杖里，穿着破旧的衣服，远行了。途中路过一片桑林，偶然遇上了三位绝世美女在采桑，原来她们是同胞姊妹，老人要从中间走过。其中两位美女对老人不屑一顾，而且以貌取人，故意刁难他。长女两手叉腰横眉竖眼阻断路中央；次女出言不逊——“真倒霉，这死老头，我们不认识你，见鬼去吧！”唯独幺女看到大姐二姐对老人如此的蛮横和鄙夷感到有些不安，于是急忙上前劝道：“大姐二姐，你们俩也太失礼了！不要这样，老人怪可怜的，别为难人，让他过吧！”大姐二姐瞪了小妹一眼，很不情愿地挪动了半步，这样才给老人解了围。老人看了她们一眼，一言不发地走了。

冤家路窄，恰巧这天晚上吉都阿普又投宿在了白天路上遇见的这三位姑娘家。她们家有父母双老，还有一个哥哥。老人来到这陌生人家后直截了当地对主人家说：“我是来娶媳妇的！”话音刚落，大女儿和二女儿听了后哑然失笑。

“笑死人了，咋么这偏偏又遇上这老不死的，看他这副穷酸相，路都走不动了，快要升天的人了，还娶什么媳妇？真可笑！”

她俩互相嘀咕后异口同声地说道：“我们不嫁人哪！”

小女子却轻言细语地说道：“请两位姐姐别这样挖苦人嘛，人家多好啊，老人就怎么不能娶媳妇呢？！”

三位美人都误以为老人是给自己来娶妻子的，原来——他是给自己独儿娶媳妇儿来着。

“不是我这糟老头娶妻子，而是来给我儿子娶媳妇儿的！我有一个儿子，长得英俊潇洒，剽悍威武，是男人中的伟丈夫！”接着吉都阿普才补充道。

话一说完，全家人默不作声。

吉都阿普老人心中暗喜，马上叫主人家拿簸箕来，这家人百思不得其解，这一副乞丐模样的老头有啥本事来娶媳妇儿呢？！还拿什么簸箕？！……他不慌不忙地从自己不起眼的竹拐杖里倒出了许多稀世珍宝，看到这么多的金银财宝，全家人都为之而瞠目结舌，面面相觑。于是三个女儿都互相争着嫁。这三位姑娘的确个个都貌美超群，堪称人间的绝世美女，但他通过两次与三位姑娘的会面后心中便早已有了定数。他不是个常人，显然，他毫不犹豫地作出了选择。因为她的美丽、善良、聪颖而被老人相中。

“我不要那两个大的姑娘，我要最小的这个姑娘做我儿子的媳妇儿！”他果断地说道。

话说吉都阿普看中了这家才貌双全的幺姑娘后，她的父亲和兄长也爽快地答应了，老人把自己竹拐杖里装的所有稀世珍宝作为聘礼全献给了主人家。他终于娶到了称心如意的儿媳妇。

三、天缘

第二天幺姑娘就告别家人跟随吉都阿普老人走了。几天后吉都阿普如愿以偿地把儿媳妇娶进了屋。到家后，老人看到儿子还是没有回来，仍然还在外狩猎流浪。于是，他立即托人传口信——家里给他娶回了一位绝世美女做妻子，叫儿子赶快回来拜堂成亲，成家立业了。

儿子得到口信后，兴奋不已，即刻动身带着猎物回家。

老人知道儿子即将就要回来了，就把刚过门的儿媳妇叫到自己身边吩咐道：“儿媳妇，等我儿子回来了，你做家务事的时候，有几样东西你得记住要反起做啊！——锅里的刷把倒着涮，煮熟的荞粑用刀背切，千万要记住啊！”媳妇感到有些纳闷，也不知公公的用意何在，她只是记住了公公的话。

无巧不成书。有一天，终于老天安排了儿子与儿媳妇这对陌生的夫妻见面了。媳妇去背水，巧遇打猎回来的夫君，他俩恰巧在山寨浸水凼边相遇了。他俩素昧平生，从未见过面，根本不认识。话说此时此刻，猎人口渴极了就向背水的姑娘要口水喝，那美丽动人的姑娘慷慨地就给他舀了一瓢满盈盈的清澈的甘泉给他喝，那高大英俊的猎人一饮而尽，少量的甘泉水从他嘴角边流下脖颈里，他从来没有感觉过的神清气爽，姑娘深情而含羞地低下头。眼见这位貌若天仙的姑娘，让他心动不已。心想：要是此生若能娶到如此貌美贤惠的姑娘，那该有多好啊？！背水的姑娘也好像全身触了电似的怦然心动，假如自己未曾见过面的夫君若能像眼前这位如意郎君这副模样、这般心肠，那该有多好啊？！彼此情投意合，都投来艳羡的目光。于是猎人爽快地拔刀割下一块肩上挑的岩羊肉递给这位背水的姑娘，然后径直朝家走去。她腼腆地接过岩羊肉后含情脉脉地目送着远去的背影，久久伫立在浸水凼边思念着，幻想着。清潭倒映着倩影，更加楚楚动人，连天上的月亮也悄悄地躲进了云层里。

儿子一进屋就对父亲说："爸，你给我娶的媳妇不知咋样？今天我路上遇见一个背水的姑娘，如花似玉，貌若天仙，要是能娶得像她这样的媳妇该多好啊！"父亲沉默不答。他把儿子叫了过来叮嘱道："儿子，你听好了，待会儿见到你媳妇，煮肉时，你得一定要记住用刀背砍，千万不能用刀刃砍喔！"儿子也产生疑惑但还是记住了父亲的话。

做晚饭了，老人十分专注地观察着他俩的一举一动。儿子按父亲的吩咐用刀背砍肉煮在锅里，媳妇儿却站在另一侧意外地冒出了一句："好奇怪哟！"

老人立马应答道："我儿家终于开口了！"

儿子默默地继续用刀背砍肉煮在锅里，媳妇儿又嘀咕着："砍肉怎么能用刀背呢……"

老人又立马应答道："我儿家不语又对两句了！"

当媳妇涮锅时，也按老人的吩咐，刷把倒着用，切荞粑时用刀背切。

儿子也不由自主地冒出了一句："好奇怪哟！"

老人对应道："我儿家不说又对三句了！"

这样，在老人的精心培育下，天赐良缘，英雄遇美人，一对新人结成伉俪，过上了幸福美满的生活，不久他们就生了一个大胖小子，吉都阿普老人终于幸福地抱上了小孙子，心里乐滋滋的。

四、离世

可没过多久，好景不长，猎人浪子野心终不改。作为儿子、丈夫、父亲的猎人狠心地抛下了他们一家老小，又独自飘荡异乡狩猎去了，从此一去不复返，彻底地忘了家人。

这时，吉都阿普老人身体每况愈下，大约大去之期不远矣。

“阿普，我和儿子怎么办？！”儿媳妇万般无奈地对公公说。

“别怕！孩子啊，你要记住，待我死后的第七天，我就会回来带你们母子俩去寻找他。”老人镇定地回答说。

没过几天，吉都阿普果然带着悲伤和忧愁离世了。母子俩痛苦而伤感地火葬了自己最崇敬的阿普。

五、化蜂

到了第七天，母亲在织布，儿子在院坝里玩，果然不知从哪儿飞来的一只牛角蜂，始终围着母子俩盘旋飞舞，久久不愿离去。

母亲怕牛角蜂蜇伤孩子就随手用织板将其轻轻拍落在纺线内。儿子急忙回过神来慌忙喊道：“妈妈，不能打，它可能是阿普（爷爷）！阿普说过七天后他就回来带我们去找爸爸的！”母亲这才恍然大悟想起了阿普的嘱托，急忙将其捧在手心里轻轻呵气，恨自己不小心伤着了阿普，正待焦急万分的时候，忽然“阿普”渐渐苏醒了过来，母子俩抱成一团悲喜交加，流下了感伤与希望的泪……

六、寻子

于是，母子俩尊崇爷爷的嘱托即刻动身，用一根麻线系在“阿普”的足上跟随它远行去寻找流浪天涯的亲人。“阿普”飞到哪儿，母子俩就跟随到哪儿。翻山越岭，跋山涉水，道阻且长，风餐露宿，不知走了多少个昼夜，还是不见人烟。

这样，母子俩日夜风雨兼程不知又走了多少个日夜，突然有一天中午，这只牛角蜂飞到山坡上一棵红籽树盘绕着一棵茂盛的山竹生长的树上歇着就再也不飞走了，母子俩感到有些蹊跷，但也无可奈何，他们也只好停了下来歇一歇。这时他们已经走得筋疲力尽，载喝载饥，伤悲不已了，似乎走到了人生的尽头。

他们往坡下一瞧，忽然看见了一个美丽的彝寨村落，适逢村落里的人们正忙碌着收割燕麦。母亲对儿子说："儿子，阿普不走了，我俩也饿了，你去村里人那里要一把燕麦来我们搓揉着充饥吧。"孩子按母亲的吩咐朝燕麦地里跑去。当他走近燕麦地里这群收割的农人时，他们都感到十分稀罕和吃惊，其中走出来一位彪形大汉主动上前打探这孩子的来历，小男孩把他们一家人的遭遇一一详尽地告诉了这位陌生的男子。

天下真的就会有这么巧合的事儿吗？！小男孩正巧遇上了与自己离散多年的亲生父亲，血浓于水，而这名男子心中也产生了几分特别的感觉，然而，父子间却是这样相互十分的陌生。

原来啊——殊不知他乡遇故知，吉都阿普的流浪儿就在这个村落里另寻新欢安家落户了。真是踏破铁靴无觅处，得来不费半点功啊！果然吉都阿普就有这般神奇。

话说猎人听了孩子的一席话后一切都明白了。他好像如梦初醒，心急如焚……他断定十有八九遇上了自己抛弃多年的家人千辛万苦找上门来了，这是一种上苍注定的缘分哪！他痛恨自己如此狠心，明白老父亲的良苦用心，一时间悲喜交加，愧疚不已……

七、忏悔

话说父亲的离世与妻儿的出现使猎人大彻大悟，有了悔过自新，弃新怀旧的坚定决心。

他开始处心积虑，祈盼与自己的妻儿团聚，完好如初，了却父亲的心愿，但他不能立即当众相认，因为他有了一个新的家。此时，他显得十分镇静，流浪的猎人不动声色地对新欢说："今天要喜从天降，我家可能就要大发意外之财了，因为，今天家中很快就会增添落难的母子俩了，你同意接纳他们吗？”

新人暗自庆幸：家中从天而降的意外收获，谁又会不高兴呢？于是新人爽快地答应了。

孩子领着猎人即刻来到了母亲的身旁，一眼就认出了自己的妻儿。儿子已经长大，妻子依然这么美丽动人。一家人聚散离合的情景令人感动，令人酸楚……

作为儿子，丈夫，父亲，他有一股强烈的负罪感，但在别人的眼前一直控制着自己的情绪，根本没有流露出任何异常的举动和破绽，他的城府和他的镇定令人吃惊。

他把母子俩带到人群里跟新妻商量道：“今日我家路遇意外之财，意外得到了落难天涯的母子俩是天大的喜事啊！家中增添人丁了。走！不割了——咱回家去庆贺！”于是回到家召集村落里的人，杀猪宰羊宰牛欢庆声一片，热闹非凡。

这猎人的确十分精明能干，是个有心的人。在吃饭的时候，他特意把骨头放在上，瘦肉放在下给母子俩吃。饭后，新妻在众人面前炫耀起来，不由自主地吹拨起了自己的口弦。猎人深知他的原配夫人不仅人长得美，而且是拨动口弦的绝顶高手。于是猎人叫新妻让落难的母亲拨动拨动试一试。

“这逃荒的妻儿也会拨口弦吗？”新妻便讥讽道。

她疑惑地把口弦递给流浪的母亲。

话说落难的母亲接过口弦后，坦露真情，用口弦诉说着心中的爱与恨，诉说着家庭的变故，诉说着一切酸甜苦辣。强烈地控诉着流浪之子自己的丈夫如此狼子野心：“抛妻别子，抛下年迈衰老的父亲于不顾，独自飘荡一去不复回，背叛自己妻儿，另寻新欢……你这狠心的郎啊！父死子不见，如此浪子野心终不改，可怜父亲化作蜂，引领我们母子俩千辛万苦来寻找你这个狼心狗肺的东西！可怜‘阿普’今夜露宿荒野坡，教我怎生‘恨字’了得呀……”

这丰富的潜台词犹如一把尖刀刺入猎人的心脏，刀刀见血，声声血泪……

结发妻子弹拨的口弦，声声凄美动人，好比琵琶女的月夜琴声，好比秦罗敷的言辞美貌，还有什么沉鱼落雁和闭月羞花呢？！……

猎人能从结发妻子的口弦声中听懂了丰富的潜台词，他情不自禁地伤感而泪落心田，忏悔万分……新妻发现了丈夫被落难女人的口弦与美貌所打动而泪满衣袖，便醋意大发。

“怎么，一对逃荒落难的母子也值得你如此伤感啊？！”“不是，眼睛里进灰尘了。”

他强装着笑脸，顺便倒靠在羊皮袄上，用衣袖轻轻地擦拭着双眼，尽力掩饰住自己内心的痛苦与悲伤。

八、团圆

当流浪母亲弹拨到高潮时口弦突然拨断了一片，猎人撕心裂肺地痛悔，深深地愧疚而悔恨不已。于是想方设法休掉新欢重新与自己的妻儿团聚的心意已定。有一天中午，他绞尽脑汁，终于想出了一个法子：新欢的娘家住在大河的对面，通往大河两岸的唯一交通工具就是一根独一无二的溜索。此时，他相机而动，空穴来风地冲到屋背后，无缘无故地面朝对岸高声迎答：“噢—怎么啦？噢—听到啰！噢—听到啰！”一阵忙乱的脚步声传来，他面带一副焦急慌乱的模样回到屋里煞有介事地对新妻说：“对岸的人传来口信说，你妈死了？！你赶快先去，我后面准备拉牛羊来！”新妻信以为真，二话没说，草率收起行装，忙乱地系上溜索飞一般地滑向了河对岸。

新妻一过了河，他立即就砍断了唯一的溜索，彻底断了他的后路；尽管她知道自己上了当，可是已经再也无法挽回了。

从那以后，大河两岸阻断了交通，两岸居民不再往来。猎人浪子回头金不换，在父亲和妻儿的感召下，终于幡然悔悟，也不再去独自流浪狩猎了，他们一家人终归团圆，世代过上了男耕女织、耕读传家的幸福生活。

九、信仰

猎人依照父亲的遗嘱把那棵红籽树砍来装下挖出的竹根成为彝人世代传承的祖灵竹，他们将祖灵竹挂于屋顶，猪圈建在屋下，请来毕摩大师毕木特勒念经作法，开启了彝人送灵归祖（尼木措毕）仪式的先河。

传说这已经是在丘布世纪的事儿了，从此彝人就有了崇拜祖先的信仰。相传在丘布世纪之前，在彝族人进化史中曾先后存在过瓦散—甘峨—社社—阿哲—妞里五个世纪，因没有祖灵的信仰，故先后消亡。而只有到了丘布居慕先祖以后才相继诞生了毕木特勒、体毕竹木、依毕史祖、毕阿苏拉则等一代代毕摩宗师，彝人才有了崇拜祖先的信仰。

十、尾声

我们从吉都阿普的传说中得到有益的启示，它告诉人们：信仰可以成为人们灵魂中潜在的一种强大的精神力量，能够改变世间的一切。

我的叔叔阿嘎约古不仅擅长讲述故事，而且是一方小有名气的苏尼[(1)]，他跳的类似于萨满教的跳神舞、击打的羊皮神鼓“格则”和摇动的法铃“兹尔”，这些驱魔降妖、斩除妖魔的声音与舞蹈以及他那能通鬼神的预言占卜至今还在高山彝乡村落里不断地演绎着、流传着。

(1) 苏尼，即巫师。

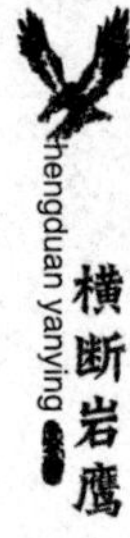

我心中的“天菩萨”

——寻找失落的灵魂

生活在四川凉山的火补沙衣，今年67岁，发长3米，现已极为少见。椎髻是长寿和智慧的象征，受人尊敬。随着社会的发展，这一古老的习俗正在逐渐消失，必将成为远去的历史。

——引自《凉山日报》的消息

在我的心中有一座与天公比高的麻狄尔曲博[(1)]，它像彝族神话中支格阿鲁王的神箭一样刺破高远的蓝天，雄赳赳，气昂昂地高耸于彝族男子的头顶上，凸显几分英武，几分硕壮，几分傲世，它是我们先祖传承下来的彝族男人独特的发饰——“天菩萨”。

“天菩萨”彝人叫它“祖尔”、“祖木”、“祖比”、“祖体”，统称为“天菩萨”，有人又称作“鬏鬏菩萨”或“英雄髻”。那彝族男子前额顶上的这绺头发，有的编成了神奇的辫子，有的用头帕扎成长锥形的“英雄髻”，竖立指向青天，像火焰山一样炎炎气焰欲烧空，让人心存无限的敬畏和崇拜。

在古老的毕摩经书里认为那是火焰的象征，那是天神的威严，是人最高贵的地方；它是彝族男子灵魂栖息的伊甸园，是“男魂”的象征；它能主宰自己的吉凶祸福，是彝族男子最神圣的吉祥物。

---

(1) 麻狄尔曲博：彝人传说中的神山，译为珠穆朗玛峰。

“据典籍和史书记载，彝族祖先有蓄椎髻的习俗。”在古老的崖壁上，也曾刻有“跣脚、编发、披毡……”的夷人画像，足见这一习俗的悠远历史。

我在百度里搜索到了关于彝族人“天菩萨”的一个古老的传说：“相传古时候，有一个叫阿里比惹的彝族青年，既勇敢，又有智慧，力大无比。有一天，他进山打猎，遇见两条龙，气势汹汹、张牙舞爪地向他扑来，阿里比惹一气之下就把龙杀死了，然后把它拖回家，剥去龙皮，把龙肉切碎装在99个大锅里煮了9天9夜，最后熬成了9大碗，阿里比惹就把那9大碗龙肉吃下了。可是，当他刚放下碗，顿时觉得天旋地转，便昏昏沉沉地睡了一觉。当阿里比惹醒来的时候，他发现自己的头上长了一只肉角，肉角伸向左前方。他再摸摸胸口、膝盖，也长了龙鳞。此后，他的力气又变得更加强大了，有万夫不当之勇，因此群众推选他做了彝族部落的首领。他带领部族打败了许多来犯之敌，建立了一个繁荣富强的彝人部落。阿里比惹死了以后，人们为了表示对他的怀念，就在自己的头顶蓄发，编为一绺，象征阿里比惹的肉角，叫作‘天菩萨’，并且扎上‘英雄髻’。”

像火补沙衣老人一样的“天菩萨”，就已经成为稀罕之物了。“椎髻是长寿和智慧的象征，受人尊敬。随着社会的发展，这一古老的习俗正在逐渐消失，必将成为远去的历史。”

记得小时候，有一天母亲拿起剪刀给我剪去了留在前额顶上的那撮沉重的“大菩萨”。母亲用布帕把它包裹好后塞进门楣缝里尘封起来，不能撒落在地上让人践踏，若是让人踩踏或者跨过了则永远长不高了，我以为是真的。那一天，母亲宰了两只大公鸡，还煮了一大锅苦荞汤圆叫来亲朋好友前来道贺。剪了“天菩萨”，我感觉轻松了，但发觉有些凉意。轻松的是：与小伙伴打架没人揪我的头发了；凉意则是：我可怜的小灵魂无处安身了。听大人们说，小孩儿的灵魂受鬼怪或无意中惊吓时，它就会跑到“天菩萨”里躲藏起来，可是我的“天菩萨”没了，我的灵魂将要躲到哪儿去呢？于是我反而害怕起来，那澄明宁静的影子似乎也少了些什么。

如今，我的头顶选择了荒凉，选择了高山，选择了空旷的原野。那“英雄髻”和勇敢者的传说已被历史的浪花所淹没；那倾诉远古先民美好和忧伤的口弦，在古月与山地的交融中失落。“天菩萨”似旷野中弱不禁风的一片秋叶寂寥飘摇；我心中的大山也像一只岩鹰在天空中孤独地歌唱，我仿佛听到了它天籁般的声音——“‘天菩萨’是彝人神秘文化的象征、是神鹰栖落的眼睛，也是原始宗教的崇拜。”它是我们“彝族男人头上的风景”，是我们神圣的信仰……

我四处寻找彝人祖先信仰的符号，渴望寻觅到灵魂的栖息地和精神图腾。我从百度里寻找，从彝学专家学者深邃的目光中寻找，从影视歌曲中寻找，从彝寨村落彝族人日常生活中寻找，从古籍经典中寻找，从现代文明中寻找，从心灵深处里寻找——寻找“天菩萨”的影子，寻找失落的灵魂……

寻找神灵之竹

父欠子债是嫁女娶媳
子欠父债是送灵归祖

——彝族谚语

一

小时候，在我家火塘左上方的竹墙内侧，挂有一块巴掌大小的篾笆折子，这是我爷爷和奶奶的“马笃”[(1)]。

我看到邻居家也挂有“马笃”，趁大人不注意时，我常常侧着身子伸长脖子往上窥探。有时被大人发现了，就狠狠地被痛斥一通——“那是阿普阔！不许看，不准动！”这反而使我觉得更加神秘了。

每当逢年过节，或者亲友来了，背些酒肉、鸡蛋和燕麦炒面什么的，父亲或母亲就会郑重地先拿到上壁神位供奉台上献这小小的神灵牌，平时家中只要是弄点好吃的也都先献上然后才能拿

(1) 马笃：祖灵竹，译为“神灵牌”，又叫“阿普阔”。彝族人的“马笃”，是上一代人死后，下一代人在毕摩的严格指引下，一次性选定深山老林中干净而茂盛的山竹，连根拔起来编制而成，并且往往挂在家中上壁神位上祭献之，待时机成熟了再取下来，举行非常严肃庄重的送灵归祖及尼木措毕的民俗仪式，然后把神灵之竹送至灵崖洞间安放，使逝者的灵魂能够回到彝族人传说中的祖界地另外一个极乐世界额木普古重新生活，让他们得到“永生”。

下来尝一口后给我们吃，长年祭献，没有例外。

家人遇上病痛，他们也不是去看大夫，而是倒上一点酒，煮上两个鸡蛋剥开后劈成两半献上，并且把这小小的神灵牌上面的灰尘打理得干干净净，然后才庄重地挂上。看到大人们每一个细节都是那么的恭敬和虔诚，这小东西果真就有如此神奇，没过几天家人的病痛果然渐渐地就有了好转，我感到有些神圣，有些敬畏。

二

爷爷奶奶的这张小小的神灵牌，听大舅说，他跟随吉克毕摩费了些周折才煞费苦心地从马果梁子牵引而来的，似乎有许多讲不完的故事。

我家屡次搬迁，父亲都是特意把它视为传家宝爱护起来，用小毡子小心地裹着，细心地反复用针线缝在他穿的瓦纳（擦尔瓦）贴身的内侧，寸步不离的一直背到新家挂在上壁神位上。这样整整奔波了二十多年以后才把它取下来举行隆重的尼木措毕仪式，送至祖界“额木普古”，让他们得到“永生”。这里演绎着许多生动感人的生喜死悲的场面和震撼心灵的情节，集中体现了彝族人的宗教信仰与毕摩文化，这就是彝人时时代代崇拜祖先的信仰。

这对不懂彝族文化，没有信仰的彝人后裔来说，了却这份祖先的心愿，可就难了，只有把它当作传家宝永久地保存在自己家中的保险箱里或神壁位上了；抑或，以为累赘把它废弃，或付之一炬。

有位彝学专家曾经给我讲过一个十分有趣的故事：三国以前，有许多彝族人居住在成都平原，彝人称成都为“紫督尔库”、“车度尔库”，译为“云雀之都”、“稻谷之城”。后因很多彝族人为了躲避战乱求生存，大多隐姓埋名或改族换姓成汉族人在成都一带幸存下来。在乡村汉族人家中就有世代祖传下来的“马笃”完好无损地珍藏在自己家里的箱子内，不知保存了多少代了。他们感到很神秘，不知道此为何物，不知该如何处置它，也不知此物传下来有何意义，反正是祖传下来的东西，一代代下意识的这样一直保存着，他们也不知道为什么要这样做！对于他们来说，也许永远是一个谜团了。

彝学专家告诉我们，这也许是一个民族信仰的缺失，也许是毕摩文化的佚失，也许是一种无法忘记的爱……于是乎，“信仰、扬弃、抢救、保护、传承”这样的词汇在人们的意识里不断地翻滚着。

三

彝族有句古老的谚语：“父欠子债嫁女娶媳，子欠父债送灵归祖”。到了我的父亲和母亲这一代，送灵归祖这一神圣的使命就轮到我尽责任了，至于嫁女娶媳那是后话了。爷爷奶奶的尼木措毕刚过六年，我的父亲和母亲相继病逝。他们活着的时候，我没尽孝道，死后才来弥补，那也是无奈之举了。

父亲走后的第二天，按毕摩严格的测算，只有作为长子的我才适合接送祖灵竹。我在沙玛毕摩的指引下，查久和阿体带我往海拔 3000 多米的阿硕依德雪山去寻找父母的神灵之竹。我挪着沉重的脚步，怀着复杂的内心情感爬行在大雪覆盖的原始森林中。我从小接触最多的就是汉文化，而母语文化半生不熟，现在用到了才知道自己的无知与幼稚，能亲身体验几千年传承下来的彝族的祖灵文化，又有几分宽慰。

生命的短暂，灵魂的不朽，文化的源远流长，这似乎成了我又一次文化与宗教的苦旅，成了大山沟里寻找最后一丝祖灵信仰的苦旅者，行走在寻找灵魂与信仰的山路上，我又踏实了许多。

故乡的天空、大山、森林、山地、石头、木板房都披着皑皑的白雪，它们和我一样都是坚定的信仰者。在现代文明强烈冲击的今天，本民族的传统宗教文化如簌簌飘落在白雪堆里的薄叶轻轻地抚摩着积雪的表层，也许随时都会被雪风和雪花吹散与湮没。

许多进了城的彝家孩子已经失去了自己的母语，没有了自己的祖灵信仰，这让我增添了几许莫名的担忧。然而，这不是人类文明的规律吗?

想到宇宙的无穷，生命的脆弱和渺小，草木的荣枯，物种的进化……也许到了我的伊各莫她们这一代就更是陌生了，她们只知道自己是彝族人就行了，甚至把许多珍贵的美好的彝族传统文化一笑了之。其实，这也难为她们了，从小就没接受过彝族文化熏陶的他们，只能怪咱们这一代人潜意识中只忙碌于现实的功利而疏远了肥沃的土壤，也许神灵之竹就如此神秘而悄无声息地告别了我们的下一代。

我们三人在齐膝厚的雪山路上艰难地行进着，手脚冻得发紫，有些麻木，全身上下已经成雪人了，但不觉得寒冷。这让我联想到了唐僧师徒西天取经的神魔故事，经历了九九八十一难后修成正果；更让我联想到了彝族民间吉都阿普死后化成牛角蜂寻找到“马笃”祖灵的传说；还让我联想到了“僰人悬棺”与彝人神灵之竹斯补[(2)]间的渊源，在吉克曲日主编的《彝族文化知识读本》中记载：“那是彝族先民古夷人中‘百濮族群’的一个部落王国，建立在秦之前的春秋时期，再后来又迁徙融入到了青彝的部落长河里繁衍生息。”也让我联想到了印第安人的强悍、日耳曼人的好战以及大和民族的武士道精神等这些毫无关联的信息。

虽然冰雪越来越厚，冷空气越来越烈，光线越来越暗，但我想到祖先情结与宗教信仰的时候就坚定了许多，路途的艰险又算得了什么?！只要坚持，人类文化传承就会生生不息，发扬光大，许多事情也就好办多了。

雪中爬行大半天后终于到达了目的地——阿硕依德雪山。眼前一片郁郁葱葱的野竹林，丝毫没有被野兽或飞禽所污染，一切

---

(2) 斯补：微型竹棺，彝族人举行送灵归祖及尼木措毕的民俗仪式后安放逝者灵魂的袖珍竹棺。

都被眼前皑皑的暴雪覆盖得弯下了腰，有一种圣洁之感。我们急着在竹林中精挑细选，需要一次性选定，但分不清哪一株是最好的，因为每一株都是美好的。

我忽然想起了传说中有神灵之竹显灵的说法，传说中把它神化了，每当寻觅之人一旦走近其身旁，它就会自然的摇晃起来。我希望真的会出现这一奇迹，我在等待着——成片的竹林，千万棵圣洁的野竹，该怎样认定是哪一棵呢？我琢磨着。这传说归传说，可眼前这片茫茫苍苍的竹林中哪一株才是我父母的神灵之竹呢？它果真会显灵吗？我多么祈盼这一奇迹的出现。

然而，我们三人找了半天也没看到竹子显灵，于是有些沮丧，有些镇定。我们只好用竹竿抖落几株山竹背上的积雪，精选了一株长得十分茂盛的山竹供奉起来，父母的神灵之竹终于找到了！我心中默默地祈祷，这棵竹子是我父母的魂灵，是他们的化身，我像服侍双老一样细心地照料它，心中充满了无限的敬爱。

阿体大叔按毕摩的旨意，熟练地点上烟，倒上酒，剥好煮熟的鸡蛋，拿木碗用雪和好炒面，口中念着祷语，双手擎着祭献于这棵美丽动人的神灵之竹，然后才开始小心翼翼地连根挖起来。毕摩曾叮嘱我们不能损伤其根部的任何一根新芽，因为竹子的根系分支多少是用来预测和象征子孙后代未来的繁衍生息和荣辱兴衰的。我将信将疑，唯物与唯心兼而有之，好奇的从男左女右地仔细端详着。查久和阿体特别信，我看到他俩边挖边仔细地专注在竹根部冒出的每一根系的分支上，像寻找真理一样虔诚。

挖了好一阵子，才连根拔出来，没伤到任何一根须。我看到左边的根系分支稍有微弱，根须寥寥，而右边的则十分发达，分支密密麻麻，明亮粗壮。

“哎呀！日后女儿家要发达啊，男孩要稍弱些喔！”这时他俩异口同声地说。

我心头一怔，便又镇静了下来，终于能够背着父母的神灵之竹回家了。

四

父亲火葬后的第二天，我们请了沙玛毕摩开始举行了连续三天三夜的父母尼木措毕的仪式。第三天夜晚完成了所有的程序后，连夜把斯补送到了通往祖灵地的哈倮拉达灵崖洞里安放。

“千百年来，彝族人始终笃信人死魂不灭，死去的只是人的肉体，逝者的灵魂就会回到彝人传说中的祖界地另外一个极乐世界——额木普古与祖先相会重新幸福的生活，让他们得到‘永生’。”所以他们不惧怕死亡，对死亡采取乐观豁达的态度，超越了感情时空，让死者亡灵永远不灭。所有彝族人的灵魂最终都会以这样的方式通往神圣的祖界地！这是一种信仰的升华，灵魂的再生，生命的轮回……

我的心情渐渐平静了下来，好像如释重负，于是加快了脚步，在风雪交加的深夜里，同敬送父母神灵之竹的亲人径直赶往回家的路。

清清的格朗河

清清的格朗河沐浴着原始的彝家土坯瓦舍村落，流进雅砻江上游支流盐塘河。

寒风瑟瑟，河水清且涟漪，翠生生的石花菜在水底招摇。村落里的道路坑坑洼洼，植被稀稀疏疏的，小河两岸散落着低矮破旧的土墙房舍，鸡犬在无栅栏的房舍间散漫地穿梭着。这里没有忙碌的身影，偶尔看见一两个年迈的老人坐在小院里晒着太阳，好奇地张望着过往的人，从满目的沧桑与悲苦里不难看出他们过着日出而作，日落而息的生活。面对一切的贫困和愚昧都显得心安理得。

据载，历史上发生过的长毛乱和不间断的匪患曾席卷过这一代的村落，使得这里多民族聚居地的百姓饱受战乱之苦。历史的硝烟早已尘埃落定，然而，这里的人们似乎早已遗忘了这段尘封已久的历史，但贫穷依然严重地困扰着他们，大多数村户都在温饱线上挣扎着。这是我们教育局挂点包村小组第三次来到了这里，我们带来的是全局干部职工捐助的价值为7000元的大米、清油和棉被等慰问物资，这点绵薄之力对于格朗河、黄草坝、元宝三个村的20多户五保户、残疾户、和特困户家庭来说，只是杯水车薪，只解燃眉之急而已，无法从根本上解决他们的贫困问题；要精准扶贫，还要走较长的路。下一步我们将深入村户从智力扶贫、能力扶贫、思想观念和自然环境扶贫等方面着手，力图改变这里的贫穷和愚昧。

这天是 2015 年 1 月 30 日，星期五，农历腊月十一，已临近羊年的春节了。中午下班后，我们一行六人冒着深冬的严寒驱车 40 公里后先后来到黄草镇的格朗河、黄草坝、元宝三个贫困村。我们走村入户，在当地村干部的陪同下看望了五保户、残疾户、和特困户家庭。我们了解到这里许多家庭没有什么经济收入，更没有什么经济来源，只靠种地吃饭，辛苦劳作一年到头，只能勉强维持一家人的生计。我们感慨良多，感受最深的一个字就是“穷”字！这个“穷”字包含了思想的贫穷、物质的贫穷和环境的贫穷。

当我们走进格朗河村三组刘挖史家时，他们一家六口人全坐在地上，看到我们来了，他们全部起立迎接我们，我们只能站着示意他们坐下，他们围着火塘抱着一种期盼的神态坐着，有一种卑微的紧张与拘束感。看到全家人穿得脏兮兮的有些破旧的衣服，脸和手也未洗，刘挖史怀里抱着一个不满周岁的小孩脸已冻得皴裂，我们心里顿时产生一种说不出的滋味来。揭开火塘上的锅盖一看，锅里正煮着半锅冒着泡的玉米稀饭混洋芋颗粒，这就是他们一家人的晚餐。

环顾四周，这家六口人三世同堂，饮食起居全拥挤在不满 20 平方米的破旧不堪的柴房内。家中一贫如洗，只有两张床，一个小木柜子和三锅庄上的那口铁锅外别无所有。从他们无奈的眼神上我们深深地体会到这家人生活的凄苦与艰难。

下午四时，我们来到黄草坝村三组邱补几家，主动出来迎接我们的是邱补几 60 多岁的老母亲。我们没有进屋，把两袋大米、两桶食用油和一床棉被放在屋前的草坝上交给老阿妈，她勉强能够用几句吞吞吐吐的汉语与我们交流，言谈举止里流露出感激与悲凉的神态。她家没有一样值钱的东西，连让我们坐的板凳都是给邻居家借的。她给我们讲到，儿子邱补几两年前吸毒被抓去坐牢，儿媳妇跟着别的男人跑了，好几年都没有回家了，丢下三个娃给自己。一个读学前班，两个读小学，全家靠亲友救济帮扶度日，老阿妈独自支撑着这个破败与悲哀的家庭，她还能坚持多久？这三个孩子能否健康快乐地成长成了我们帮扶小组纠心最大的问题。

当她接过慰问品时，饱含热泪拱起双手不断地说：“卡莎莎，卡莎莎……”

傍晚，当我们即将结束这一天行程的时候，最后来到孤寡老人张福娣家中，我们不能完全地、清楚地记下当时许多感人的细节和情景，但我们看到张福娣老人的那一抹眼神，握着那一双粗糙颤抖的手时，我们的心绪却时时定格在格朗河的那一幕让人无法忘怀的夕阳余晖里。

天空那么高远

羊毛毡是我温暖和甜蜜的家，阳光喃喃地呵护着我的故乡特勒莫。天空与草地是我的乐园，牧羊犬与山鸟陪伴着我。童年在羊鞭上凝成浪漫与天真，山坡和树林是我难解的情结。

阿达（父亲）披着夕阳在云端里韬略，仿佛在那遥远的天边闪烁。在我们族人的史诗里，“德古”一词随着蓝天白云去悠悠。不知是宠辱不惊，还是心如止水？可我明白硬骨铁汉的大山是我们神圣的守护神。

神圣的祖先啊！你自古纵横，辗转迁徙，你的足迹筑成了雄伟的喜马拉雅山系和波澜起伏的横断山脉。生活在岩石上攀援，昨天在图腾里奔流。

神鹰之子啊！你乘上神马斯木补点在天空中飞翔，不幸坠落海的深渊，化作了太平洋里的蛟龙，在龙宫里闭门修炼千万年。

支哥阿鲁神啊！你的翅膀是雄鹰擀织的滔天银河，在长老的白须里流淌，在山氓的烟斗里缭绕。如果岁月像山路一样崎岖和艰险，那么，“伟岸”和“浩瀚”是苦难中点燃的圣火。人定胜天，志一动气。生命在群山中磨砺成坚韧，希望从苦难中得到新生。

有一天，山雨来了，汇成高原璀璨的明珠；有一天，梦想来了，天地间耸峙。祖辈的皮肉哲学，让我们敛势了养气和思辨。高山与峡谷孕育了沧桑的历史，彝人的传奇在神秘的王国里犹如山岭上的雄鸡般在无休止地争鸣着。

寒冬里，阿嫫（母亲）缝的补丁最暖和；饥荒月，阿嫫做的野菜荞粑最香甜。群山的乳汁养育了英雄的历史，祖先的骏马与宝剑在这里闪耀。

那弯弯的山路啊——铺满了我们心路的历程！巍巍的马果梁子啊——令人向往！那是我们部落朝神的地方。火红的太阳啊——你亲吻着奇峰险峻，给了我们太阳一样的颜色。

我慢慢拾起梦里那支心爱的玉箫，长歌一曲泥人的故事，圆一个孩提时的梦想吧——我最亲爱的紫孜妮楂[1]女神！不甚，凉风习习，落月点点，琴声悠悠，情人踽踽独行。

茅屋那样低矮，天空那么高远。

(1) 紫孜妮楂：彝族传说中的美人鸟。

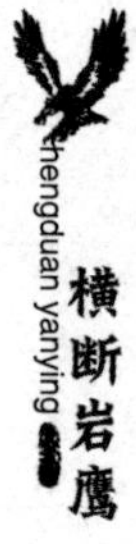

横断岩鹰

快起程吧，云雾岭上的神鹰！
快起程吧，兽山岭上的神鹰！
——《唤醒护法神鹰经》

一

斯日约祖[(1)]和革莫阿仑[(2)]用智慧与神力创造了横亘在青藏高原和川滇藏间60余万平方公里的横断山脉，山川南北纵贯，东西并列，断层成束。

连绵无际的高原群山竞相腾跃，岭谷参差错落，波澜壮阔，雄伟壮丽，犹如万马奔腾，巨龙横越。雪山冰川如天如蟒，森林草甸如诗如画。群山间山川河流蜿蜒盘旋，宛如一条条巨龙向南腾飞，高原湖泊镶嵌期间，鸟鸣谷幽，烟波浩淼，像一串闪光的珍珠和碧绿的宝石。美丽的生物群落组成了动植物的王国与百花齐放的自然景观，假如你想要寻找什么，不必费太多工夫，大自然就会慷慨地赐予了你——

一座座高耸入云的大雪山像一位身披黑毡头顶银发的彝乡老牧人蹲歇于茫茫云海之中，好像在倾听着牛羊的声音，好像在倾听着太昊伏羲悠远的琴声，好像在倾听着群山深锁的语言，好像在倾听着岩鹰的呼啸，好像在讲述着战神蚩尤骁勇的神话故事；

(1) 斯日约祖：彝族神话中的造地之神。

(2) 革莫阿仑：彝族神话中的工匠神。

鬼劈神凿的巉岩像一只欲欲待飞的岩鹰守护着群山展望着蓝天的梦想；盘状的苓芝厚积而薄发从潮湿的枯桦木上努力地生长出来，完成了年复一年生命的蜕变，像一棵棵挂满了诗歌的桦树写下坚贞的誓言；穿心莲子蔗像美丽的谎言承诺着果实的芬芳；屈曲盘旋的虬枝深锁在原始森林中蜕下张扬着的龙皮时时掉落在千百年不被阳光透晒的积叶上，千万条绒绒长长的龙须也争着爬下来闻闻浓荫下的幽香，龙皮和龙须还是一道美食，如同小时候母亲的味道那样亲切美好；岩石上常年悬吊着最美的岩蜂蜜，顺着岩石的边缘是天籁般圣洁的滴水穿石，真是流奶和蜜的地方，莫非这就是传说中大龙神鹰的故乡？！

二

在这绵延不断的崇山峻岭中确真居住着一种古老的岩鹰，它的窝巢筑在坚固的悬崖峭壁的岩穴中，或者参天古木的顶梢上，可事实上却没有谁能真正触摸过它们的巢穴。部族人把它们的栖息之地奉为神山和神树。岩鹰很少出现在人们的视野里，偶尔看到它也只是在深邃的天际，抑或是在广袤的原始森林中一扫而过的一只孤独的身影。也许它像一位行者无疆的孤独者孑然一身承受着生命中的一切磨难与挑战，也许它会最终濒临灭绝甚至死亡，然而只要它存在一天就永不放弃，搏击长空，无畏面对，顽强地生长。

它是群山和天空中自由的神灵。它目空一切，傲视苍穹，桀骜不驯。彝族人称它为“姆谷炯洛”、“姆乌丁日”，意思是“蓝天雄鹰”、“天之骄子”。彝族人常把它与“苍天”、“太阳”、“天堂”、“祖先”这些单词关联起来，将鹰视为神的化身，视为心中的神灵。

三

我从小在横断山脉里听着岩鹰的故事长大，也常玩着老鹰叼小鸡的游戏中获得乐趣，可始终从未近距离接触过岩鹰这种猛禽，生活中更没有见过岩鹰叼畜禽的事件，于是对它产生了太多的神秘与幻想，甚至感到无上的敬畏。

我的童年与故乡的巴什高原上的羊群、牛群、山鸟、草甸有过太多的恩怨，大自然首选成了我的启蒙老师。每天一抬头就能望见巍峨雄壮的木萨山挡着我的视野，放牧时望久了我就会常常走神，仿佛它就是我庄严的父亲时时站在我的眼前。

牧群上山后我就自由了，常常躺在草甸灌丛下乘凉，透过树荫仰望天空中自由飞翔的山鸟和云朵而久久发呆直到两眼酸涩落泪。有一天，我终于望见了——望见了在清朗洁净的天空中若隐若现的一只岩鹰，高擎蓝天，茫茫苍苍，翱翔盘桓，神圣而高远。

我仰慕它放眼群山，搏击长空的英豪气场，我仰慕它博大洒脱，永远向上的力量。于是我想到了父亲曾给我讲的《勒俄特依》(3) 中大龙神鹰的故事（此则故事节选自中国民族文学网彝族著名学者巴莫曲布嫫彝族创世史诗《勒俄特依·支格阿龙射日月》章节）：

……传说在远古时期，在大雁的故乡，雁氏生女叫阿芝，嫁到雪山去。雪氏生女叫里扎，嫁到黄云山。黄氏生女叫马节（竹），嫁到镶嵌去。相氏生女叫紫兹（雁），紫的女儿嫁耿家，耿的女儿嫁蒲（灯草）家。蒲家生三女：长女蒲莫基玛嫁姬（漆树）家，次女蒲莫达果嫁达波（蕨草）家，幼女蒲莫妮伊未出嫁……她三年设织场，三年制织机，从此彝家有了温暖的毡衣和美丽的瓦纳（擦尔瓦）。传说有一天，端庄贤美的蒲莫妮伊正在屋檐下织布，天空中飞来四对大龙神鹰，龙鹰身上从空中滴下三滴鲜血，一滴端端正正地落在贤美的蒲莫妮伊姑娘的头上，穿透了九层姑娘的黑辫；一滴端端正正地落在贤美的蒲莫妮伊姑娘的腰上，穿透了九层姑娘的毡衣；一滴端端正正地落在贤美的蒲莫妮伊姑娘两腿之间的裙子上，穿透了九层姑娘的百褶裙。贤美的蒲莫妮伊姑娘因而怀孕，生下了半人半神的支格阿鲁神……

---

(3)《勒俄特依》：彝族创世史诗，包括“开天辟地”、“创造生物”、“支格阿龙系谱”、“射日月”、“洪水潮天”、“选住地”等十几个部分。它曲折形象地反映了彝族先民对大自然及其变化规律的探索和认识。

他就是后来成为彝族的传世英雄、彝族人民最崇敬的祖先——支格阿鲁神。大龙神鹰就是支格阿鲁神的父亲，雄鹰就成了我们彝人的图腾崇拜，世代敬仰。

大龙神鹰的故事再一次让我热血沸腾，使我从心底里对岩鹰产生了更为神圣而敬畏感。然而，高原上的浮想联翩并没有给我带来任何现实的喜悦与希冀，我仍然还只是个光着脚丫风里来雨里去的小牧童，虽有向往神鹰飞越天空的梦想却少了一双强健的翅膀，我的路只能从山脚下开始。

后来，终于有一夜在我的梦里果然出现了一只从未见过的岩鹰。那是一只强大的黑褐色的岩鹰从云雾岭上驾着猛兽飞奔而来，岩石般坚厉的长啸划破天宇，满山的鸟兽一片哗然，爆发出了一阵阵惊慌失措的警报声。宽大而健硕的翅膀呼啸似号角明亮如镀铅，神骏而高昂的鹰头灵活自如，敏锐的目光明察秋毫。猛然间——岩鹰驾着黑豹伸出豹颈似的鹰颈和铁钩似的鹰爪像箭一般向黑森林中的尼次哈魔（妖魔鬼怪）俯冲而下，霹雳般的鹰爪捉住了群山里的魔王呼啸而去，岩鹰展露出了无攻而不克，无坚而不摧的凶悍……这一幕成为我少年时代无法抹去的记忆。

四

我见过加勒比海孤独和寂寞的海鹰，我见过威武雄健的阿拉斯加的白头海雕，我见过安第斯山脉上空气宇轩昂的天骄和康多兀鹫，我见过阿尔卑斯山脉奋飞的神鹰，我见过棉兰老岛上的巨无霸菲律宾雄鹰，我见过飞越大雪山的万鹰之神海东青，它们确乎都是百鸟之王、天空霸主，但我更崇拜横断山脉里的这只古老的岩鹰。

这是一只通天的神鹰。传说是洪水漫天地的时候，善良的彝人先祖笃慕乌吾曾在救世的诺亚方舟[4]里搭救下来的那只老

(4) 诺亚方舟：西方《圣经》中的救世之船，这里作比彝族创世史诗《勒俄特依》中的救世之木柜。

鹰，它背负着各种精灵为先祖智娶天昏，带来了天地姻缘和药物百科，从此孜姆嘎托（世界）才变得生机勃勃。

这是一只能辨别善恶的神鹰。在彝人的童话故事里有这样一只神鹰——它曾先后托着彝家兄弟俩飞往太阳的故乡去揭秘黄金的梦。它第一次帮助善良的兄弟载满黄金归来，激起了其哥哥的妒忌，迫使弟弟给自己揭秘了黄金的来路，于是哥哥用同样的办法求助神鹰飞越太阳的故乡寻找黄金的梦想。第二次神鹰也同样答应了其哥哥的要求并同样再三叮嘱他拾满黄金后要趁日出前速速返回，否则被活活烧死在太阳国里。可是，哥哥到了太阳国后被满地的黄金所吸引，贪婪地捡拾着，他把神鹰的劝告忘在了九霄云外，不料，日出后被活活地烤死在了太阳国里，而神鹰只有放弃他而独自返回人间。

这是一只蜕变和重生的神鹰。据说，当它在 40 岁时，在生命中必须要做出艰难却重要的决定，飞到高高的雪山之巅，像凤凰涅槃似的在群山里经受 150 天的炼狱般痛苦的磨炼后才能获得新生。

这是一只从遥远的炯托姆谷、兹兹蒲乌[(5)]飞来的神鹰。在彝族古典神话里我们读到了您——横断岩鹰，您是我们彝人雪族十二支的子孙，您是我们彝人创世英雄支格阿鲁神的父亲，您是我们彝人的图腾崇拜，您是我们心中永远不变的信仰。

五

我们知道，在这个世界上有许多国家和地区、有许多的民族都像我们彝族人那样崇拜和敬重鹰，都能找到他们与鹰有关的神话传说，他们也都同样把鹰的精神、鹰的性格、鹰的品质作为自己的励志与信念来追求心中的梦想。甚至在他们国家的国旗国徽上都采用了有关鹰的图案，诸如美国、德国、俄罗斯等。今天，

（5）炯托姆谷、兹兹蒲乌：古代地名，现已无从考证，传说是彝族祖先迁徙的重要驿站。

在我们彝族人的服饰、饰品、器具、家居什物上都有关于鹰的图案，最为显著的是鹰爪酒杯，具有“崇拜、尊贵、镇邪、权力”的文化内涵。在我们彝族人的心里，在我们彝族人的梦里，姆谷炯洛成了我们万古不变的一种精神信仰。

“……快起程吧，云雾岭上的神鹰！快起程吧，兽山岭上的神鹰！……”毕摩大师朗朗的诵经声，唤醒了我们无数人心中沉睡的神鹰。我们的历史在哪里？我们的希望在哪里？我们的梦想在哪里？——在我们悠久而古老的象形文字里，在我们动人的神话传说中，在我们悲壮的英雄史诗里，在我们浩瀚的毕摩经书里，在我们感人的高山牧歌中，在我们当下的日常生活细节中，在我们彝族人澎湃着诗歌的心坎里……

六

千万年来，雄伟壮丽的横断山脉孕育了各种多神的民族，“部落林立，君长什数，土著的外来的多元的彼此阻隔横断与缓慢交融，文字的非文字的代代口耳相传，流放的逃亡的迁徙的储存的终结之地”。这里的母亲教会了我们不同的语言，这里的父亲教会了我们不同的信仰。

横断山脉啊！您是古老的岩鹰栖息的地方，您是永远保存着我们族人灵魂流浪的故乡，您是我们祖先史诗般迁徙的历史和西南丝路上的茶马声褶皱成的走廊。斯日约祖啊！您让这壮丽的河山孕育了绚丽多彩的生命，它们不就是古往今来翱翔在美丽的群山中有着自己传奇色彩的横断岩鹰吗？！

我多么渴望变成高山上一朵雪莲花在洒满夕阳的雪山上含笑于祖界的路，我多么渴望变成深谷里的一条涓涓溪流日夜叙述着族人古老的谱系，我多么渴望变成森林中一只虔诚的啄木鸟书写族人浩繁的经诗，我多么渴望变成太白诗中的一把倚天剑穿入地球的心脏去聆听宇宙中最神秘的语言，我多么渴望变成群山里一只自由翱翔的岩鹰，飞过崇山峻岭，穿越历史的时光隧道去看看一地金黄的地方，去看看天的尽头，去看看海的深蓝……让印度洋的暖流穿越喜马拉雅山脉和冈底斯山脉，流进我故乡的高原山地吧！——我会捧着一把巴什高原上的草甸土来感激您的恩泽。

我歌唱您——天空！

我歌唱您——群山！！

我歌唱您——古老的横断岩鹰！！！

冰壶秋月

bīnghú qiūyuè

盐源的风沙

盐源因有白盐井出盐水而成为千年的润盐古都，到过盐源的人都知道，这里境阔而道艰，民稠而俗杂，风沙大，太阳辣，气候干燥，人长得黑。

盐源的风沙的确是搅混的，刁蛮的，狂躁的。

盐源的风沙肆虐由来已久，早在明清时期在县志文人古诗中就有这样的记载：

眼底尘沙十丈红，秋生雨歇又生风。
重阳节后萧萧起，吹到明年四月中。
黑井尘封白井开，风狂无处不飞灰。

每年的秋冬季节，正是盐源风沙大作之时，整个润盐高源盆地都被一层浓浓的黄沙笼罩着。漫天的沙尘封锁着边关壮丽的河山，赛过大漠边关，胜过塞外异域。

盐源的风沙是搅混的。“风沙刮地塞云愁，莽莽黄沙不见春。”流过门前的小河眼前一片混沌，沙眼蒙胧，像患了白内障的耄耋老人似的蹚向河谷，跌跌撞撞的背影渐行渐远。路旁的池塘覆盖了一层灰蒙蒙的泥沙灰尘，浑浊不堪，月色朦胧。天空的眼睛也被黄沙蒙住了双眼，分不清东西南北，任随空中的精灵在迷茫的黄昏中四处流浪，找不到一隅栖息之地，日暮于风沙里。

每一条街的沙尘和白色垃圾被卷到半空中铺天盖地，屋顶、窗台、墙壁、树叶上都变成了瓦灰色的世界，连人也被搅得仿佛都是灰扑扑的了。

大风夜吼，如斗碎石，满地奔走，如幽灵一般横窗而泣，彻夜不散。要是住在高楼上独守空房，则会难免产生一种心惊胆战、失魂落魄之感。漫天飞舞的垃圾扑面而来让人心烦意乱，难受的渣子全涌进人家门角落躲起来了，搅得家家户户不得安宁。

清晨，偶尔路过街道的时候，厚厚的垃圾都被旋到了阴暗的旮旯里与肮脏的乞丐和疯子以及流浪狗一同困倦了下来，满地一片狼藉，环卫工人无地插足，不堪入目。

盐源的风沙是刁蛮的。“风沙四面吹穹庐，身随饥马日中行，眼入风沙困欲盲。”黑色的沙尘蛮不讲理地啸聚山冈，在山野间奔突、呼号；在芋火荞棚、泥墙板屋丛中横行霸道，凶悍异常；榱崩栋折，瓦屋灰颓，村社院落、街道路旁树木连根拔起，电杆倒塌，路上行人纷纷被吹倒，苦不堪言。尤其是那些把身子裹在裙子里的女人更为狼狈不堪，面对风沙的无理刁难与万般蹂躏毫无防备，手忙脚乱，顾得上一头却顾不上另一头。“一阵风来一阵沙，女人风中春光泄，为之弹剑作哀吟，风沙四起云沉沉，可怜漂泊对风沙。”

飞来的沙砾猛烈地射向行人的腿上，脸上，胳膊上，犹如被无数颗针刺中了似的疼痛难受，不由自主地去搔搔痒，难免觉得有些尴尬。

有位长者曾多次在我面前充满自信地朗诵过这样一首诗：

西出笮关，山高突而陡，
柳芽四月抽，遍地无锦绣，
只有狂风日夜吼。
大脚丫头，鬓发四面流，
衣裳不遮羞，让春风透露。
伸出黑漆钢叉手，
吃个风卷残云方罢休。

我对这首打油诗印象深，触动大，尤其打油诗中所描绘的在风沙中成长的那位刁蛮的大脚丫头颇耐人寻味。因为小时候，在我的故乡类似这位野姑模样的人就比比皆是的，从我内心深处对她们产生一种无限的同情与敬畏感。

盐源的风沙是狂躁的。据史书记载，商周及战国时期，这里曾是西南夷笮人游牧之地。传说笮人的天性有些狂躁，也许这是莫须有的说法，不过，今天的人怎能够了解古笮人的习性已不得而知。然而，百里不同风，千里不同俗，一方水土养一方人，历史的渊源应该说来是有一点的。

偌大一块高原盆地宛如一口巨型铁锅从天而降，敞开它那博大的胸怀包容着万物众生，而它又特别溺爱着自己刚烈而狂躁的风沙之子。风沙之子天马行空、茫无边际地狂奔在盐源八千平方公里的山川河岳之上，它像饥饿的狼群一样疯狂地扑向各种猎物，只剩下秋与冬的光光的肋骨，龇牙咧嘴地警示着同类，抑或向天嚎叫声回荡在高原群山间。它又像一群疯狗在大街小巷里四处游荡，时时祸害生灵，甚至乱咬路边的树根使之渐渐枯萎。

龙卷风是最为狂躁的一匹烈马，人们无法驾驭它，甚至人们把它视为妖魔的化身；当人们遭遇它的时候，只能口吐唾沫、念咒语并迅速躲开来避免正面冲突，否则，遇魔缠身，必定遭殃。妖风连年席卷而来，令人不寒而栗。黑色的风暴横霸一方，像一伙强盗似的洗劫整个高原盆地的每一个角落，严酷地影响了这里原本平静的生活。

那么如此狂躁的风暴从何而来？下面这首古诗讲述了一个神秘而有趣的故事：

一年大是半年风，镇日飞沙遮碧空。
盼到柏林逢上巳，珠帘高卷百花中。
郊原弥望草黰黰，风煽春冬最可憎。
上巳祭消箕伯怒，返风莫为世无能。

据古县志记载，“相传县属柏林山极峻峭处，两石穴，一大一小。值秋冬风时，其穴飒飒有声，大风立至。至春不息。自明永乐年岁祭于暮春，足例，每岁三月三日，以牲醪祀山神，则风力渐缓，甘雨将至矣。相沿以上巳祭柏林风洞，其风稍息，往往有验。”这就是后来笮若文人笔下所谓的盐源八景之一的“风洞仙踪”的胜景。有诗赞曰：

万窍呼以号，天地发真籁。

小小土囊口，却有元功在。

传说彝族先民也曾捷足先登过这里，他们来到小高山，面对“蓁莽荒秽，遍地荆棘，獐儿麂犊林中跃，艾蒿粗如斑竹筒，风头如刀，头面如割，马毛带雪，旋即凝冰，风沙满眼堪断魂。”于是他们感慨无奈，久居无望，只好止步于小高山麓无功而返，直到清道光年间才陆续迁居此地安身。

风沙孕育下的芸芸众生难免也会产生心浮气躁的感觉，性情也跟着有些狡黠而乖戾起来，甚至过于粗野浅陋而无知狂傲，难以与其沟通交流融入其中，让人敬而远之。连小食店里的米线到了盐源也就变成“米棒”了，不过，在盐源生活过的人都喜欢。

走在乡野城镇的路上，你不难发现那些黧黑粗腰而大腹便便的男人和女人随处可见。即使天生爱美的女人时常走进美容院其颜色也改变不了多少；反而由于紫外线太强，空气干燥，反弹现象甚为严重，其性情也十分厉辣与强势。偶尔看见一两个有淑女模样的外地女人也难以掩饰其故作的姿态，待久了，想必也被这里的风沙和太阳吻黄了青春，也就入乡随俗了。

时代润盐人，皆共尘沙老。人们在风沙中艰难地磨砺着自己的意志，时常做着风沙的梦，弹指已成白首。无情的风沙刮破了润盐古道的战旗，群山的面庞留下许多秋冬的风沙痕，纵有雄才，应惟束手。

“此邦虽陋有佳士，勿厌风沙吹茫茫。文翁化蜀之休风，固可广播之于边隅。”风沙的另一面却满载着沧桑的历史与大西南边关壮丽的景色缓缓驶向巍巍的横断山脉里。“霜流明月水，树吼乱山风。”八千里山川河岳像是一首歌，书写着笮山若水儿女驾驭风沙之梦，日行八千里路云和月。

在镇日飞沙中，人们曾记否黝黑而颀长的寒岩松柏，“目炯若电，手执长卷，意气弥厉，方期振羽毛，在白沽河畔振辔而策马，扬飞尘埃，遗世独立”。

在镇日飞沙中，人们曾记否风沙吹不倒冰雪压不垮的竹枝荷莲的高洁与流芳百世。

在镇日飞沙中，人们曾记否与这高原明珠共生息的风沙之神，霓为衣兮风为马，从雄浑的柏林山上飘逸而来化作一首千古民谣流传古今：

好个盐源坝，东水向西流。

家无三代富，清官不到头。

今天，国家已经大力实施了天保、退耕还林、退牧还草以及建立长江上游生态屏障等工程，全县大力发展种植业和生态环保旅游业，盐源已经成为西南地区最大的无公害绿色苹果产业基地，一年四季苹果飘香，野花芬芳，使得千年的润盐古都更加变得天蓝水绿山青，盐源的风沙也就变得驯良了。

养狗的故事

一、阿则

我的族人在游牧、狩猎、农耕的过程中，与狗结下了不解之缘，这种文化不难影响到发小就在原始古朴的深山彝寨里出生长大的我。

小时候，家贫养不起狗，又特别喜欢狗，遇到寨子里哪家的狗下崽了，就急着跑去看稀奇。有时主人家不准看，再说，狗妈妈也很凶，不能走近了，只有当狗妈妈不在窝里的时候，我们才趁机跑去看那些尚未睁开眼的漂亮可爱的小狗狗，我非常羡慕那些有狗的人家。

我八岁那年，邻居诺边阿普家终于送了我一只刚满月的小土狗，把它视为宝贝，难舍难分。它是一个黑白相间的小“少爷”，毛茸茸的十分乖巧，眼里还常含着泪水，似乎怕光，怕生人，一抱它就惊叫，老是想着要吃奶。我抚摸着它溜光圆滑的头和背，它不理我，一个劲儿地朝地上挪，静不下来，好像它不愿接近我，抑或是还不太习惯吧。

晚上，只好用小羊毛毡把它裹起来睡到我的枕边。母亲见我如此喜爱它也就罢了。我一有空就抱着它玩个够，亲个够，吻着它的小嘴有一股婴儿的乳香味，觉得特别稚嫩、乖巧和亲近感，好像我家又增添了一个小弟弟似的高兴。因为它是一只小花“少爷”，于是，我给它取了个好听的名字叫“阿则”。

阿则刚抱来时，胆小、拘束、娇气，不太喜欢吃东西，夹着尾巴躲得远远的角落里，不敢靠近火塘。养了一阵子，它就和我混熟了。我吃东西它就在我身边一直守候着，望着我，等食物一洒落，它就马上舔来吃了。其实，它的待遇和我是一样的，我吃什么，就给它喂什么。偶尔，它也抢我手上的东西吃，不过，只要分一点给它也就满足了。

阿则长一点了，但毛色明显不如以前那么光生了。它的毛就像我的头发一样成了乱鸡窝，背上的白斑点被黑锅烟抹成黑咕隆咚的，从小“少爷”变成了小乞丐。遇到天冷，它就成天卧在火塘边，那里是供它取暖最好的地方。它的瞌睡也实在大，母亲烧火做饭了，它屁股上的毛都被烧臭了还睡不醒，我赶紧把它抱开，这反而把它惹毛了嚷着反咬我，手背常常被划破。不过，我没有收拾它，因为它是我最贴心的玩伴儿。

阿则虽然长得没有以前漂亮了，但与我的关系更加密切了。它常常跟着我放牧、拾柴、提水、打猪草、陪我到处玩，甚至连我入厕它也要守着寸步不离。它和我同样都有多动症，板眼多，十分顽皮，有事没事就互相逗在一起。趁你不注意时，它就一下子按过来撕咬你的衣裤，我赶紧去抱它时，它又溜了；我奔跑去撵，它又乖乖地趴在地上翻着小肚皮任你抚摸，摇头摆尾地亲吻你的手脚，它真的很会讨好卖乖的。有时，我走远了回来，只要一听到我的声音，它就会激动得飞奔而来，险些把你撞翻。一见到主人就开始疯狂，它那高兴的样子简直好似我的那些弟妹们。它迫不及待地双腿站立起来鞠着躬扑住你的脚撒着欢，亲昵个不停，异常兴奋。它不断地摇头摆尾，不断地在主人的周围旋着，那两只小前爪轻快地拍打着你的双腿亲吻，对主人是如此的亲切和知心。

尤其当它狂疯的时候，那种高兴劲儿简直是无法形容，见到什么就撕咬什么，果真是逗猫惹草，鸡飞蛋打，特别刺激。玩累了，它就开始耍赖皮，躺在我的怀里不愿离开，鼓着红红嫩嫩的小肚皮让我摸着舒服极了，它用小嘴轻轻地含着我的小手逗着玩儿，像个婴儿似的活泼可爱。

它睡觉的姿态尤为可爱。躺在我的脚边，小头俯卧于两只小前爪之间，睡得很香很甜。还时常梦呓，发出轻吠和呻吟声，并伴有四肢微微地伸缩和头耳的轻摇晃动，仿佛梦见了自己的未来。

它从不乱拉屎撒尿，这是一个良好的习惯。每天，要方便的时候，它主动地在猪圈背后找了一个隐蔽的角落，它的厕所就在那里。要是急了，你不必担心，它自己就会迅速跑到那角落里解决好了才回到主人的身边来。

放牧的时候，我最方便调教它，把它带到树林里做训练猎犬的游戏。先蒙着它的双眼，吐一点口水在它的嘴上，然后飞速跑开躲进树林里深藏起来。聪明的阿则轻吠着慢慢地寻找到了我。它不是一般平庸的土狗，长大了一定会成为一只优秀的猎犬，我的内心充满着由衷的喜悦。

可惜，我的小阿则没过那个冬天就被一场突如其来的瘟疫给收走了。那天，我哭了。母亲一大清早就做了一个打狗粑，我抱着小阿则的尸体，母亲扛着挖锄，在风雪中我们把可怜的小阿则埋在了吉沃阿普火葬地圣林脚下。在不远处，是我小妹克迪莫的埋葬地，她才两岁时就患上了一种很恶的麻子没医好就夭折了。这下可好了，让小阿则永远地陪伴着她了，免得我的小妹一个人在森林中孤单和寂寞。

回来的路上母亲安慰我说：“尔狄啊，不要难过，以后再给你找一只更好的！”我没在意母亲的话。小阿则的离去，让我失去了一个亲密的小伙伴。

二、歪史

我养的第二只狗叫“歪史”，是一只黄色的成年公狗。这只土狗的个头不小，膘肥体壮，毛色鲜亮，随和，不咬人。

那是读小学三年级的时候，同班同学余尔伙送给我的，我也不知道一个小男孩儿能够做主把这么大一条大黄狗送给别人。不过，我们俩一同搭过伙，平时关系不错，他家与我母亲好像能挂上点亲戚，有一次大星期我去他家玩儿，对人很好。他知道我喜欢狗，就特意从家里把歪史牵到学校来送给我，不知道他给家里的人商量过了没有？抑或是这条狗难道有什么问题？反正我家正缺这么一条看家护院的大狗，我当然激动了。我用一条不太结实的麻绳把歪史拴在寝室的门柱上就去上课了，准备这回大星期愉快地牵回家。

不料，刚养了一天它把绳子咬断后跑了，不知去向。我急着四处寻找，半天都没找着，只好扫兴而归。下午，有了消息。有同学传来，歪史溜进乡信用社院子偷吃腊肉被逮住了。我激动地赶忙跑去找！谁知一进信用社的门槛就被一个恶狠狠的汉人走出来劈头盖脸地大骂一通——“你的狗哇？来得正好！你的狗偷吃了我的好多块腊肉，你不赔我的腊肉还想要狗？！它吃了我的腊肉，我就要吃它的肉！”完了，完了，倒霉透顶了！我的歪史啊，成了他的刀下鬼了！我被吼得瓜兮兮的哑口无言。

有人说那汉人是冬季想吃狗肉了才想出这样一出戏的，谁也没有亲眼看到歪史偷吃他的腊肉。不过，我们小孩胆小怕事，信用社是国家金融重地，闲人是不敢轻易进去的，更何况是一条狗啊！也许他们正求之不得，我的大黄狗歪史却遭遇到了灭顶之灾，被那个汉人烹了，反而还冤枉我，我也不敢再找他，就这样算了。

父亲知道这事后，主动地从家里背了几块腊肉给那汉人送去，也没再提起关于黄狗的事儿了。不过，从那以后，我一看到那汉人就有点怕，有点恨。因歪史的事儿怕他再来找我的麻烦，产生恨是因为自然地联想到歪史的生命还不值几块腊肉，心里也就不太舒畅，偶尔见着他也有些不太自然。

三、克迪波

上了中学以后，爱狗的兴趣有些转移了，我专注于学习，以书为伴，以书为友，很少接近狗了。那时家里也虽然养了两三只狗了，但对它们也淡漠了些。只有在上学途中偶尔路过那些陌生的汉族村庄时才遇到恶狗克迪波的袭击，与狗的关系有些紧张起来。

我和同伴远远就弯腰低头、蹑手蹑脚地绕道而行，可河边竹林里的那只黑色的克迪波还是十分警觉，它是那户汉族人家凶悍的看家狗。无论怎么躲避，它都经常发现我们的踪迹，随时向我们猛冲而来。我们吓得飞一般地躲开，跑到远处甩开膀子朝它摔石头迎头反击，那恶狗虽没再追来，但它像饿狼似虎一般直扑向我们摔去的每一个石头，似乎把石头咬得粉碎才解恨似的，也许这是它的忠诚和责任所致吧。这一情景让我历历在目，由此而联想到关于一些狗的神话故事：希腊古典神话中那只凶狠的地狱里的恶狗刻耳柏洛斯。“刻耳柏洛斯长着三颗脑袋，脑袋分别像狮子，狼和狗。它的尾巴像蛇，蓬乱的狗毛犹如蠕动的毒蛇。刻耳柏洛斯摇动尾巴，迎接每一个过来的亡灵，却不让任何人翻转回去。”而《西游记》里二郎神的哮天犬，把孙悟空撵得毛飞。如此负责和神勇的恶狗确真让人望而却步。

四、赛虎

后来参加工作了，我被分配到一个偏僻的小山村教书，每到大星期，学生们都回家了，我和当地的几位小伙子就经常聚拢一堆玩。晚上大家无聊的时候，就拿火药枪来打狗煮狗肉吃，有些残忍。有一天夜里，几个朋友就打中了一条灰狗，后来才知道这只狗叫“赛虎”，是学校附近汉族人家的狗，的确很不好意思，那家人虽然没找过我们麻烦，然而，我们感到十分内疚。我们彝族是不吃狗肉的，但在几位朋友的再三劝说下那晚也勉强尝了一口，但本能地感觉到有些恶心就不再吃了，也许这是祖先和鬼神对我的冲动与无知的惩罚。几位朋友就拿我开涮一番，我没在意。不过，心里却有一种负罪感。

彝族人禁忌食狗肉、马肉及蛙蛇之类的肉，这是风俗禁忌。因为在彝族远古的创世史诗《勒俄特依》中，它们都是雪族十二子的神话传说，都是与人类同源。尤其是狗，它们最能代表人的意愿，出于对狗的宠爱和怜惜，狗通常被称为“人类最忠实的朋友”。在中国文化中，狗属于十二生肖之一。狗是一种具有灵性的动物，我像卢梭一样对自己的鲁莽行为作深深地忏悔。

五、皮皮

我养的第三只狗叫“皮皮”，它是女儿今年春节从海南带过来的宠物，看得比自己的亲人还亲，我不以为然。那是一只才两个多月的西伯利亚金毛寻回犬幼崽，但体格已足有成年土狗那么大了，一身金黄色的皮毛，浓密，有光泽。体格健壮，腰短，胸深，身体平衡较好。虽然在车上已经折腾了两天两夜，但车还没停稳，车门一打开，皮皮就一下子夺门而出，把我吓一大跳。

它精神抖擞，非常热情、活泼、机警、大众化，见到人没有陌生感，冲过来就抱着你亲热，似乎知道是自己人。女儿怕小狗弄脏了我的衣服，于是赶紧把它拉开。接下来的一个星期里是皮皮搅乱了我们的生活节奏，影响了全家人的心情，这个年没过好。

我们住的是商品房，原本就像鸽子笼一样狭窄，再添一条大狗窜来窜去的就更显得挤挤杂杂的，让人心烦。皮皮换了环境后就不太适应了，其生活习惯被打乱了，它不好好地在便槽里排泄，任意在客厅、餐厅、阳台、卫生间里随地乱拉屎拉尿，把房间的卫生搞得一团糟，简直成了狗窝。狗毛到处飞，整个屋子臭气熏天，饭都吃不下去，严重地影响了全家人的生活，尤其是我和太太心情很糟，根本不像过年，完全是在受罪。

碰巧我又得了一场重感冒，真是火上加油，更加影响了我的情绪，似乎我的病好像是跟皮皮有关似的。于是，在我的意识里产生了某种唯心的想法：在彝族毕摩文化里有这样的习俗——凡家里进出有掌类的四只脚的动物就得要让懂得的老者或是苏尼毕摩算算与家里所有成员的生辰八字是否与之相生或相克，是否是适合有掌动物进出的年月。若是和其中的哪一位家庭成员不合，则家里是万万不能进出有四只脚掌类的动物的！要是逆天而行，则家里就不顺，甚至会惹来灾祸。我把这一习俗给孩子们说了，她们还笑话我太迷信了。其实，我是一个非常矛盾的人，既有传统的文化又有现代的意识，所以在我内心中作祟着一种复杂而又矛盾的情感。

孩子们倒是把皮皮当作宝贝一样细心照料，像服侍老仙人一样给它洗澡，梳理毛发，成天逗它玩耍，经常带它到外面去遛，大人们看到难过极了，但她们特别有兴致，特别爱宠物。

太太本来就爱干净，看到这一情形心情也和我一样糟，一直唠叨不停，怪女儿带来这么一个受人不欢迎的“客人”。尤其她看到了电视上播出的案例更是惶恐不安，特别担心狗身上的各种寄生虫传到人的身上，更加担心女儿的身体，本来丫头这次回来就瘦得吓人，好像变了个人似的。她极力地反对女儿养宠物，压根儿就不喜欢饲养什么动物的，不厌其烦地给女儿讲道理，但孩子们就是不听。再说，我们也没有条件养皮皮，建议女儿回海南后想办法送给那些有条件养狗的亲朋好友，不然就成了太太的一块心病了。果然，回去后不到两个月，女儿就通过网上发帖子终于把皮皮送给了北京的一位爱狗人士收养。我和太太心里才踏实了许多，然而，女儿内心里却是依依不舍的，毕竟她和皮皮有些感情了。不过，皮皮应该找到了更好的归宿。

六、忠诚

现在让我回过头再来谈谈狗对主人的忠诚吧！在现实生活中，抑或在书本和影视故事里人们常常被狗的忠诚而感动着。

无论时过境迁，沧海桑田，石烂松枯，斗转星移；无论你是贫穷还是富贵；无论你是好人还是坏人；狗对自己的主人都是永恒的忠诚，极端的忠诚，没有任何理由。就像前面提到的二郎神君的爱将哮天犬，同主人出生入死，寸步不离，对主人不离不弃，始终保护着主人的安危，生死不渝。又比如，在希腊古典神话中就有这样一条令人感动的狗：当古希腊英雄奥德修斯在特洛伊战争中凯旋后，归航途中不幸遭难，十年漂泊在外，主人生死未卜，而家中的羊倌梅兰梯俄斯和许多宫女却都背叛了他。当他被智慧女神雅典娜金杖点化成乞丐模样的陌生人回到久别的家时，所有的人都毫无察觉，只有伏在门外垃圾堆上毛皮肮脏不堪的那条老狗阿尔戈斯，似乎透过化装认出了主人，于是俯首帖耳，摇着尾巴。奥德修斯看到这里，不由得暗暗地抹去一丝泪花。家犬毕竟认出了二十年前的主人。它低下头来，满意而又悲哀地死了。又如，另一个来自于雪域高原有关藏獒多吉的故事：藏獒多吉在自己最后一口气从崖一头跳到另一头，用自己的生命，保护了主人田劲。另外，还有那只美丽哀怨的藏獒公主“喷头儿”，当她明白了主人是要抛弃它时，悲壮地选择了咬舌自尽，诀别主人……“走出了一条令人们自责的轨迹，超越了人性的光芒。”感天地，泣鬼神，令人无限悲悯！

“狗永远不会遗弃自己的主人，有时候为了主人的安危和生命，它们甚至可以舍弃自己的生命——这就是动物对人的感情。”

有一天，我路过一条人群闲坐的街上，在众多闲散的人群中，有一条瘦骨嶙峋的灰色土狗紧紧地守候着一位貌似乞丐一般的老人规矩地坐在人群旁，成了独特的被人漠视的一道风景，老人与狗的眼神里都充满了茫然、迷惘、无奈、悲哀……也许那条皮包骨头的灰狗许多个日夜没进食了，地上周边不缺丢弃的残渣食物，然而，灰狗不去觅食，始终围绕着主人的周围转。俗话说得好啊——“儿不嫌母丑，狗不嫌家贫。”也许这条灰狗的日子撑不到几天了，但它依然跟随那可怜的主人坚守到生命的最后一刻。这就是狗的可贵品质，也是最让人感动的地方。

七、俄惹

不过，现在有的人对狗就不一样了。山上有家村民搬迁走了而把自己的家犬俄惹无情地遗弃在了山野里、荒原上，可怜的俄惹不知主人已经彻底地抛弃了它。应该有些时候了，它仍带着虚弱的身躯还蜷伏在屋檐下忠实地守护着那空荡荡的瓦板屋，不知它还能坚持多久？狗的命真大！

白天，它孤独地徘徊在老屋基周围；黑色的寒夜，它面对繁星点点的夜空像它的近亲狼一样孤寂而无助地嚎叫，那哭泣声是如此凄清和绝望。

八、流浪狗

我所见到的某些城镇里一帮一群的流浪狗到处流窜，狗满为患，严重影响交通，影响人们的生活。狗叫声扰民，狗粪影响环境卫生，传染疾病，疯狗咬人也时有发生。在马路上随处遇见被车压成血肉模糊的狗尸惨不忍睹，无视生命的存在。有的城管部门为了整治环境迫于无奈，用网兜、棍棒、火钳残忍地捕杀流浪狗，一车一车地被拉去集中填埋，狗患问题一时成了媒体关注和热议的话题。

而与此同时，最近网上报道到了有位爱心的老人养了 100 条流浪狗全被毒死；另有一条消息说，南京有一位五旬流浪汉老朱，11 年间共收养了 1000 多条流浪狗，他倾家荡产沦为流浪汉，他把狗视为自己的生命。

鉴于上述两条消息的报道，那些自发组织的爱狗人士纷纷参与到了救援行动中，那些需要救助的流浪狗同时也不同程度地得到了某些流浪狗救助站和动物保护协会等机构的及时帮助和妥善处理。

其实，在我们的生活中，养狗人理应更多地知道：文明养狗、合法养狗、科学养狗。同时，应该要从人性的高度来关注狗本身，生命本身。

专家提醒得好，狗原本是无罪的，应该检讨的是养狗人。如果每一个养狗人对其所养的狗都能做到善始善终，不离不弃，敬重生命，那狗患也就不复存在，悲剧也就不会发生。狗本身也是一条生命，作为生命体来说，所获得和拥有生命的权利是平等的。

虽然我现在已经不再养狗了，但我始终一直保存着对狗的那份真情，那份感动，那份敬畏。

再读NBA[1]

一

有一朵美丽的玫瑰花随着大洋彼岸的风，从山姆大叔的庄园里漂洋过海飞入我的视野，鲜嫩的花瓣上滚动着无数晶莹的USA、NBA这些异域的元素，自由女神从空中撒下梦之蓝的片片飞花，海的精灵沐浴着球痴的精神世界。于是，平淡的生活就变得多元而梦幻，把人带进了NBA的神话世界里。

我算不上NBA的铁杆球迷，也不是NBA专栏作家，当然也不是业内人士，更不是资深评论员，我只是一个普通的NBA球迷，一个篮球爱好者而已。篮球是我们共同的语言，NBA给我带来了永恒的激情和生活中最大的乐趣。

我关注NBA比赛不是从专业的角度去深度地解读它，而是喜欢肤浅地从感官上获得短暂的强烈的视觉冲击和大脑神经的最大风暴，引起我高度兴奋和情绪的彻底释放，这是一种精神上的享受。

我没有兴趣过多地从它的战略战术与文化内涵去探究这项运动的意义，当这项运动来到我的世界里的时候，我被深深地吸引住了，被它梦幻般的异域文化所震撼，所感染，所倾倒。NBA的每一场比赛无不激发了我的无限潜能，在生活中极大地鼓舞了我勇敢地去挑战一切困难和战胜一切困难的斗志和雄心。无论遇到

(1) NBA：美国国家篮球协会（National Basketball Association），简称NBA，为北美的男子职业篮球组织，也是世界最顶尖的职业篮球组织。

什么样的对手，都要永不退缩，都要坚信自己。霸气与强势，求胜的欲望，拼搏的精神，是我从这项运动中得到的启示。

二

十多年前，有一位叫迈克尔·乔丹的NBA伟大巨星闯入了我的视野，让我真正地认识了NBA。他把篮球这项运动推向了一个更高的境界，使NBA成为世界上顶级的篮球殿堂。于是，一时间NBA风靡全球，家喻户晓，让我也一下子就痴迷上了它，使我的生活空间多了一种新的乐趣。

在我的意识里，地球上没有哪一支球队能够有如此魅力吸引住世界的目光，纵然外星人也莫能抵挡。每一场经典的巅峰对决都给人带来了极大的刺激和不同的惊喜，让人尽情地享受视觉盛宴，享受精神大餐，享受艺术的美，让人感受到了NBA篮球给人带来的无限魅力。

我从极具爆发力的魔兽般黑亮的怪异文身的肌肉里看到了钢铁一般的筋骨，这是一群来自地球上另类进化的物种，把人带进了精妙绝伦的篮球盛典。让我联想到了阿尔卑斯山脉里群狼厮杀猎物的恐怖智慧，让我联想到了非洲大草原上雄狮间惨烈地争霸，让我联想到了古代传说中神与英雄的拼杀……

NBA战场是书写篮球神话的角斗场，是成就篮球梦想的辉煌殿堂，也是演绎悲壮人生的地狱。它能瞬间激发出人的极限潜能，在不经意间突然爆发出魔鬼般的惊人能量颠覆历史。

三

自从NBA来到中国以来，每年的常规赛、全明星赛、季后赛到总决赛等系列赛中，我从不轻易地放过任何一场，即使错过了也要千方百计地反复观看转播或录像，无数次地反复感受赛场上带给我的大悲大喜。细细品读每一个回合的交锋而且被一些耿耿于怀的细节所冲动着、遗憾着、痴狂着……百读不厌、回味无穷。

许多时候，只要一有比赛，我就会挤出时间毫不犹豫地放下手中的一切，腾空头脑装满赛场上的一切，剩下的只有观看再观看，疯狂再疯狂，哪怕是电视机旁唯独只有我一人，也同样津津有味，狂热专注，瞬间喜怒无常，处于癫狂亢奋状态，让自己变得非常陌生的境界。

搜索一下我的NBA词典，我所热爱的球队有“禅师”执教的公牛王朝、湖人王朝，斯波尔斯特拉执教的热火三巨头，波波维奇执教的圣安东尼奥马刺队“GDP”组合的团队篮球。我的情绪瞬间被点燃，我的热情被大洋彼岸的海浪所涌动，我的生活被斟满，我的灵魂被无数次地震撼。

每看一场经典的比赛都有这样的感受：仿佛自己就是飞人迈克尔·乔丹、小飞侠科比·布莱恩特、小皇帝勒布朗·詹姆斯……每天都与这些竞技场上伟大的灵魂交流着、碰撞着、思想着，是他们给了我战斗的激情和创作的冲动，是他们给了我蓬勃的精神和进取的力量，是他们给了我一颗永远追求冠军的心。

NBA的经典比赛多少次地愉悦了我的生活空间，开启了我的心智，放松了我的心情，释放了我的压力，寄托了我的精神……

我的灵感来自于NBA坚守的规则与秩序，来自于坚守的信念与霸气，来自于团队与个性，来自于无坚不摧与永不言败的战斗意志……

我和我的心灵深深地被它所感染，强烈地引起了共鸣，似乎给我打了一剂强心针，像六耳猕猴那样瞬间变成顶天立地的巨猴，积蓄了一股无比强大的力量，敢于面对一切对手的挑战！挑战！再挑战！

四

走近NBA魔幻般的世界，给你带来无限的精彩和无尽的想象，给你带来人生的启迪，给你带来铁血男儿勇士般的一股顽强的精神，一切皆有可能！

有一天夜里，我在梦境里梦见自己变成了NBA巅峰时刻的一位寰宇篮球超人，把中国功夫、中国道术与古老的彝族苏尼毕摩法术顿时汇聚于一身融入到了NBA赛场上，于是变得无比强大，叱咤风云，所向无敌。在斯台普斯球馆上空自由地飞翔，人们的目光全聚焦在了我的身上，我在空中迈着太空舞步飞跃对手的头顶霹雳暴扣引爆全场，令无数的巨星与观众瞠目结舌，难以置信，人们把我塑造成了神话中的一代球侠！

NBA成了不同肤色不同语言的人们的共同爱好，成为他们永远期待的视觉盛宴和精神食粮。巨星们的篮球智商、篮球智慧令人费解，他们阅读比赛、掌控比赛的能力令人惊叹，他们在每分每秒都有可能创造出令人不可思议的奇迹，每一个精彩的细节都有可能创造出不朽的篮球传奇，在NBA的世界里确真一切皆有可能！任何一支有实力的球队都有可能获得总冠军！

我是个具有英雄情结和崇尚个人英雄主义的忠实读者，我一直欣赏着这样一个道理：一只优秀的球队永远应该有一颗总冠军的心，总有一种血战到底的信心和决心，应该用毫不含糊的行动来证明自己的坚持精神，比赛的结果是你最好的证明。任何一支夺得总冠军的球队都具备了这样一种战胜一切困难和挫折所必需的战略意图和战术素养，最大程度地激活全队的因子，勇往直前，赢得比赛。

五

当我翻开我的NBA历史画册的时候，一代代光辉璀璨的伟大的超级巨星在我的眼前闪耀着无数的光芒。他们是：指环王比尔·拉塞尔、篮球皇帝威尔特·张伯伦、天钩阿卜杜·贾巴尔、魔术师埃文·约翰逊、大鸟拉里·伯德、飞人迈克尔·乔丹、小飞侠科比·布莱恩特、大鲨鱼沙奎·奥尼尔、石佛蒂姆·邓肯、小皇帝勒布朗·詹姆斯……

我喜欢他们坚毅果敢的眼神，我喜欢他们在瞬间彻底爆发的状态，我喜欢他们狂奔在赛场上尽情倾泻野兽般胜利的咆哮，我喜欢他们暴力的美学艺术，我喜欢他们像太极一样的神功，我喜欢他们像妖魔一般的绝招……

我百读不厌NBA经典赛场上永恒的一刹那，超级巨星们把篮球的精髓发挥到了极致——神来之笔的空中接力劲爆劈扣，凶悍侵略性的转身突破，晴天霹雳的盖帽，行云流水般的攻防转换，固若金汤的防守，出神入化的助攻艺术，神出鬼没的抢断，定海神针般的控制篮板，精湛超强的挡拆配合，如梦似幻的篮下步伐，惊心动魄的关键球的处理，神奇精准的超远三分，一剑封喉的终场绝杀……

我的每一根神经，每一条脉搏，每一个细胞都在狂躁地战栗着。我的血脉在偾张，我的灵魂在出窍，我的肾上腺素分泌过多而早早秃顶，我的肝火过旺而五毒攻心，我的心跳猛烈地加剧而嘴唇发紫……假如有心脑血管病的人最好别看，尤其是总决赛抢七大战中比分胶着状态时终场前剩下的最后几秒钟！这是超级巨星或是角色球员决定胜负的关键，这是他们创造历史的时刻，这是令人窒息的时刻，这是令人崩溃的时刻，任何语言与词汇在此时此刻都显得苍白无力，都显得多余而毫无意义。

六

我从狂潮汹涌地观众席上读懂了NBA的魔力，忘我癫狂的球迷的呐喊助威声，魅力四射的美女啦啦队的精彩表演，解说席上妙语连珠的精彩点评，暂停时刻张扬个性的吉祥物极大夸张的举动，巅峰时刻荡气回肠的大悲大喜，极度疯狂，极度刺激，极度崩溃……

我得感谢篮球这项运动的发明者——詹姆斯·奈史密斯博士；我崇敬他，因为我更热爱篮球这项运动。

当我汹涌的激情渐渐退潮的时候，我特别欣赏台湾著名的节目主持人、作家蔡康永的一句名言："心里最崇拜谁，不必变成那个人，而是用那个人的精神和方法，去成就你自己。"我希望自己和更多的人能够把NBA的精神融入自己所从事的职业中去成就梦想，因为成就自己的不是别人而是自己。

群山之恋

qunshan zhilian

牧羊人的初恋

一

巴什高原上的牧羊人不知道爱情是什么，我也不知道爱情为何物。亲爱的朋友，你能告诉我爱情是什么？

难道爱情只是山盟海誓，海枯石烂，石头开花，马儿长角？难道爱情只是梁山伯与祝英台，罗密欧与朱丽叶，司马相如与卓文君，史纳俄特与兹妮史色？难道爱情只是关关雎鸠，锦瑟梦弦，生死相许，清怨月明？……

二

古今中外，爱情经典汗牛充栋，爱情文学像条大河奔流不息，爱情名录让人眼花缭乱，目不暇接。人们对爱情的表达方式也是五花八门，长久常新。

许多时候，人们把爱情崇拜为神圣，太崇高，太圣洁，让人可望而不可即；有时候人们又把它幻化成妖魔般的恐怖与邪恶，让人不敢越雷池一步；还有的人把爱情过于简单地视作儿女情长草率错过，甚至有的人把爱情诋毁为低级庸俗的东西……其实，在我看来，爱情并非如此过于抽象化、理想化、神圣化，也并非这样可怕之极，更不是这样见不得天。

最近我在网上浏览到有位网民的爱情箴言，我十分欣赏——“爱情是一种追求，不需要答案。”是的，爱情不是一道简单的选择题，而是一篇耐人寻味的阅读题，需要每个人用心来细细品读，它在每个人的情感世界里无声无息地生长着。也就是说，爱情是一种介于人生浪漫与现实的情感旅程，爱情是一种充满着积极健康乐观向上的一种精神追求，爱情是一种自我生命与情感的体验过程，爱情是一种彼此间渴望得到生理与心理上满足的美好憧憬，爱情是一种彼此鼓舞着不断奋斗的力量。拥有爱情的人都会有某种自己说不清道不明的内在幸福感。

亲爱的朋友们，当你在收获爱情的时候，你是否用心地品尝过爱情的滋味？

它恰似一首叙事与抒情兼而有之的山地牧歌在高原山地里流淌，让你心胸开朗，感受到天籁之音的美；它恰似一篇融化你身心的经典美文，让你赏心悦目，感受到文学与人生的美；它恰似一杯清静幽雅的清茶，让你善化理性，感悟到生命的哲理；它恰似一日三餐那样平凡而真切，让你感受到家的无限温暖。

这一切都需要用你的一生来真心投入参与体验和品读的过程，通过彼此悉心经营，才能够品尝到爱情的不同味道，才能够获得爱的真谛。

三

如果说，爱情是个永恒的主题，那么，初恋更是让人刻骨铭心和回味无穷的。现在，请让我们来阅读年轻牧羊人的初恋吧！

对于大山深处的牧羊人来说，我们在尽情地谈论这些爱情观对他而言是徒劳的，因为年轻的牧羊人在某一天不经意间，在某个角落里用他自己的行动证明了自己炙热的初恋与狂野的情感。

牧羊人的情商来源于羊群中美丽的公绵羊锲而不舍和直抒胸臆地撵草与爬跨，牧羊人的初恋密码来源于高山草甸里顽强生命的激情与冲动，牧羊人的爱情灵感来自于人类本身最原始的性感染力。

在浪漫的夏日里，巴什高原显得格外多情与清新，一切万物都是那样清纯和自然。绚丽多彩的羊羔花与淫羊藿花在青草中散发出诱人的清香，热烈的阳光照耀着阿硕依德天然牧场，它被苍翠的针阔叶混交林轻轻地搂抱着，感觉不到一丝高原的风。少女般娇嫩的草甸含羞地躺在幽静的幼杉林中，寂寞地探望着山神的牧群到来。

山神赐给了阿硕依德天然牧场，每年的夏秋两季是牧人放牧的最佳时节，给阿硕依德天然牧场带来了无限的激情与活力。山神精心绘制成的这幅壮美的高原草甸图镶嵌在凝静而清幽的原始丛林中央，奇花异草装扮成了草甸五彩缤纷的衣裙，偶尔被那些轻佻而多情的蜂蝶撩拨着馥郁芬芳，它不是彝家的舅舅哪有这般的魅力呢？！

深邃的蓝天上，白云乘风远行，带走了彝乡人远方的思念，身后洒下了一串串动人的天籁。黑色的羊群像美丽的珍珠撒在灌丛与草甸里，有着“风吹草低见牛羊”一般的美景。雄壮的凉山公羊激烈地争斗着把最好的基因遗传给下一代，它们纷纷在羊群中展示着自己的雄风，难怪在中国古典汉字里有“羊”、“大”为“美”的造字法啊！胜利者高高在上，霸气十足，目空一切，妻妾成群，手舞足蹈地并适时伸出长长的舌头亲吻着追逐着爬跨着心爱的“美人”。

年纪十七岁的牧羊郎放牧在高原上，他每天都在清晰地看到羊群发情期的每一个细微的动作，真切地看到了这一幕幕激情四射的剧情不断地上演着。这一切唤醒了他的春梦，放野了自己的青春。于是，春心萌动的他在白日产生了投胎转世的幻想：自己的前世和来生都是那只俊美的公羊，它成了羊中之王，整天生活在万花丛中，周围美女如云，享不尽的荣华富贵，他成了群山中最俊美最风流的一只公羊。

四

牧羊郎躺在云杉树下想入非非，常常做着白日的美梦，常常出现幻觉，常常遭遇失落，他不知道自己早已成为这片风景里最动情的一棵野草了。他开始变得浮躁起来，莫名的冲动在他的内心中不断地翻滚着，不可理喻地燃烧着，烧得自己都变得有些陌生，有些惊恐，有些犯忌？！他怕自己被这团火烧糊了，以致怀疑上了自己被尼日[(1)]附体了？想请教苏尼毕摩拔除尼日？！他欲火焚烧，焦躁不安，于是溜进树林避一避，用林中的泉水清醒清醒，稍稍有些缓解。可这时，在树林中的另一个角落又忽然传来了“嘎吱嘎吱”的一种奇怪的声音，这种奇特的声响让他产生了强烈的好奇心，悄悄地走近丛林深处。噢——这种肉麻的声音原来是从密林深处两棵正在恋爱的幼松发出来的，这对高而细长的幼松正爱得热火朝天，紧紧地相互缠拥着不由自主地发出了那种暧昧的声音……这是秋娘在做媒，爱的味道窸窣地脱落在牧羊郎的身上，他本能地拾起爱情信物揣在怀里，这唤起了他内心中岩浆般喷发出的欲火焚烧着他的身体，这一对身陷爱情囹圄中的幼松刺激和感染了年轻的牧羊郎走出了树林。这是自然界的爱情密码，是老牧人破译的，牧羊郎得到了爱的启示。

他走出了森林直奔到了山顶的看台上，放眼望去山浪峰涛，层层叠叠，但他的眼前始终浮现的还是那对幼松情侣傲人的身材和曼妙的姿态，这奇遇强烈地激发了蛰伏在他体内的荷尔蒙激素无情地折磨着他。

五

山梁上清风徐徐，牧羊郎顿时开怀畅饮温柔的凉风，让硬邦邦的身子骨降降温。不过，体内的雄性激素分泌过旺，欲火中烧，难以削减那份莫名地冲动，索性趴下来压着自己持续灼烧的经脉欲火。此时，他惊奇地发现山梁上一对娇嫩的小草又在火热地相恋了：它们一棵长在南面，一棵长在北面，清风做媒，相互点头示意，暗送秋波，彼此的头部都几乎碰在了一起。他把它们的爱情信物也揣在怀里回味着，它们的爱情非常微妙，草木有情，人岂无情？！牧羊郎从草木的恋情中得到了一种爱情密码，他似乎明白了一种什么，他仿佛听到小草情侣对他耳语：“去

(1) 尼日，译为花草精、浮躁精等之类轻浮的鬼怪。

吧，傻瓜！别在这儿磨蹭了，有位好姑娘在山下盼着你呢！”它拍了一下头便恍然大悟，明白了自己是个十足的“爱情傻瓜”。

阿硕依德草甸芳草萋萋，野花浪漫，无数含苞欲放的野花蓓蕾正在绿草丛里格外殷勤，有解风情了。妙龄如花的清纯牧羊女正坐在野花草间优雅娴熟地绣着一块美丽的头巾，头巾上正在绣着一只爱情鸟，仿佛要飞起来了。蓝绿紫红相间的百褶裙撒落一地，宛如一位仙女坐在一朵莲花上虔诚地祈祷，少女的芬芳引来一群香蝶翩翩起舞，围着她一直不愿离去。

此时的牧羊郎却像一只岩鹰般迅疾，早已俯冲到了山下的丛林中，与牧羊女近在咫尺，透过树林的细缝他看见了这一切迷人的风景。他的目光全汇聚在了少女微凸的胸脯，细细的腰，长长的脖颈，黑黑的头发……他的心在猛烈地跳动，却不敢贸然行动，怕惊扰了心中的女神，只能放轻自己的脚步，等待爱神的降临。

他多么想变成她裙裾旁的那棵幸运的小草亲亲她的玉腿，他多么想变成那一缕阳光吻吻她那粉红的小脸，他多么想变成一只香蝶闻闻她的芳香……可是他的怯懦与自卑抑制住了自己强烈而骚动的心。他想起了老牧人讲的一个故事：从前，有位勇士从战场上凯旋，家人为他庆功并给他娶了一个漂亮的老婆，可当他一走近女人时，浑身发颤，双腿发软，战场上的那股英雄劲儿却荡然无存，不是他身体不健全，而是从未近过女色，以致传为佳话。而今眼目下勇士的尴尬处境又一次降临到了自己的身上，他不停地责备着自己，不断地安慰着自己，不断地鼓励着自己。在内心中反复地拷问着自己：“我是孬种吗？！”他的心像猫抓一般进退两难，脸红一阵白一阵的，身上虚汗连连。

一阵煎熬后终于明白了——“一定得改变！”觉得一定得拿出男人的勇气来。作为一个男人先得征服一个女人，然后才是征服世界。清纯的牧羊女与自己近在咫尺，再也不能“望蜜吊悬岩，望月高悬天了”。

六

多情的牧羊郎蜷缩在树林里正一筹莫展的时候，天空中又飞来了一对痴情的吉紫鸟彼此疯狂地追逐着嘶缠在一起，从牧羊女的裙边滚落到树林里，留下一串串魔力般的爱情信物从她的头上飘飘悠悠地飞起来，他又拾起了它们的爱情信物揣在怀里。她也不傻，痴情鸟的尖叫声，狂热厮磨的那一幕，这是山鸟深度的爱情密码——听村落里的妇人们讲过的。她想：山鸟的恋情达到如此忘我的境界，难道男女间也会有这般魔力吗？！她心驰神往，内心中不禁泛起一池春水，一阵嫣红悄悄地爬上了脸，玛里石喜(2)把自由的爱情无私地捎给了她。

此时，谁知彩拉也尾随其后很快找到了主人，牧羊郎顿时惊慌失措，幸好，它只是友好地在主人身上亲昵一番后迅速地离开了。它急着去认识一位美丽的“公主”，似乎这位“公主”已经嗅到了“黑马王子”的到来，它很快地从牧羊女的身边爬起来兴奋地跑去迎接心中的“黑马王子”。

它俩都属于本地土山狗，已经进入了发情期，一见到就十分亲热。黑马王子急不可耐，急着上前挑逗和搭讪公主，而公主却有意地闪躲着它。卿卿我我的情景让牧羊女的目光在第一时间里投向了彩拉蹿出来的幼杉林方向，她不时地斜视着那片幼杉林中的任何一丝动静，心中又惊又喜，又怕又羞。她非常熟悉彩拉，见犬如见人，她以为他很快就会跟着来。于是心上心下，魂不守舍，羞涩内敛的她暗暗地凝望着幼杉林方向。

这一举一动全在他的眼里心里。然而，她只见爱犬不见人，心中有些怅然。

上山的时候，不该让他一个人去山顶看台的，哪怕是暗示一点也好，这蠢笨的郎不省事儿、无情无义！难道他对我的美貌一点也不动心、不倾心？我的身上、我的整个的人还有哪一点不完

(2) 玛里石喜，彝人传说中的爱神。

美？他还是个健全的男人吗？而且长得像牛一样的壮实啊？！他是否会看到那对疯狂的痴情鸟？他是否会看到身旁像火一样热辣的这对爱犬的恋情？难道他是个懦夫？难道他是在给我捉迷藏呐？！……

她正纳闷时，身旁的那对爱犬居然在草甸里肆无忌惮地开始疯狂地进行野战了，刹那间——它俩被一把爱情锁深深地锁在了一起，如胶似漆，难解难分。虽然这时候，这里只有她孤身一人，但她看到这一情势羞愧难当，本能地低下头站了起来转过背朝幼杉林方向缓缓地走去。十六岁情窦初开的牧羊女一次次地被动物的恋情所刺激，不断分泌出体内难以掩抑的激素，使她在羊羔花丛中格外妩媚动人，如花如雨，春心荡漾。她内心里充满了朦胧、神秘、羞赧、莫名的期待与强烈的渴望……

她那诱人的身姿让藏匿在树林中的牧羊郎有一种难以抵挡的诱惑，一阵强烈的悸动又一次席卷而来，湿透浑身上下。在他的眼里，她是一朵岭上含苞欲放的索玛花，是森林里一只美丽的斯尔玛里鸟，是一片天上圣洁的月牙儿。在他的心里，她就是自己心中的女神——唯美、唯一、至尊……

他的脑海里不断地上演着让他欲火焚身的一幕幕火辣辣的剧情：统治羊群、风流倜傥、激情四射的公羊，山梁上那对彼此暗恋着的小草，森林里奇遇的那对幼松发出的暧昧声，天空中那对疯狂追情的山雀，草甸里被爱情深锁的那对爱犬……

如此良辰美景，为何形同虚设？！天使般清纯可爱的她是等待着自己采摘的野花蓓蕾，是今生自己追逐的爱情？！是唾手可得的猎物？！……他躲在树林中经历了有生以来第一次最为复杂最为激烈的内心矛盾斗争，不知从哪儿来的一股陌生的强大的能量让他冲破了自我心里的禁锢，终于勇敢地站了起来，一种强烈的持续的爱的冲动极度地燃烧着他的体内；一种不可抗拒的神秘的魅力向他无与伦比的猛烈地袭来……理智的阀门终于被冲破了，他像塞伦盖蒂草原上的一只雄狮一样从树林中腾空一跃而出，向草甸里美丽的猎物猛扑过去……眨眼间，像火山爆发，像山崩地裂似的把她按倒在草甸里……时隐时现，波浪翻滚，眼神蒙胧，周身震颤，热辣滚烫，极度紧张……

碧云天，黄花地，紫红色的百褶裙在花草间像美丽的野花在不停地翻动，她的心灵与肉体是那样纯洁无瑕，她的少女的味道是那样芳香四溢……草甸里倒伏着一片片野草，一簇簇羊羔花，一滴滴初恋的泪珠儿……

七

他把她从草甸中一头就扛进了幼杉林里，这里是他们神秘的伊甸园——初恋的地方，他们曾在这一隅不经意间建造了属于自己一生中最难忘最宝贵的初恋爱巢，第一次品尝到了青涩的初恋之果。

于是，爱神被牧羊人纯真而燃烧的初恋所感动，在他们浪漫的伊甸园里，亲手种下了一片无比鲜艳的红杜鹃，象征他们纯情、炙热、野性的爱情。每年春夏时节，像烈火一样燃烧着的野杜鹃开满阿硕依德牧场，这里成了巴什高原上人与自然和谐的天然爱巢，那些多情的种子在这里年复一年地奏响着他们浪漫的爱情曲。

不久，在这片美丽而多情的巴什高原上有一首情歌在牧童中逐渐传唱开来：

姑娘十六岁，花唇湿漉漉
小伙十七岁，身骨硬邦邦
不爱爹来不爱娘哟，一心只念心上人
泪珠儿滑落娘跟腱哟，一心只念心上人
不爱爹来不爱娘哟，一心只念心上人
……

这样的情歌声，从这山传到那山，又从那山唱到这山，始终没有间断过。也许爱神赐给了这片高原草甸多情而浪漫的种子，抑或羊房沟的天然美景迷住了爱神，抑或是牧羊人无私地与人分享了自己火热而浪漫的初恋故事。

八

后来，淑雅端庄的牧羊女远嫁他乡一去不复返，而年轻健壮的牧羊郎也有了自己的家室。从那以后，他们彼此就再也没见过面了。然而，那片风景依然这样迷人，那首情歌依然这样回响……

飘零的索玛花

一、序幕

当你踏上鹅绒般细软、獭毛般光滑的高山草甸时，它像一块翠绿的大毡子镶嵌于群山间微微地颤动，禁不住躺入它的怀里翻滚杂耍，爽快极了！

神秘的巴什高原绿草茵茵，野花芬芳，多情的索玛花也开了，那些蜂围蝶阵的景色永恒地钟情于这里。“年年岁岁花相似，岁岁年年人不同。”落花似雪纷纷绵绵，远方天籁依然送来粉红暗香，放在掌心端详，还是这样美丽。于是浪漫和悲伤的回忆在高原小灌丛中穿梭来往……

二、知音

那是二十多年前的事了。

我的主人公叫波俄玛伟，是个美丽善良的彝家女孩，小时候我的好玩伴。从小父母就给她定了娃娃亲，把她许配给了她的亲表哥。渐渐长大的她一直不喜欢自己的亲表哥，在她长到 15 岁那年，婆家与家人逼婚，无奈抗婚服毒自尽，一朵含苞欲放的索玛花蕾就这样凋谢了。

这是发生在瓦沃拉达山沟里的一个令人发人深省的真实故事，给人留下了多少悲伤和遗憾。这里的人们似乎早已忘却了，但她陪伴我度过的那个天真烂漫的孩提时代，至今让我难以忘怀。

我们两家是邻居，她家四姊妹，三个哥哥都是本分人，她是幺姑娘，全家没有一个读书人。她小我三岁，东拉西扯地攀成了“姑姑”，其实我们之间根本没有任何血缘关系，既不是本家也不算远亲，童年在一起天真无邪，彼此也就没有什么顾忌。

她没有吸收其父亲高大英武的优点，而是遗传了其母亲小巧玲珑的特点。五官长得扁平协调，虽然不是每天都洗脸，但天生丽质难以掩盖其遗传的好肌肤，有一双能看透你内心的双眼皮勾魂眼，胜似冰清玉洁的山泉水；长而弯曲的睫毛能乘载三根短竹丫，从樱桃小口里冒出来的话好像林中的索玛花香，又仿佛是微风撩出轻轻的竹叶声，让你心潮澎湃，想入非非。

小时候，我是铺子上出了名的粗野无比的毛孩，使得许多人都讨厌我、伤心我，好像成了周处一般的恶人。我就渐渐形成不合群，独往独来，也不和女孩儿打堆，上下铺子组成的野孩联合队就是我的劲敌。

我家刚从特勒莫搬到羊房沟，那帮野孩就是欺生，我这个搬家娃就成了他们耍猴儿的对象。下铺子的尔作措格是领头的，已经是可以当爹的人了，成天还和我们小孩儿玩儿在一起，不务正业，一点也不懂事儿，连同野孩帮收拾我，经常把我弄哭，伤透了我的心。哭过了，我就离开他们独自玩去了。经常形单影只，一肚子的火只能往肚里吞，心里萌生出长大了一定要狠狠地报仇回来的念头。只有当回到玛伟姑姑身旁的时候，才会觉得仿佛走进了温暖的避风港。一见到她，就有一种莫名的亲近感，似乎彼此都有一种同样的感觉。

于是，从那以后，我们每天一同放牧，拾柴，拾荞穗，摘山桃、守庄稼，做游戏、听故事……成天形影不离，胜似青梅竹马。常常光着脚丫满山遍坡地游玩，自由自在，天真烂漫……我们就成了孩提时代的知己。

三、草甸牧羊

夏季的牧场令人诱惑。放牧在美丽的巴什高原上，这里是我们无拘无束的自由天地，我们像这里的野生动植物一样放任自流地生长和生活。这片牧场带给我们盎然生机和无限乐趣，甚至是十足的野性和多情的种子。

高原草甸里的羊群悠闲地吃着青草，连绵的群山向远方奔腾而去，蓝天白云在牧人的心中荡漾，让人置身于那辽远旷达的高原圣境之中，情不自禁地放开稚嫩的歌喉唱起了老彝腔。这样的感觉特别舒畅，我与她点缀其间组成了一道独特的风景。

老羊倌戈洛叔常常把我俩安排到木巴挖吉德山坡放牧点。我和她把羊群散放到了草甸灌丛里。坡上的嫩草和嫩叶吸引着羊群如痴如醉，不知归路。绵羊性子急总是冲到最前面，而山羊却是慢性子常落在后。绵羊翻过了山顶，而山羊还在山下彳亍。我专注着羊羔跪着吃奶的情景，喜欢观看山羊站立起来用前蹄钩树枝啃嫩叶的姿态，呆呆地望着走神，她轻轻地一拉衣襟我才回过神来。羊群的呼唤声打破了宁静的巴什高原，牧人的笛声如索玛花瓣翩翩零落于绿色的草甸里。

好一幅迷人的山野百花图啊——索玛花与各种不知名的高原野花，争芳斗艳，落英缤纷；各种昆虫忙碌着，纷纷浸泡于花丛中不能自拔。我俩也按捺不住，扑了进来。我把编好的山柳叶帽亲手给她戴上，她用白嫩纤细的手指理一理就没入野花丛里。花容月貌与幼女的芳香，让野花黯然失色。

我喜欢偷偷地跟进她那回眸嫣然的一刹那，风吹花裙轻飘飘，纤纤玉腿花中露，勾魂眼里出西施。当我们余光相触时，我有意回转到花丛中捕捉无毒的俄吉蜂去了。一会儿的工夫，我就捉来几只俄吉蜂放在草盒子里听它演奏出各种美妙的音乐来：月琴声、竹弦声、诵经声、流水声……你联想到什么声音，它就会演奏出什么样的音乐。我把这些奇妙的音乐捧到她的耳旁与她分享，她下意识地缩紧脖子，用耳朵在我的肩膀上磨蹭不停，逗得我心花怒放。她那好奇聆听时的神态显得十分可爱，好像第一次发现新大陆一样惊奇不已，于是我顿生出一种喜悦和满足感。

那片野花丛很快吸引住了我们。她胆儿小，十分害怕俄吉蜂蜇人，不停地叮嘱我："小心点，别伤着了哈！"其实，俄吉蜂尾部没有刺，不伤人的。花丛里忙碌着各种野蜂和花蝴蝶，她主动跑来捏着我的衣边看我捉起一只只野蜂放进草盒子里。我玩惯了，自然知道哪些野蜂有毒腺刺，哪些没有毒腺。捉了第一只无毒俄吉蜂放进她的手心里，她一缩手便飞了；第二只怕痒，又放了；第三只……我就取笑她。她那会说话的勾魂眼回答了我，深深的笑靥不知能装下多少花瓣上的露珠。一枝红艳露凝香，高原的阳光逼出了我们的汗水，汗珠洗净了她的脸庞，露出了她天生的美颜，在我的眼里，俨然是童话里走出来的白雪公主。

她倚着索玛树，从索玛树下拈起来一朵美丽的索玛花在仔细地打理着，对语着，聆听着……似乎她能听懂高原上各种野花的语言和声音。我摘来一束束美丽的野花献给她，她高兴地抱在怀里，坐在树荫下像梳理自己的长发一样细心地呵护着，如同村落里的许多女人那样会唱彝家山歌。她对着一株株花蕾哼唱着彝族长诗《阿莫妮惹》和《阿依阿支》。我想，她是从她们那里学来的，或许是她母亲传授的吧？那曲调如此哀怨伤感。我就纳闷这么小的姑娘就会有那么多的心事？！我把穿在身上的小小的瓦壳子披毡脱下来铺在树荫下让她坐着，怕地上的虫子咬伤了她白嫩的肌肤。

过了一会儿，她又高兴起来了，开始唱着欢快的牧歌了。她的歌声像索玛花的芳香，像高原的细雨，像白雾柔美的声音颤悠悠地飘向山坡，飘向草甸，飘向远方……

她动情的歌声仿佛感染了天地万物似的，连对面山上的猎犬也跟着在重峦叠嶂的群山间响亮地歌唱起来，天空中神秘的岩鹰也在高空中自由地盘旋，丛林中各种山鸟的歌声此起彼伏……这些歌声让人心碎骨酥，汇成了生命的交响乐。

她动情地牵着自己的红裙子开始自由的舞蹈，在草甸里，在野花丛中，在山泉边，她像天使一般美丽、轻盈、活泼……我也跟着她自由地奔跑，欢跳，追逐嬉戏……

累了，我们就头靠头地躺在幽静的灌丛里，仰面蓝天畅快地喘息，享受着美丽的大自然恩赐的空气、阳光、森林和野花的沐浴……这里野芳发而幽香，佳木秀而繁阴，蓝蓝的天空，悠悠的白云，绿绿的草甸给我们无穷的遐想，让我们尽情地享受着童年美好的时光。

我俩彼此两小无猜，天真无邪。她倒在我的怀里，我轻轻地骑到她的身上快乐地嬉戏。我第一次近距离地看到了她漂亮的脸蛋，第一次零距离地听到了她的喘息声，第一次亲密地闻到了幼女散发出的体香……一双美丽的大眼睛，深陷而多情；长而卷曲的睫毛半遮着勾魂的双眼皮；浓密的黑眉，特别的酒窝，红润的双唇，樱桃般的小口，白嫩的肌肤……这哪儿是个普通的黄毛丫头？这简直就是一幅活脱脱的小美人画。我这个青沟子娃娃看得犯傻了，她羞涩地躲过我的眼睛一动不动，也不说话，只是一味地闭着双眼喘气，那童女的温情至今让我难忘。

有时，我把羊群交给她放着，我去林子里掏鸟窝。一天能掏到好多雏鸟，我特意把最美的送给她，她很高兴。她特别爱生灵，送她的很多雏鸟都悄悄地送回林子了，只有个别能够饲养活的雏鸟，她才小心翼翼地带回家养大了再放生，让它回归大自然。

四、夜守庄稼

清风再一次翻开我的书稿，像山岚一样徐徐弥漫，带走了无数片美丽的花瓣，不知花落谁家？

夜晚，在野外守庄稼是欢乐的，因为，我们可以一同野宿看守庄稼。野外的庄稼逐渐成熟，引来了夜间活跃的各种动物。这些动物夜间常来糟蹋庄稼，于是大人们就在野外庄稼地边给我们搭起了简易的图依（狗熊草棚），能够容下五六个孩子，每晚安排各家孩子住在里边看守庄稼。

傍晚，一帮一群的小孩们聚在图依里，不管男孩还是女孩都喜欢凑闹热，全挤成一堆。图依里有火塘，大伙儿就生起火烧洋芋、嫩包谷吃；经常拿火葬地里的鬼来相互吓唬取乐，大家兴趣高涨，通宵达旦，彻夜吆喝。不管什么时候玛伟姑姑都紧贴着我坐着，双手时时紧抓着我的衣角不放，我成了她的保镖和闺蜜，夜晚不仅看守庄稼，而且更要守护着她。很多时候，到了后半夜就不知不觉地入睡了，那些狡猾的野兽趁机偷袭我们的燕麦、荞子和玉米等，长得越更茂盛的越被捣毁成一团糟，于是常常遭来大人们的责备和奚落。不过，始终没有解散我们，快乐的野外看守任务仍在上演着。

五、攀摘山桃

她最爱吃山桃，我可以为她攀摘。

每当野果成熟的季节，山沟里，树林中，坡上，丛林边，草地上……到处是熟透的野草莓、刺泡、山桃、香蕉、山楂、葡萄等。我经常是先入为主，最先摘下野果献上一份殷勤。我有一招猴儿般敏捷的身手，一眨眼就在枝头上摇晃了，熟透的野桃像姑姑的脸蛋白里透红惹人喜爱，纷纷像雨点似的滴落。

树下杂草丛生，淹没过她的头顶，她很怕蛇和虫。于是只能站在高坎上兜着自己的蓝裙子接我抛上来的又红又大的野桃子，左接一个，右接一个，正面又接一个……脸上泛出淡淡的红晕来。清风徐来，裙裾飞舞。我一抬头，透过浓密的枝叶，不经意间她那纤细白嫩的双腿和娇巧玲珑的脚丫子全暴露在我的眼底，裙内一丝不挂（那时候我们都是一样挂的空挡）整个的全走光，她却没发现。看到这一切，我好像亵渎了天使，多次移开了视线，但美丽的春光始终还是暴露无遗；想提醒她又怕尴尬，始终难以开口。

我的眼神和心神都不正，这是流氓的行为，我为我的行为而强烈地自责着，但我欣赏到了世间最美的人体艺术。我专注于眼前的这片风景却乱了自己的手脚，把山桃乱抛到她的头上、胸上、肚上……

“别慌，慢点吧！”只听到一声温柔的话语我才回过神来。她含情脉脉，笑容可掬，一点也没有发现我偷看了她，这笑容是我一生中最美好的回忆。可我小时候不知羞耻地偷看童女的隐私是非常不道德的行为，我为我亵渎童女贞洁的思想和行为而感到深深地懊悔。

六、拾穗

拾穗是愉快的劳作，是传递情感的符号。

一到高山上秋收的季节，当大人们收割完燕麦、青稞、荞子的时候，我们小孩儿就跟随拾穗。我从小就是贪玩好耍，不务正业，常被大人们教训，而她却时时在帮我。她总是最先拾满自己的竹篓，然后主动地过来帮我拾满。

“噢，玛伟姑姑喜欢你了！”……那些同伴儿全都一次次地用手指着嘲笑我。她听见了却沉默不语，可我恨不得冲过去揍他们一顿，不过心里还是挺喜欢的。愚钝的我不知姑姑已悄悄地爱上了我。

七、捡柴

群山里不缺的是柴水，我们一同捡柴。

小时候，捡柴背柴是一项重要的家务活儿，我不太会捆柴和系背绳。每次她总是垫着裙子用膝盖顶住柴禾堆，拉紧背系，熟练地帮我困扎好干柴。然后，半蹲着身子靠在我身上，用樱桃小嘴咬紧背系后在我的胳膊旁打成小活结的情景时时浮现在我的眼前——当她用樱桃小嘴咬紧我的背系时，她漂亮的脸蛋几乎要贴到了我的脸上，胸贴着胸。我又一次近距离看见了她美丽动人的双眼，那样扣人心弦；我又一次听到了她的心跳，那样热烈；我又一次近距离嗅到了她的芳香，那样迷人。这芳香像母亲的体温，像表妹的抚慰，像清风明月送来的缕缕花香。

八、游戏

孩子的天性就是天真烂漫，我们一同做游戏。

有一天中午，队里的羊已经放走了，我和同伴们光着脚丫跑进羊圈里挽着顶梁柱转圈赛，看谁转得厉害。我顺转逆转二十圈没晕倒，玛伟姑姑转几圈就晕了。她转晕了我也和她一同倒在羊圈里躺着玩儿，帮她揉揉头就好了。羊圈里垫着厚厚的杂木树叶，十分软和，像躺进羊毛堆里一样柔软而舒服。羊圈里散发出那股浓浓的干净而清香的羊粪味儿，我习惯这股味道，至今从未改变。

这也许是千百年来彝族人闻惯了的最为亲切的一种味道，这也许是祖先的游牧生活对牛羊深厚的感情在我们身上的体现吧！走进彝家山寨，远处飘来浓浓的羊粪的清香味儿就好像找到了曾经熟悉的故乡，一股暖流就涌上心头，就像亲切的彝乡味一样渗入人的心肠，好像找到了生命的根。难怪彝族人从骨子里如此深爱着牛羊啊！

我牵着她的手走出了羊圈，一起玩儿别的游戏去了，那天再也没有回到羊圈里。当我们离开羊圈时，里边还有她的三哥巫达里古和几个小伙伴正玩得开心，根本不想跟我们走的意思。不料几天后就传来消息说，那天在羊圈里巫达里古的脚板心被一根凸出的竹签给戳伤了，竹签杀进去很深，伤势严重。我一头雾水，十分同情他的遭遇，她也没给我提过此事。

不过，只要铺子上小孩一哭就全怪我使的坏。听说，她的家人也怀疑是我干的坏事儿，许多人也是这么认为的。他们总认为竹签是我事先预埋好的，有意在羊圈里陷害巫达里古。难怪玛伟姑姑有一段时间也不跟我玩儿了？！我知道我们俩都受了些委屈。其实，这件事真的不是我干的！从头到尾与我没有半点关系。

我琢磨着：羊圈里怎么会有竹签呢？那竹签是谁放进去的呢？我想，没有谁会故意放进去的。可能竹签是积肥倒树叶的人不小心倒进去的！抑或是小孩子们拿进去玩儿后不慎掉在里边的！巫达里古光着脚丫不小心伤着脚也属正常。我再坏也不会做这等歹毒之事。虽然我调皮捣蛋，巫达里古和我又是劲敌，但向来彼此都心照不宣，明人不做暗事。况且，我与玛伟姑姑是好朋友，我怎么能害她三哥呢？！事实就是如此，我什么也没做，巫达里古和玛伟姑姑自己应该是明白的。

后来又听说，巫达里古的伤口严重感染，用土方子医了三个月才好，留下了好大一个伤疤。我对他的痛苦深表同情，但一直没有去看过他。结果这事也就这样不了了之，她们家也没挑明，我也没必要争什么，也不需要解释什么。不过，我知道他们一家人一直都在怀疑和伤心我的，因为我在他们心中一直是个坏孩子。但我相信，玛伟姑姑是唯一一个为我说了些公道话的人。

我从这件事上明白了什么？！逞强、冲动、浮躁的个性给我惹来了许多不必要的麻烦。

九、故事夜

母亲讲述的故事十分精彩，那是我们最爱的动漫片。

小时候，我们都听着大人们讲述的故事中成长。我的母亲是个热心人，总是白天忙农活，晚上就给我们讲许多好听的故事，好像她知道的故事特别多永远也讲不完似的。

晚饭后，铺子里的小伙伴们就有说有笑地聚到我家来听母亲讲述精彩的故事。那时候，铺子里的大人们似乎每天都是起早贪黑地干活挣工分，累了一整天后都无暇顾及自己的孩子。于是，小孩们就常常凑成堆在哪家过夜也是常有的事儿。

有天晚上母亲讲的是“老变婆吃人”和“独眼独脚怪兽”的故事。那恐怖的故事情节吓得我们屁滚尿流，可越怕越想听。玛伟姑姑常挨着我坐，不爱说话，但双眼有神，非常专注。她害怕了就下意识地用双手抓住我的手，我自己本来也有些心虚，但在女孩儿面前强装英雄，故作镇静，于是觉得有安全感。故事讲到深夜，小伙伴们都三五成群地散去了，可她老是还缠着我。我单独送她回家，刚送出门几步她就抱着我说“我害怕，不敢回家！门关了，家里人早睡了，干脆回你家过夜吧，明天早上回家行不？”我当然爽快地答应了，因为晚上我有小伴儿了。

在屋外磨蹭一番后，我悄悄地又把她带回来，轻轻地打开木门，屋里只听到鼾声了。于是我俩悄悄地爬进了我的“房间里”（其实是一间堆满了柔软暖和的燕麦秸秆的储藏室），我们像两只小动物一样裹紧两床披毡就钻进了温暖的燕麦秸秆窝里。她一下子扑进我的怀里，用双手紧紧地抱住我，一句话也没对我说，只听到她急促的呼吸声和怦怦的心跳声。她的体温不断地灼烧着我热烈的胸膛，童女的乳香味儿迷醉了我的每一根神经，我感觉得到她的脉搏和心跳从来没有这么热烈过。我们紧紧地拥抱在一起，汗水一次次地湿透了她的脸颊和脖颈……那一夜，让一对金童玉女难以入眠，这是一个温暖的夜，纯洁的夜，幸福的夜，迷人的夜，梦幻般的夜。

十、花瓣飘零

后来，我上小学了，她们家也搬走了，我俩就再也没有见过了。上初中了，偶尔经过她家门前，也没见着。过了多年，我们都逐渐长大，我从外面读书回来。听乡亲们说，她一直都不喜欢订的娃娃亲——她的亲表哥，死活都不愿嫁给他；而她的表哥家一次次地找媒人来提亲逼婚，她母亲和哥哥也参与其中当着帮凶，但她心意已决，始终坚决不愿嫁给其表哥。有一年春天实在逼急了，她心事重重，整天四门不出，腮边长挂泪水，不愿见人，谁都劝说不了她。抑或她得了自闭症；抑或，她在无助、无奈和绝望中断然服毒自尽，结束了自己年轻的生命。

我听后黯然神伤。她用自己美好的青春和宝贵的生命作为代价来做这样的抉择？那背后更加愚昧和残酷的东西又是什么？！如花似玉的清纯少女像巴什高原上的索玛花一样片片飘零，像洁白的雪花一样纷纷飘落，落进淙淙流淌的山泉水里，流向远方，一去不复回……

十一、暗香残留

二十多年后，当索玛花开时，我又一次来到故乡的巴什高原，再次聆听索玛花瓣飘落的声音，聆听月光落在草甸里的声音，聆听山林中时时传来鸟儿的声音……那漫天飞舞的索玛花瓣，像山野里的篝火熊熊燃烧，像高原上的雪花天地旋舞，像波俄玛伟姑姑的花裙迎风招展，像天上的彩虹色彩斑斓，像伊人在天堂里的微笑如梦似幻……此时，我的心中便涌起了李商隐的《落花》一诗："……参差连曲陌，迢递送斜晖。肠断未忍扫，眼穿仍欲归。芳心向春尽，所得是沾衣。"虽然人们早已忘记了飞到天上去的紫孜妮楂，然而，"当花瓣离开花朵，暗香残留……"

十二、补叙

我没有亲眼看见，但听羊房沟里出来的人说，波俄玛伟姑姑的未婚夫，她的亲表哥——措改措色，先后娶了两个女人都不到一年就弃他而去了。有人说，他做不了家，女人不喜欢他；有人说，他变态了，女人厌恶他；有人说，他已经疯癫了，女人害怕他。从那以后，他就再也没娶了。如今大家都知道，他完全成了一个孤家寡人，成了一个村里的五保户老人。

听铺子上的人讲，有一段时间他学彝族的苏尼毕摩没学成；又有一些时候参与了基督教的祷告也无功而返。有一年雨季，措改措色家的老木屋被雨淋垮了半堵墙，无力维修。于是他索性就在墙脚边挖了一个洞穴，像一只冬眠的狗熊一样成天蜷伏在自己的世界里，过着与世隔绝、暗无天日的生活。听铺子上的人讲，偶尔有一两回看见他钻出洞穴时，还长得白白胖胖的。

敬重母语（后记）

我用汉文来写作，是因为很多年没用母语文来进行创作了，现在用起来觉得有些吃力，感到生疏了。我用汉语的形式来表达我们彝族的内容，一来方便大多数读者的阅读交流，二来应用起来较为熟悉。至于母语的运用，对于我来说，现在只要连续用上一两个月也就熟练了，用母语来创作也不是没有可能的。我读师范的时候，彝语科对于我们这些从老高山上吃着洋芋坨坨、苦荞粑粑长大的彝族孩子来说是最为简单不过的了。我们圣乍方言的彝族孩子从小用的就是标准的彝语普通话，只存在会认会写彝文字就行了，不存在母语关的问题。而说到汉语是进了小学以后才逐渐学会的，读师范的时候还在吞吞吐吐的并且彝腔还很重，所以平常就在竭力地矫正。出来工作后，由于长期在汉区担任中学语文教学工作，就更为注重了汉语关，却把曾经娴熟的母语给闲置了二三十年。现在，虽然母语会话满口还是像当初一样流利，但一翻开彝文书籍就好像似曾相识却有些淡忘和模糊了。

不过，我们大凉山的 819 个标准彝文字，借助声韵母、彝文字典词典，用不了多长时间就能熟悉了。在彝区生活工作，会应用彝汉双语给人带来方便，事半功倍。特别搞教学与创作尤为重要，用彝汉双语教学是我们民族教育最显著的特色，用彝汉双语来进行交叉思维有助于写作上的创新，二者互为碰撞，互为补充，互为促进，会收到意想不到的效果。

在我看来，多会一门语言多长一个大脑，这并非标榜自己比别人聪明，而是像许多人那样能熟练运用彝汉双语进行交流，给自己和别人的生活与工作都增添了不少的色彩和乐趣，这可以说是一种民族特色吧。

我为我们这个民族感到有些欣慰和感动起来。我是搞教育的，已经有 30 年的教龄了，对教育就有更多的关注和广泛的接触。在我的家乡盐源这个地方，是个多民族聚居县，已有两千多年的建县历史，有 14 种世居民族，全县幅员面积 8398.6 平方公里，总人口 37.72 万人，少数民族人口占 55.65%，其中彝族人口 19.8 万人，占 52.67%。这几年广大彝族老百姓送子入学的积极性空前高涨。许多孩子上学要走两三天的路才能到学校，有寄宿制学校的就住校，没有寄宿制学校的地方，家长们不管家里有多困难，要让一家人的孩子全部上学。他们有的把山上的牛羊全卖了，走到学校附近的城镇里找一个合适的地方租个房子，一边打工挣钱养家，一边照顾孩子读书；有的家里人手不够，几家就联合起来在离学校不远处大家共同租个合适的房子，小孩儿们聚在一个院坝里生活，每月每家轮流抽一个家长给孩子们做饭照管读书；有的想尽一切办法，投亲靠友让孩子寄宿在亲戚朋友家读书，从幼儿园到高中都有。老百姓之间经常互相攀比的是谁家的孩子考上了大学，考起了研究生，获得了博士学位，平常谈论最多的话题也是教育。无论是留守儿童、进城务工子女，还是残疾儿童，每家每户都把孩子送到学校里来读书了，这也许就是我们这个民族的希望和未来。

还有，不管是单位上的还是农村里的，大多逐渐改掉了过去存在的某些陈规陋习，讲卫生了，提倡文明健康的新生活了，注重脚踏实地的谋划发家致富、脱贫致富了，更加懂得创业和守业了。

我创作的物质基础来自于故乡特勒莫和洋房沟的情结、我的父亲和我的母亲以及我本身；我创作的精神基础来自于彝族人的信仰、祖先崇拜、彝人信奉的原始宗教和自然图腾；我创作的欲望和冲动来自于彝族民间故事、远古神话传说、经典古籍，来自于《诗经》、《楚辞》、诸子散文、建安风骨、竹林七贤、山水田园诗派、边塞诗派、唐宋八大家、纪传体散文、元曲、明清小说，来自于中国现当代文学巨匠和外国文学大师们。

我又一次回望母语文字了，因为我深爱着它。我们这个民族有太多的史诗和经诗典籍，都以母语形式留存下来的，需要品读原著才能理悟和感受其中最美的音律和深刻的内涵。如果仅仅停留在译本上那是远远不够的。

全书由代序、“童趣呓语”、“天籁山水”、“灵魂倾诉”、“冰壶秋月”、“群山之恋”、后记七部分组成，收录了几十篇文章。内容抑或叙写童趣，天真烂漫，神秘好奇；抑或写景状物，讴歌故乡的山水天籁、自然风光，寓情于景，托物言志；抑或写人叙事，关注故乡的人和事，抒写亲情、友情和爱情，细腻刻画人物的内心世界，深入灵魂，情真意切；关注小人物的命运，探究人性的本真，充满深情地向大地倾诉、向群山倾诉、向灵魂倾诉；抑或倾泻志趣爱好等，哲思睿智，乐观畅达，富有生活情趣。文章或辍或写，大多集中在2012年1月—2013年3月写成，全书描写了生存在横断山区彝域壮丽的大好河山和神秘的族风民俗、彝族风情，以土生土长山里彝人的独特视角，深刻揭示了山地民族豪放的性格、凶残的狼性、野性和善良的人性，全面洞察和剖析了人类最本真最隐秘的心灵世界。用诗歌写成的散文，用散文写成的诗歌，我喜欢用散文这种文学形式来给读者朋友讲述横断山区彝族人成长的轨迹和真实的故事。我很想用一点文字来介绍创作手记，于是就成了这篇后记。